U0006473

大白天的戀愛

너무 한낮의 연애

金錦姬김금희——著　　杜彥文——譯

目次

大白天的戀愛

「妳說今天也是怎樣呢？」

「今天也愛學長啊！」

畢永外表故作鎮定，內心卻感到一股不知從何而來，難以理解的喜悅。

十六年前

畢永在收到人事調動通知時，最先想到的就是十六年前鐘路上的那間麥當勞，當時他為了去美國留學而過著每天補習的日子。陷入回憶裡的畢永，回想自己到底是從何時開始不再去那家麥當勞的。當收到懲戒通知，知道自己從經營部組長被下放到設施管理部當一名普通職員的那個瞬間，不知道為何腦中竟突然浮起了麥當勞工廠化生產的垃圾食物。

畢永走出了辦公室，蹲坐在停車場的一角點起了香菸。安安靜靜地過個兩、三年之後應該就沒事了吧？雖然努力往這方面想，心情卻還是沒辦法鎮定下來。啊！名片！突然想到了關於名片的事。每年到了新學期的開始，總會去參加兒子學校的家長會，一邊發著名片一邊跟其他家長裝熟，順便給兒子打打氣。雖然說公司名稱是知名的大企業，但名片上總不能掛個設施管理負責人這樣模糊的職位，不如多印一些現在的名片當作備用吧！但是人事異動的通知已經傳開了，這時候忽然跟公司要求加印名片的話，說不定會碰到一些麻煩。如果拿去外面影印店的話，不知道能不能印出一模一樣的名片呢？但是這樣做可能會被認為是偽造文書，說不定會被認為是偽造名片呢！啊！這到底算不算作假啊？畢永一邊想著一邊抽著第三根菸。雖然已經到了午餐時間，卻不想跟任何人一起出去吃飯，但又不想被別人看到自己在公司附近獨自吃飯，或是強忍著飢餓的模樣。在這裡上班的員工總共有五百八十七人，如果不想被別人看見的話，就必須移動到別的地方。

於是，畢永來到了鐘路。雖然一開始並沒有刻意要往鐘路去，但是走著走著就到了這裡，畢永邊走邊哭了起來，聽著皇后樂隊（Queen）的歌曲掉眼淚、聽〈我生命中的摯愛〉（Love of my life）時流淚、聽〈波西米亞狂想曲〉（Bohemian Rhapsody）時也流淚，在聽〈拯救我〉（Save me）這首歌的時候，跟著音樂唱著唱著，哽咽地哭了出來。「Save me！Save me！救救我！救救我！」畢永急切地想找個人傾訴，就是隨便一個路過的人也好。他一邊聽著歌曲，不知不覺就來到了鐘路上的麥當勞，畢永並沒有馬上進去，而是在建築物外面繞了一圈，真叫人難以置信，都已經過去十六年了，這家麥當勞竟然絲毫未變，連椅子跟桌子和之前都一模一樣。畢永走進了店裡，跟櫃臺點了個麥香魚堡。

「我們沒有麥香魚喔！」

「沒有賣嗎？」

「菜單上沒有。」

「咦？怎麼會沒有呢？」

「嗯？」

員工臉上浮現了疑惑的表情，心想這個人是在開玩笑嗎。

「這不是招牌漢堡嗎？怎麼會沒有了呢？」

「不知道，我從來沒有聽說過。」

「是之後都沒有了嗎？」

「沒有，菜單上就是沒有這個漢堡。」

「不是被其他的東西代替，而是完全沒有了？」

在回公司的路上，畢永思考著麥當勞再也沒有麥香魚堡這個事實，不是被其他東西代替，而是完全從菜單上消失了。如果麥香魚堡不是沒有賣了，而只是被其他類似的食物替換的話，可能心情會更不愉快吧。但現在卻是完完全全地消失，就是想吃也再也吃不到，這樣的味道再也沒有了，徹徹底底地消失了。這不是A成為類似A的東西或成為了B，而是A維持著A的型態消失了，在漢堡這種垃圾食物的歷史上，這算是非常悲壯的一幕吧！這悲壯的一幕竟讓他感受到一股奇特的情感宣洩，畢永依舊唱著〈拯救我〉這首歌，但他卻不再哭泣，他決定要繼續留在公司裡，即使遇到再困難的試煉他也會想盡辦法克服，慢慢等待這陣子風波過去。在公司被降職其實就是勸員工辭職，但畢永心中打定了主意，一定要撐下去，絕對不離開公司。不過畢永終究也是個普通人，內心也不由得感到寒冷和辛酸。

從那天起，畢永就常常到麥當勞去吃午餐，從辦公室到麥當勞需要大約二十分鐘的時間，雖然距離並不算近，但因為發生了一些事情，讓他有了非去不可的理由。畢永常常用手緊緊抓住胸口，邊聽著皇后樂隊的歌曲邊走去市中心。畢永在當經營部組長時，常常需要通融一些無可奈何的事——大部分是與錢有關的見不得人之事，這也就是他被懲戒、降薪並調職到設施管理部的原因。

把座位搬到管理大樓地下室的那天，畢永也去了麥當勞吃午餐。因為要洗乾淨搬東西時弄髒的雙手跟整理服裝，所以比平常到達的時間還晚，只剩下十分鐘可以吃漢堡。以前做組長的時候，要幾點出去吃飯幾點回來都沒什麼關係，但現在卻不同了。雖然現在還是有人叫他「組長！組長！」不過所負責的任務只剩下確認檢查電梯的時間、打電話給人力派遣公司、解雇無故缺勤的管理員、維護公司建築物裡面的一百七十八個水龍頭，並確保四千個電線回路都正常運作。畢永的上班時間都在處理這些事情中度過，他整張臉越來越蒼白，臉頰下垂的肉，形成了深深的溝，再加上沒有刮鬍子，全身上下散發出陰鬱的氣息，看上去一副遭到逼迫需要其他人幫助的模樣。

麥當勞裡總是掛著新產品的廣告，在一九五五年的時候麥當勞推出了漢堡。一九五五年也是畢永母親出生的那一年。一九五〇年代是貓王、瑪麗蓮・夢露，以及牛仔褲風行的年代，也是斯普特尼克一號、反核與法國新浪潮的年代。但是畢永母親對那個年代的記憶只有傷寒病毒。在鄉下長大的母親因為沒有得到妥當的治療，臉色發黃而且頭髮掉個精光，有一整年的時間都待在家裡沒有出門。畢永的外祖父和外祖母看不下去母親那喪失活力憔悴等死的模樣，便背著她走到了十里外痲瘋病患者居住的村子尋求幫助。痲瘋病患者村裡有外國來的修女們照顧患者，那裡的藥也沒什麼特別的，不過就是些抗生素之類的藥，卻救活了幾乎瀕死的母親。藍眼睛的白衣天使，將白色的藥丸施捨給掉光頭髮又面如枯槁，當時年紀尚幼卻只能等死的母親。腦海中這樣的畫面時常帶給畢永一種恥辱感，這樣的恥辱感讓畢永感到自己的渺小，也讓他心中非常難受。雖然這都是在畢永出生前發生的事，他根本就沒有經歷過，但這個故事是千真萬確的事實，不是貓王的喇叭褲和瑪麗蓮・夢露的金髮能夠替代的。

畢永坐在窗戶邊上的位子沉思著，自己為什麼要遠離辦公室來到鐘路這裡坐著，甚至還超過了公司的午休時間。十年來，工作日的中午一點二十五分自己總會在公司裡面。像他這個年齡層的男子，大白天這個時間在麥當勞裡坐著，本來就不是一件正常的事情，要麼是無業遊民，不然就是提早退休人員或是求職人士，不管用什麼詞形容總之都與悲劇的情況差不了太遠。當然，畢永既不是無業遊民，也不是提早退休人員或是求職人士，但是跟一周前不同，現在的他不過就是一名設施管理部的員工而已。

此時，畢永看見了對面大樓上掛著的帆布條。上面的文字筆直寫著：〈樹木不會「呵呵呵」的笑〉，觀眾參與型戲劇，聖彼得堡青年戲劇節作品。畢永看到大吃一驚，驚訝到連放進嘴裡的薯條都忘了嚼就直接吞了下去，本來想喝口可樂將薯條吞下胃裡，卻張著嘴像個傻瓜一樣連可樂都忘記喝。畢永終於想通了為什麼在碰到人生最大的危機時，他會想起鐘路上的麥當勞，理解了自己為何要到這裡吃午餐。像顆球一樣完整地了解整件事後，從前那個搞不清楚來龍去脈的自己，好像離得非常遙遠。畢永會在這個時刻來這裡，就是為了與楊熙的重逢。

平靜的湖水

一想起楊熙這個名字，就好像聞到了青草的味道。畢永想起了跑到文山某個村子那個夏末夜晚的涼爽空氣，在漆黑看不清的田裡，好像有什麼東西在繁茂地生長著，讓人感到莫名的沉重。雖然眼睛看不見，卻能從生長茂盛的南瓜、黃瓜還有芝麻葉這些青菜的搖動，感受到某種物體在慢慢靠近。那種郊野的氣氛，讓那天晚上的畢永格外興奮。沒有事先聯繫就跑去找楊熙的一路上，農舍稀疏的田間漆黑一片，畢永踩著濕滑的地面著急地尋找楊熙的家，同時感受到在那漆黑一片的背後，有某種猥瑣的東西正在生長著。

楊熙是畢永系上的學妹，彼此只是知道名字並且認得長相的關係，卻剛好報名了同個補習班的語言課程。畢永在認識楊熙之前，日常生活非常單調乏味：上午在公立圖書館念完書後去補習班上課，中午到麥當勞吃午餐，然後再回到圖書館念書，到了晚上就回去延新川附近的家。而遇見了楊熙後，補習班下課後他們會一起到麥當勞吃午餐，午餐後兩個人時常留在麥當勞裡聊上兩、三個小時，偶爾不留下聊天時，會在附近漫無目的逛上幾個小時，但兩人從來沒有一起待到深夜過，一起活動的時間最晚到下午五、六點就會結束，通常到了這個時間，兩人就會開始覺得無聊和冷淡，隨便打聲招呼就各自回家去。

畢永跟楊熙的個性截然不同，畢永認為未來的人生路上一定會遇到無法逃避的困難，只有克服了這些難題才能得到成就與認可；而楊熙卻不這麼想，她的眼前只有現在，但這個現在並不是鮮活及時的狀態，而是像霧一般的迷濛，明明存在卻難以捉摸地分散在各處，楊熙的生活情況也是如此。

每次補習班下課後來到麥當勞，畢永若是問楊熙：「今天要吃什麼？」她總會把當天口袋裡的錢拿出來放在畢永手裡，「點個付得起的吧！」說完就逕自走上二樓。楊熙的聲音低沉沙啞，每次說話都給人感覺聲音空洞地飄在空中，在賣漢堡的快餐連鎖店裡，這樣的聲音實在很難聽得清楚。當畢永看著手裡握著的那一、兩張千元鈔票，心底常感受到一種陌生且難以理解的情感。他從未碰過像她一樣的女生，既沒有羞恥心，也沒有想要隱藏什麼的念頭。不管從哪個角度看，楊熙都跟畢永心中理想的女生類型相差非常大，但楊熙把從口袋裡掏出皺巴巴的鈔票放在畢永手中的那一刻，對畢永來說卻有著重大的意義。平常連自動販賣機的飲料都很少請別人喝的畢永，卻總是願意貼錢買兩個套餐，而楊熙對此也從來沒有表示過感謝，真的可以算是一件不求回報的善行。

跟楊熙的對話十分愉快，因為楊熙能承受畢永嘮叨的廢話。畢永時常誇張地說些美化自己的謊言，當時的他還年輕不怕被戳破，加上楊熙從來都閉口不問，讓他更無所顧忌地盡情炫耀自己。楊熙就像平靜的湖水，靜靜地聽著畢永說話，那種注視的眼神也從來不會讓畢永感到有任何負擔。

〈樹木不會「呵呵呵」的笑〉就是楊熙寫的劇本的題目。雖然有點舊了，帆布條上的字掉了幾畫，但是上面的文字卻跟十六年前一模一樣。楊熙是戲劇系的學生，總是隨身帶著用三個本子裝訂成一冊的筆記本，在上面書寫和創作。她知道自己不是成為演員的料，所以才想書寫能夠操控演員身體的文字。在畢永跟楊熙見面的九個月裡，楊熙總是不間斷地書寫，這樣的熱情在楊熙身上可是非常少見。當畢永想要看的時候，楊熙總是一言不發地把筆記本交給他，裡面出場的都是像楊熙一樣存在感相當模糊的人物，以及這些人物之間所進行的對話。即使人物只有男女二人，卻不知為何還要稱為男子一與女子一，其中一個人講述自己到島上度假、家裡的狗走丟了、前幾天喝酒……之類勉強算得上事件的故事，另一個人則在一旁發出嗯嗯、啊啊、原來如此……這類的回應。說老實話，劇本的內容真是無聊到不行。

發現了劇場裡演的話劇肯定是楊熙寫的之後，畢永就更經常來到鐘路，在路上他不再聽音樂，因為即使不聽音樂他也能維持內心的火熱，這件事完全點燃了他的興致。設施管理部裡面，唯一隸屬總公司的金主任向畢永提議，如果不方便在晚上聚餐的話，可以一起吃個午餐，但是畢永拒絕了。在營業部門上班的時候，他每天都在公司聚餐跟客戶拜訪之中度過，這種日子令他感到度日如年，而現在畢永不用再過這樣的生活了。這也是裡所當然，因為現在他要面對的是公司內部的設施，設施既不會說話也不會回應，也沒有必要跟設施打交道或攀關係。畢永的臉漸漸有了改變，原先緊繃僵硬的臉消失了，之前臉上的緊繃，是源自於煩惱該對別人使用什麼樣的尊稱、笑容、態度、指示、勸誘以及如何回答問題，而現在的他暫時不用煩惱這些了。十多年來臉上累積的緊張一消失，他的面貌就開朗了起來，整個人一下子好像年輕了不少。

楊熙的話劇主要是針對上班族的迷你劇，公演時間定在十二點十分到十二點五十分，戲劇長度一共是四十分鐘，票價七千元裡面包含一瓶礦泉水和一份三明治。接連幾天畢永嘗試加快腳步到鐘路，但不管他再怎麼趕，到的時候還是超過了十二點十分。第四天晚到的時候，畢永拜託賣票員讓他在超過開場時間後入場，看起來待人並不友善的賣票小姐果然乾脆地拒絕了。

「沒關係吧？我可以少看一點內容。」

「不行，會影響整個戲的流程。」

「沒事的，我可以從中間開始看。」

「不是先生你的問題，而是會打斷其他觀眾，這是一齣觀眾參與的沉浸式話劇，如果中間把門打開讓光進去的話，觀眾就會被驚醒，那整齣戲就完蛋了。」

屢次失敗的畢永，終於在某個周四的十一點五十六分左右離開了辦公室，叫了一部計程車奔向鐘路。畢永趕上了開場時間，買票時還興奮地問道：「我今天沒遲到吧？還可以入場吧？」賣票小姐只冷冰冰的回答：「位置在第C排。」一邊把礦泉水和三明治遞了過來。

進入劇場後一看，除了自己之外還有其他三名觀眾已經入座。表演的開始時間一到，光就打在了舞臺上，後面的螢幕上呈現著灰色的背景。接著，一名全身穿著緊身衣的演員入場，臉上除了雙眼之外，都用黑色的布蒙了起來。畢永本來就對話劇沒有太大興趣，他在等的是劇終之後的謝幕，到時編劇作家、演員和工作人員會一起上臺，應該就能見到楊熙一面了。演員在燈光照著的舞臺上站了一會兒之後突然走下舞臺，邀請一位身穿銀行制服正在吃三明治的女性觀眾一同到舞臺上，這位觀眾被拉上舞臺時，驚慌不已地一直說：「怎麼辦！怎麼辦！」而旁邊一起來的朋友則是一邊叫好、一邊哈哈大笑著。演員用慎重且熱情的態度，溫柔地把觀眾引領到舞臺上。舞臺上有兩張椅子，演員讓女觀眾先坐了下來，自己則坐在正對面。

「請、請問要怎麼做呢？」觀眾不知所措地一直笑著問自己要做些什麼，這也是畢永心裡想問的話，氣氛尷尬到全身好像要蜷縮了起來。演員除了一直看著臺上這位觀眾之外什麼話也沒說，過了一段時間，觀眾也收起了笑容，開始注視演員的眼睛。劇場裡一點聲音也沒有，畢永耐心地看著，心想這個劇不會就這樣持續到結束吧？明明就有三本筆記本厚度的台詞，沒理由就這樣結束啊？四十分鐘的過程中，心裡的疑惑像機關槍一樣掃射不停，等一下……這齣戲真的是楊熙寫的嗎？畢永第一次產生這樣的懷疑，心想海報上的劇作家「水邊」也可能不是楊熙的化名。那麼這個劇的題目〈樹木不會「呵呵呵」的笑〉到底是怎麼回事呢？該不會是其他人看到這個題目後寫的劇本吧？還是其實這是個知名劇作家寫的文章，戲劇業相關人士都耳熟能詳呢？對啊！我怎麼之前沒想到這種可能性呢？

話劇就這樣在兩人互相的對視下結束，劇場裡的燈打開之後，坐在劇場角落的一位男性觀眾站了起來，啪啪啪地奮力鼓掌。畢永緊張地等待著舞臺的謝幕，燈光再次熄滅並打開後，只有演員跟賣票小姐兩個人上來舞臺謝幕。明明沒做什麼卻滿頭大汗的演員，一邊擦著汗一邊將頭套脫下，果然沒錯那個演員就是楊熙。

渴望愛

楊熙跟畢永之間平凡無奇的關係，因為楊熙突如其來的告白而變了樣。那天畢永正陶醉在自己滔滔不絕的話當中，旁邊一直安靜聽著的楊熙卻突然說：「學長，我愛你！」楊熙的這句話沒有任何感情的高低起伏，跟他掏出一兩張千元鈔票請學長買漢堡時的音調一樣，驚訝的畢永發出「嗯」的一聲後，笑了出來。

「愛我的話會怎樣呢？」

「這句話是什麼意思？」楊熙反問回來，似乎覺得這沒有什麼好問的。

「也就是說，我們以後要怎麼做呢？」

「這有什麼好想的呢？」楊熙一副感到沒勁的模樣，好像不曉得自己剛剛說了什麼重要的話，拿出了筆記本在上面寫了起來。畢永感覺自己像是變成了傻瓜，明明告白的人是楊熙，但渴望這份愛的人好像是自己。這明明就不是我要的啊？畢永心想。雖然兩個人都是處境差不多的留學準備生，但自己並不怎麼渴望跟楊熙談戀愛。楊熙總是穿著寬鬆的大口袋工作褲，上身披著一件男生們都不太喜歡穿的軍綠色外套，腳上常常穿著運動鞋，偶爾會換穿褐色的涼鞋，總是理著短髮的造型，一臉素顏幾乎不怎麼化妝。畢永正值二十多歲的青壯期，腦子裡經常想著和女生有關的事，女生雖然很重要，但他卻沒有考慮過楊熙，如果找她當女朋友的話，實在有太多不合格的地方。說到楊熙的優點，應該就是她那卓越的傾聽能力，她作為一個優秀的聽眾，讓畢永可以盡情說些有的沒的。但這樣純粹的聽眾姿態也有問題，對畢永來說，所有的人際關係要有來有往才有意思，也才能維持關係的活力。像這樣一言不發，對所有事情只是沉默接受的女朋友，跟人形娃娃有什麼區別呢？有一瞬間，畢永甚至想像到了未來跟楊熙可能發生的性關係，他趕緊搖了搖頭打斷這樣的想像，他感到全身疲乏無力，卻又奇怪地覺得好笑。

「喂！明明就是妳說愛我的啊？呵呵呵！我是被告白的人啊！所以我才問妳現在要怎麼做才好，我們未來的關係會怎樣啊？」

「我不曉得，這個無法知道也沒必要知道。」

「沒必要知道？」

「因為我現在感覺到了愛情，才會這樣說，誰也不知道到了明天會變成怎樣。」

畢永感到很荒唐，心想她是不是在耍人。「妳不是說愛我嗎？」

「對啊，我愛你。」

「但又不曉得明天會如何？」

「是啊！」

「但愛我這件事是確定的，對吧？」

「是的！沒錯。」

「那明天呢？」

「我不知道。」

畢永有種被汙辱的感覺，他生氣地背上包包起身離開了座位。原本以為不論自己的話再多她都能接受，想不到自己是被她當成了笑話，這方法比當著別人的面說別再胡說八道還要更糟。畢永並不是個傻瓜，他知道自己的問題在哪裡，因為英文成績不好，所以到現在都還沒開始寫美國大學的申請書。但是在學妹面前總要顧到面子，所以才會加油添醋的美化自己，難道這也算戲弄別人嗎？自己真傻，竟然還把母親辛苦在漢江邊雜貨店裡，靠著賣蒸餃和泡麵辛苦賺來的血汗錢，花在幫她貼錢買午餐上面。畢永越想越覺得忿忿不平，那竹竿似的乾瘦身體裡面，血管裡循環的碳水化合物、飽和脂肪與礦物質，不曉得有多少是這段時間自己餵的，那頭短髮、瞇瞇眼、粗糙的皮膚、看似一折就斷的手腕，還有那若有似無的平胸，身上的各個部位都能展現出畢永幾個月來付出的善意。

畢永走出了麥當勞，楊熙卻一點也沒有要留住他的意思，也沒有問他是不是要回家了，也有可能是問了，但畢永卻沒有聽見。畢永用ＭＰ３隨身聽聽著〈我是為了愛你而生〉（나는 당신을 사랑하기 위해서 태어났어요）、〈我一生的愛〉（내 평생의 사랑）、〈將愛之人〉（사랑할 누군가）等等這一類的歌曲。一九九九年的鐘路迴繞著皇后樂隊的情歌，不知名的團體在街上為了克服ＩＭＦ危機而發起了募款活動，老人們聚集在塔谷公園裡打發白天的寂聊，歌曲與現實之間相距非常遙遠，在兩者漸行漸遠之中，畢永也愈發感到悲傷。明明說愛我卻又說不知道明天會如何，畢永感覺好像有什麼東西狠狠地打在他的臉上，雖然不用想就知道那一定是楊熙造成的，內心卻一直無法冷靜下來。

隔天楊熙若無其事的來到了補習班。下課後又跟著來到麥當勞，像平常一樣掏出了兩千元，請學長買付的起的東西之後就上去了二樓。前面排隊的人都點完餐後，畢永苦惱得口乾舌燥，心想該怎麼辦才好呢？乾脆讓她吃點苦頭，帶著錢走掉算了，叫她知道玩弄比自己大六歲的男生會有什麼下場！哎！還是算了吧，這樣的行為顯得自己好像很小氣，而且要是這樣一走了之，楊熙一定會挨餓的，裝作什麼事情都沒發生過一樣忍著腹中的飢餓，省下吃飯和費唇舌回應我說話的力氣，坐在那裡一整天寫她那誰也看不懂的劇本，不曉得她會不會因此比昨天更消瘦，但肯定是有氣無力地忍受飢餓吧！於是，畢永選擇了原諒，他戰勝了內心裡的憤怒與羞辱感，決定像平常一樣行善，於是最後他還是點了兩份套餐。

畢永決定要省點唇舌，所以兩人之間比昨天還更無話可說。在這之前，畢永除了楊熙之外對什麼都感興趣，總是話說個沒完，但今天卻好像全世界只有楊熙值得關心一樣。楊熙一臉不記得自己昨天說了什麼話的樣子，默默打開包裝吃起漢堡，只說了句：「下雨了耶！」畢永心想自己今天說的話還不到平常的十分之一，她竟然沒有察覺到這個變化，還扯到什麼天氣上面去。

「今天如何呢？」過了一個小時後，畢永好不容易問了一句，雖然覺得自己不應該問的，但是話卻已經說出了口。

「今天有個認識的前輩演的戲開演了。」

「唉！我不是說這個。」

「沒什麼特別的啊！」

「我是指妳昨天說的那句話，今天還持續著嗎？」話說完之後，畢永發現自己竟然緊張了起來。為什麼會緊張呢？畢永覺得自己真的很可笑。

「是啊，今天也是！」楊熙跟昨天一樣隨意地回答，聽完這句話的畢永全身顫抖了一下，連桌子都跟著晃動起來。

「妳說今天也是怎樣呢？」

「今天也愛學長啊！」

畢永外表故作鎮定，內心卻感到一股不知從何而來，難以理解的喜悅。

治癒人心

畢永決定這陣子要努力讓自己不往鐘路去，總不能一直不跟辦公室的人打交道，還是得跟普通的上班族一樣，跟同事們一起吃午飯。這段時間他吃了豆腐鍋，還吃了拌飯、內臟湯、解酒湯、拌冷麵跟湯冷麵，工作方面也越來越上手。雖然偶爾會覺得遺憾，或自我嘲諷一下，但畢永對於工作的態度比之前還更加怡然自得，曉得了這棟大樓哪層的配電器很爛，也知道了電梯比想像中的還要常故障，還了解到原來每臺電梯都有自己的固定號碼，就跟人的身分證字號一樣，方便中央控制中心管理。設施依舊是設施，降職也依然是降職，但隨著時間的過去畢永適應了，不用加班的他，打算去報名會計補習班。雖然現在的辦公室在地底下，這段時間他仍希望能為回歸地面的辦公室做些準備。

　　雖然如此，仍然有讓他內心覺得煎熬的時刻。之前當營業部組長時來往的客戶，即使沒這個必要，仍特地跑到地下室來跟自己打招呼的時候；當小好幾屆的後輩從普通職員被升職為營業部組長的時候；回到之前那間所有事物依舊，只有自己一個人為了被調離的辦公室修燈泡的時候。如果當下有任何人爽快地遞張紙巾給他的話，畢永大概就會崩潰了。畢永仍身不由己地想往鐘路去，十一點五十分的時候離開了辦公室，在路邊攔了臺計程車。「Taxi！Taxi！」像到了午夜的灰姑娘一樣，畢永急急忙忙地跳上計程車朝著楊熙而去。

　　賣票員小姐已經知道畢永從來不吃三明治，便只遞給了他一瓶礦泉水。畢永坐在漆黑的劇場裡觀賞這齣不知樂趣何在的古怪話劇，肚子餓了就用水充飢，肚裡的難受與胃酸翻騰的痛苦也被他當作了喜悅。楊熙在舞臺上雖然一句話也沒說，畢永的耳中卻好像聽到了：「我愛你！」那低沉沙啞的聲音四散在空氣中。當楊熙說我愛學長時，麥當勞裡空氣的溫度急速地變化，畢永感到一會兒冰冷一會兒灼熱的。舞臺上僅剩下那一雙眼睛，演員其他的身體部位好像全都消失不見，跟舞臺上的微光、椅子和地板融合為一體。那女生曾經是愛過我的啊！僅管觀眾席上只有三、四個人，畢永仍感受到一股想要站起來大喊的衝動。

大約看了十多次話劇之後，畢永開始發覺到這齣戲並非一無是處的垃圾作品，特別是有一次看見某個男性觀眾在舞臺上抽泣之後。那位男性觀眾全身穿著正裝，手上提著一個公事包，體格可以比擬摔角選手，只有半邊屁股能塞進那相形之下顯得過小的椅子上。男觀眾緊咬著雙唇跟正對面的楊熙四目相對，突然間眼淚就潰堤了，滿臉通紅的他低下了頭，一隻手擦著眼淚，另一隻手伸向前方像是說著別過來似的，衣服上的鈕扣隨著肚子抽泣起伏而差點爆開，身體哭泣到無法控制，那是內心某種東西被觸碰到而產生的激烈感傷。在一旁看著的畢永，嘴角也不禁抽動了起來。不知道為何，另一位每次總是坐在相同位子上的男觀眾，此時又鼓起了掌，嘴裡喊著：「Bravo」還吹了幾聲口哨。

燈亮之後畢永從劇場裡出來，看見那位在臺上痛哭的男觀眾正在講電話，用情緒激動的聲音講述了剛才在舞臺上的經歷，憤怒地說道：「根本沒有人笑！只有你覺得好笑！到底是哪裡好笑？」

畢永認為這齣戲的主題是治癒人心，跟到教堂裡聽神父講道，還有到佛堂裡跪拜是一樣的。但是聽道與跪拜都是需要付出行動才能得到安慰與治癒，而在這個舞臺上明明什麼也沒有做，竟然也能獲得治癒。並不是每次都有人哭，但那些覺得害羞跟驚慌的觀眾，經過一段時間後也都能直視楊熙的雙眼。儘管程度有所不同，觀眾下臺時總是洋溢著某種興奮的表情。畢永雖然一直在臺下偷看著楊熙，但也希望能夠到舞臺上體驗那種感受。但在那之後會變成怎樣呢？和十六年前雖然沒有戀愛但也算曖昧過的人重逢，互相察覺彼此的存在後會如何呢？未來會怎樣發展？自己對妻子沒有什麼不滿，而且還有寶貝兒子在，絕對不可以讓這樣的事情發生。畢永可以在下面看著楊熙，但不能讓楊熙也看到畢永。視線只能是單方面而絕不能是雙向交換的。一旦眼神有了交換，就會留下些什麼，並從那裡萌芽生長出具有重量的真實感。

但是隨著時間經過，畢永越來越難以抗拒想和楊熙對視的欲望，無法確定這是愛情還是懷念，亦或某種奇怪的癖好，向欲望投降的畢永，坐的位置開始離舞臺越來越近，時不時還會揉捏礦泉水瓶或發出嗯嗯的乾咳聲來吸引楊熙的注意。還有一次手機忘了關靜音，鈴聲忽然響了起來，但因為被旁邊每次大聲拍手的觀眾譴責了幾句，這個方法他也就不再使用了。同時，畢永並未發現自己正刻意地做這些事。廉價礦泉水的瓶子因為輕薄如紙一不小心就壓扁了，乾咳則是因為地下室的劇場裡面灰塵很多，手機則是偶然地忘了關成震動模式，想不到剛好有人打電話，雖然那通電話廣告每天都會在固定的時間打過來。這些舉動表示他迫切地希望得到楊熙的注意，卻又不想承擔後面的結果。即便如此，畢永還是不斷地試探，偶爾也試圖表現一下自己，不論是十六年前還是現在，他都希望在跟楊熙的關係中占優勢，但往往是自討苦吃，結果總是跟預期的大不相同。

完全消失

在楊熙告白完以後，畢永的生活被攪得一團亂，留學跟托福都被他拋在了腦後，反而像是為了確認楊熙的愛才去鐘路，心思都放在麥當勞的約會上面。實際上楊熙在告白完後，態度也沒有什麼特別的變化，依舊寫著自己的劇本，身上的穿著與髮型也沒有變過，照常用空洞的存在感維持兩人間的氣氛。能稱為變數的，只有每天中午吃什麼，而那也是由畢永來做決定。畢永幾乎每天都會問楊熙是否還愛自己，當然除了這句話之外，還要誇讚一下自己以及發表對當今時代的看法，但與之前相比，抒發這些看法已經不再是主要的目的。等白天的時光過去，離開麥當勞與楊熙分開了以後，就像嚼完口香糖後嘴裡會留下香氣一般，對楊熙的外貌、冷淡、貧窮、乏力和死氣沉沉總會殘留著輕蔑感，但只要到了第二天中午，又不由自主地想確認對方的愛。

將近梅雨季節時，這個奇怪的愛情戰場上發生了狀況。和其他日子一樣，兩人坐在一起吃漢堡，楊熙忽然用像是忘了什麼東西一般的口吻說，自己不再愛學長了。

「不再愛我了？」

「是的。」

「為什麼？」

「它消失不見了。」

畢永覺得難以接受，昨天問楊熙還愛不愛的時候，她雖然面無表情，但還是點了點頭，今天突然這樣說合理嗎？

「完全消失了？」

「已經消失了。」

「不是消失，而是覺得淡了跟之前不同吧，喂！愛情哪有這樣一下子就消失的？」

畢永不自覺地遞出了紙巾，但雙手卻些微地顫抖著，內心感到有些不妙，有什麼東西正在靠近，海嘯！海嘯！是失戀的海嘯！

「不是的，是消失了。」

「傻子！那是妳自以為的錯覺。感情本來就像火焰一樣忽明忽滅的，不可能瞬間就不見的，否則怎麼會有這麼多人提筆寫情歌呢，就是因為難以忘記啊！感情不是一下就消失，而是像煮火鍋一樣，一直煮一直煮，最後煮到乾掉連鍋底都燒黑了為止。」

畢永因為楊熙不同意自己所說的話而感到緊張，妳太年輕了什麼都不懂吧！喜歡一個人的心思才不可能這樣！就一夜之間？就連知名的卡薩諾瓦（Giacomo Girolamo Casanova）也不會這樣，更何況我們之間的關係已經超過了一個月，不，不只一個月，要是從補習班上課見面時開始算的話，都已經快要九個月了，九個月的時間，肚子裡面像點一樣大的細胞都已經長大成嬰孩出生了。愛了我這麼長一段時間，今天卻突然說再也不愛了？難道是因為我一直沒有接受她的愛所以生氣了嗎？畢永心想，也可能是傷到了她的自尊心吧！她每天那樣說愛我，而自己除了買漢堡，還有試探性地問對方還愛不愛自己之外卻什麼也沒做。

「嘿！其實妳還挺有魅力的！」畢永像要安慰跟討好楊熙似的補充一句話。

「我覺得像妳這樣不加修飾的純樸女生真的很不錯！」

楊熙沒有任何回應。楊熙的沉默讓畢永稱讚得越來越離譜。從前楊熙身上他一直瞧不起的地方，包含那無聊乏味的劇本，忽然間都變成了值得稱讚的特色跟魅力。但楊熙仍舊沉默不語，面對這樣的沉默，畢永就像條被繩子拴住的狗一樣，把楊熙全身從頭到腳用甜言蜜語舔了遍後，轉身又突然反咬一口。

「喂！妳至少也稍微打扮一下吧，這句話是為了妳好啊！唉呀，跟妳走在一起我都覺得不好意思了！青春一去不復返，過不了多久價值就下跌了。演戲也好，寫那不合常理的劇本也罷，至少找個能餬口的事情幹吧！哪有人這樣每天靠兩千圓度日的？喂！我的日子也不好過啊！我也很辛苦呀！哇靠！妳這女人，給我把這段日子裡白吃白喝的都還來，做個總結吧！」

楊熙蒼白的臉顯得越來越不耐煩，而畢永攻擊的話語也逐漸提高層級，關係甚至快到哐啷一聲破裂的地步，畢永仍然沒有停止破口大罵，好像整個世界都要終結了一般。楊熙走出麥當勞後，畢永還沉浸在剛才的話當中，過了一會兒才醒悟過來，他趕緊跑到街上想要挽回楊熙，卻已經看不到楊熙的蹤影。

楊熙沒有再來補習班。起初一兩天畢永還想說大概是她身體不舒服，過了幾天畢永才知道她離開了，消失了。畢永一臉蒼白病奄奄地，染上了連狗都不太容易得的夏季流感，飽受高燒的煎熬，整天躺在家裡聽皇后樂隊〈太多的愛情會害死你〉（Too much love will kill you）之類的歌曲。母親本來打算出去做生意，還是決定留下來一會，問他要不要吃點什麼藥，畢永回答說不用了自己不想吃藥。當天晚上畢永高燒超過了三十八度，僅管渾身冒汗直打哆嗦，他仍不願意到醫院去。母親做完生意回家後，用帶著泡菜與麵粉味的雙手摸了摸畢永的額頭，難過地問他好不好，需不需要去醫院看看。

「媽！」畢永像是得到鼓舞一般振作起精神，知道母親外出回來了，勉強地開口說話。

「我在這呢！孩子啊！怎麼了嗎？」

「媽，妳是怎麼恢復的？之前是如何從痛苦中得到救贖的呢？」

「你問我的情況嗎？」

母親把畢永的枕頭立起來讓他靠著，用相當自信的口吻說，是上帝拯救了她，所以才會生出像他這樣優秀的孩子。

幾天之後，畢永的燒一退就向朋友借了一輛車。朋友本來說馬上就到，結果卻比約定的時間晚了許多，直到晚上九點鐘才開著老舊的龐帝克出現。幸好白天下的雨已經停了，整個城市被淋得濕漉漉的，城市滲透的模樣跟畢永內心的狀況差不多。

畢永再次慎重考慮要不要去找楊熙。從系上別的學弟妹那裡聽說楊熙已經回到了文山的老家，楊熙的家人在那裡經營著不知道是養鴨，還是養鵝的農場，因為這次梅雨季受到了嚴重影響，所以回家幫忙去了。總之，畢永也算是被這些家禽給連累了。無論如何，還是得去一趟，不去不行了。但就算去文山跟楊熙見了面，又有什麼意義呢？意味著一段關係的開始吧！戀愛、愛情、憐憫、束縛、約束、義務和性關係的開始。不是從有到無，而是從無到有的過程。畢永生平第一次做出這樣有勇無謀的決定，隨後便發動了車子的引擎。一路上當然還是聽著皇后樂隊的歌曲，耳裡聽著〈我生命中的摯愛〉，摯愛傷害了我，讓我心都碎了這一類的歌詞，腳下則大力踩著油門踏板前進。我的摯愛回來吧，別離我而去，畢永一邊跟著歌詞唱，一邊想著要嘗試看看，到了文山以後一定要跟她說：「楊熙啊！我愛妳那低沉的嗓音，愛妳那乾瘦的身材，即使妳口袋空空食慾不振我也依然愛妳，我愛妳的有氣無力，愛妳的空洞，愛妳的活在當下。」

文山一帶的雨已經停了。青蛙呱呱呱吵雜地叫著，青草、雨水和泥土的味道混雜在一塊，給人帶來一種原始的氣息。畢永感到文山的一切跟楊熙非常像，楊熙的外套上散發的味道，可能不是地下室或劇場裡面的霉味，而是楊熙從文山沾附到的體味也說不定。這麼說來，楊熙的有氣無力與消極的態度可能是自己的誤解，在這樣一個萬物繁茂生長的地方，怎麼可能會出現這樣的空洞無力，實在是太讓人難以置信了。

畢永迷了一會兒路，最後靠著鄰里居民的幫忙找到了楊熙家，看到她的家時，畢永像是忽然被人敲了一棒，整個人都目瞪口呆。楊熙的家——如果那樣的東西可以稱作是家的話，與其說是家，更像一個用合板蓋出來的洞窟，廚房跟房間的交界只用四塊磚頭高度的牆區隔開來，廚房的地是用泥土砌成，沒有任何一片磁磚，下水道似乎不太暢通，排水口被米粒和泡爛的麵條塞住，淤塞出一條小河。家裡雖然有鴨子，但不是什麼農場，不過是池子旁用鐵絲網圍成了籬笆，裡邊養著幾隻鴨子罷了。鴨子嘎嘎嘎地叫著，似乎只有小鴨子所以鳴叫聲既小聲又無力。

楊熙看見畢永時正在跟家人一起看著電視，楊熙的父母都在房裡，她的父親身高雖然頗高，卻一副體弱多病的樣子，從外觀來看應該已經超過了七十歲。她的母親身材矮小臉頰圓圓的，一頭黑髮用髮簪盤了起來。帶畢永來這裡的村里鄰居並未離開，而是對這個大半夜出現的青年大力地稱讚了鄰居的女兒一番。

「這個楊熙啊！不僅功課非常好，還拿到了政府提供的獎學金呢！別看她父親生活清貧，其實他是個大善人呢！只要一有錢就拿去幫助有困難的左鄰右舍，或是捐做水災救濟金。楊熙拿到的獎學金也被他拿去幫助生活更困苦的人了。雖然他身體不好，打從年輕的時候開始就是名愛國志士呢！」

牆壁上果真掛滿了各種大大小小的感謝狀。但是真的有比楊熙過得更困苦的人嗎？這個村裡的房子就數他們家最簡陋破舊，看起來根本不像人住的。桌上的碗盛著浮著碎冰的水蜜桃罐頭，楊熙的父母完全沒有問畢永是誰、來做什麼、從哪裡來，或者兩人是什麼關係。雖然畢永是自己跑來找人的，但他卻什麼話也沒有說，他們就這樣一起坐在電視機前看著搞笑的綜藝節目。跟畢永在一塊時從來不笑的楊熙竟然不停地發出笑聲，電視機裡兩位穿著運動服的喜劇演員，互相用手指彈著對方的額頭，確實挺好笑的。

「楊熙！楊熙！妳現在銀行存摺裡還有多少錢啊？」楊熙的爸爸把椅子轉過來問道。

「大約有三十八萬韓圓左右。」楊熙視線盯著電視機一邊回答道。

「怎麼會有這麼多錢呢？」

「就剛好有啊。」

「修鴨舍的網大概要花多少錢啊？」

「大概得花十萬元吧！」楊熙的媽媽回答道。

「既然這樣的話，楊熙啊，剩下的錢我這裡還有需要用的地方。」

「嗯，好的，爸爸！」

「我要找……」

「沒關係，就照爸爸你的意思去用吧！」

楊熙在跟父親說話時，不停地點頭同意，表情平淡不帶一點感情。三十八萬韓圓耶！三十八萬圓是多大的一筆數目，畢永的眉頭皺了起來。不是啊！怎麼能夠全部都拿去用呢，明明連自己女兒是怎麼生活的都不知道，年紀才二十一歲的她，整天穿著寒酸破舊的衣服，在首爾鐘路這樣繁華的街道上無精打采地走著。她從來沒機會有自己的積蓄，只是不停地被剝奪，像是熟悉了這樣的不幸一般，失去了動力和熱情而一直忍耐著。你竟然還敢要三十八萬圓？畢永很想大聲喊出來，但他卻沒這麼做，僅僅在一旁斜眼看著。

回去前楊熙送畢永到了村子口，雖然是為了兩人單獨見面而大老遠跑到文山來，但畢永卻覺得無話可說。楊熙像突然想起什麼似地，問學長為什麼要來這裡，畢永用剛好路過附近的理由含糊地應付過去。

「覺得我很丟臉嗎？」楊熙向畢永問道，從來不發問的她突然冒出了一個問句。畢永注視著楊熙，天色昏暗到幾乎看不清臉龐，但仍然能看見楊熙的雙眼。

「對不起，對妳說了那麼過分的話。」畢永道歉地說。

「學長不用跟我道歉，看看這些樹就好了。」

楊熙回過頭指著村口巨大的櫸樹：「這種神奇的樹不論樹皮脫落了多少層，都仍然有樹皮能再脫落。」

「不管什麼時候，只要到樹的面前就不會覺得丟臉了，因為樹不會嘲笑人，盯著樹木試試看吧！」

畢永站在楊熙的身後，張開了雙臂試著要抱住她，但卻沒能碰著。只要再往前一步應該就能碰到了，但畢永卻沒這麼做，他無法面對自己那因著憐憫與懇求而痛苦糾結的表情。畢永沉默地坐上了龐帝克，開來文山的路上令畢永興奮顫抖的愛情，像被戳破的氣球一樣消失不見。畢永哭了出來，哭著哭著他終於領悟到有些東西並不會被取代或是改變，而是完完全全地消失。至少在那一刻，他是這樣覺得的。

光芒耀眼

畢永被人事部部長叫了過去，叫他自己看看出入公司的時間紀錄，紀錄顯示了他在十二點到一點的休息時間，不是早離開就是晚回來，這剛好是他跑去找楊熙的那些時間。十一點五十六分出公司，還差四分鐘才到十二點，或是超過一點幾分鐘，到了一點零四、零五分才回來。畢永用心算計算了一下，全部加起來也沒有超過一天的時間，頂多也就半天的時間罷了，人事部部長提及的這段時間相當沉重，分量沉重得讓畢永不得不低頭屈服。出勤狀況是人事考核最重要的一部分，畢永因此得到了相當低的分數。

「要小心謹慎一點！不要以為雨滴小就不會被淋溼，讓別人抓到了把柄，我能夠理解你沒辦法定下心來，也知道你想要在公司堅持下去，總之記得在公司裡面千萬要注意點！」

畢永一下就打起了精神，對啊，這能怪誰呢？不就是自己花費時間陷在話劇欣賞之中嗎。現在所有的東西都沒了，到了窮途末路連回憶都要拿出來炫耀嗎？真丟臉啊！不是應該想辦法回到上層，回到原本的位子上嗎？既然如此，那漆黑的小劇場、椅子、上班族、四目相對的無聊時光、啪啪啪的掌聲還有楊熙都得全部忘掉才行。

畢永繼續努力工作，留在這間雖然不滿意自己的表現但也沒有捨棄自己的公司裡，就這樣度過了夏天和秋天。之前去鐘路的那段時期，身上的那股精力與想反抗的衝動也不復存在，緊張的感覺也從身上消失了，體重似乎也減輕了不少，身體變得像起司一樣輕盈。雖然身上像是少了顆螺絲，但他依舊安安穩穩地過著上班族的日子。

就這樣一直到了快要冬天之時畢永又得了感冒。以前畢永都會硬撐著去上班，但他感覺到自己已經到了不用藥物感冒好不了的年紀，於是他決定到醫院去一趟。畢永打算在下午一點之前回來，當然他也沒有忘記刷卡紀錄離開公司的時間，比午飯時間提前一些離開了公司。雖然外面出著大太陽，但天氣仍然非常的冷。畢永邊走邊想著高燒的狀況，邊走邊想著母親。忽然肩膀上襲來一陣寒意，想起從前有次他在煮麵的時候，母親走過來抓著他的手說：「唉呀！手真冰呀！」這段回憶讓他身體更加地冰冷。母親在畢永四十歲之前就離開了人世，可能從那個時候開始，他就已經不相信這個世界有誰能夠給他救贖。不知不覺間，畢永不再朝著醫院而是往鐘路的方向前進。

畢永發現雙腳並未按著自己的意志在走，不是因為想去才去的，而是自然而然的就走向這裡。在經過了三個季節之後，兩條腿又繞回來了這裡。過了一會兒，畢永就到了劇場的前面。已經超過了十二點一段時間，估計是不能再買票了。但是也許這樣更好，他只想打開劇場的門看看，畢永並未抱著任何期待和希望，像是需要別人的拒絕和推辭一般，有氣無力地打開了劇場的大門。賣票的小姐圍著藍色的圍巾，站在那邊捲著海報，畢永看著緊閉的表演廳大門，心想今天不知道是哪位觀眾到舞臺上面，經歷那從一開始的忍耐到慢慢接受最後可以凝視雙眼的整個過程。正準備回頭離開時，「進去吧！」賣票小姐說道。

「已經超過十二點半了吧？」

「今天一個觀眾也沒有，進去吧，這個公演只到今年年底，以後就看不到了。」

畢永苦惱了一番，如果一個觀眾也沒有的話，那自己就非得上臺不可了。畢永擦了擦額頭上的冷汗，如果現在離開的話，雖然不用坐到舞臺的椅子上，但若沒人坐在那個位子上的話，這個話劇又會變成什麼樣子呢？

與賣票所小姐所說的不同，總是拍手的那位男性觀眾依舊坐在觀眾席上，難道這個男的不是觀眾嗎？畢永心裡想著，同時用圍巾把臉遮起來。表示劇即將開始的鈴聲響起，這麼冷的日子裡楊熙依舊全身穿著緊身衣登場，臺下的畢永光是用眼睛看都能感覺到寒冷。楊熙來到了觀眾席伸出了手，畢永低頭看著那隻手。「學長！買能付得起的吧！」那隻掏空口袋，把錢遞給他的手。畢永雖然有股衝動想鬆開圍巾把臉露出來，但卻還是鼓不起勇氣。

楊熙跟對待其他觀眾時一樣，讓畢永坐在舞臺上的那張椅子，接下來就是四目相對的時光。多年前在麥當勞，楊熙總是斜眼看著他，忍耐著跟畢永一起度過的時光。而現在他們不必再說話，兩人之間已經沒有任何的關係，也沒有必要再彼此忍耐。哎！竟然是忍耐，畢永對於這個事實感到既難過又慚愧，跟楊熙對視一會兒之後他就把頭低了下去。過沒多久，底下的男觀眾站起來啪啪啪地鼓掌叫好。畢永回到位子上拿公事包時，楊熙和賣票所的小姐到舞臺上謝幕，然後劇就結束了。畢永心裡感到一陣苦澀，最近發生的所有事情讓他幾乎死了心，他只能順其自然地承受著。自己跟其他利用午餐時間來到劇場，一邊吃著三明治一邊希望透過話劇得到心靈安慰的上班族一樣，楊熙沒有特別對待自己，因為他跟其他人也沒有什麼不同。

畢永拿起公事包正準備離去時，發現謝幕完的楊熙並沒有進去後臺，而是一直站在那裡。畢永驚訝地停下了腳步，楊熙就只是站在那裡，從舞臺上往畢永這裡注視著，旁邊的男觀眾又再一次站了起來大喊「Bravo」並吹口哨，但楊熙還是沒有下臺，然後，她張開並抬起了雙臂高過肩膀的高度，就像那天晚上的櫸樹一樣，隨著風輕微地搖擺著。

走路回公司的路上畢永一路痛哭。沒有聽MP3播放機，也沒有皇后樂隊的音樂陪伴，在鐘路的大街上，畢永覺得一切都結束了，不管怎樣都已經別無他法，以後再也無法見到楊熙了。不管明天會怎樣，當下的痛苦實在太難以忍受，畢永轉過了頭往劇場的方向奔去。咚咚咚地衝下樓梯後，看見正在打掃的賣票小姐，她問他：「是否忘了帶什麼東西？」畢永正不知該如何回答時，每次都在觀眾席拍手的男觀眾提著水桶從化妝室走了出來。男子的眼神跟畢永交會時，噗哧一聲地笑了。賣票的小姐邊指著一旁的拖把邊說道：「這位是我們這裡的助理演員。」

「嘿！那我開始打掃囉！」男子拿起拖把放進水桶裡浸濕，畢永拿出了手帕擦乾滿面的眼淚。畢永再次離開劇場回到街上，走沒多遠發現自己又再朝著劇場的方向前進，於是他又再次轉身，強忍著心中想回去的衝動，一步步離鐘路漸行漸遠。楊熙啊！楊熙啊！現在麥當勞已經沒有賣麥香魚堡了！楊熙啊！楊熙啊！妳現在的樣子真的好酷啊！楊熙啊！楊熙啊！妳果真實現妳的夢想了！腦中浮現的這些想對她說的話，都被畢永很快地從腦海中抹去。妳好嗎？我曾愛過妳！救救我吧！這些話也跟著一併抹去。這些東西一旦抹去後，就像楊熙的劇本一樣，什麼也沒有留下。但也不是完全一點痕跡也沒有，有些東西隨著時間的過去，並不是完全的消失，而是以一種不存在的狀態隱藏在腦海中，不過那還算是真實的東西嗎？畢永站在路邊的行道樹下用力地擤著鼻子。如果當時我做了其他選擇的話，會有什麼改變嗎？

就算改變的話又能改變多少呢？行道樹上的葉子已經全部掉落，直挺挺地在寒冬中硬撐著。畢永痛哭完後茫然地看著四周，心想在大白天問這些問題好像太早了。那是一個陽光普照，光芒過於耀眼的正午。

＊文中話劇的題目取材於梁景彥的Instagram(@redsea32)

＊文中話劇的形式是參考二〇一〇年在紐約現代美術館，瑪莉娜・阿布拉莫維奇（Marina Abramovic）所展出的表演〈藝術家在此〉（*The Artist Is Present*）。

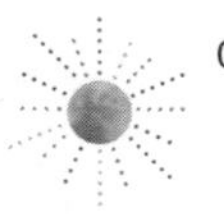

趙眾均的世界

根據海蘭所說，趙眾均每天寫的都是相同一首詩，詩名叫做〈消逝的世界〉，以「母親，我拿起了旗幟走上了街道」一句開始，然後用「被我們丟棄的花朵低頭不語」一句收尾。

樓梯間

我進了公司一個月後才知道趙眾均不吃午飯這件事。雖然也怪我人比較遲鈍，何況員工餐廳一張桌子的位子只有六個，本來就坐不下全部的人，猜想如果他沒坐在這裡的話，大概也就坐在其他位子上吧！海蘭說，趙眾均不是只有今天不吃午飯，而且他身上奇怪的事情也不只有這一件。

「姐姐，妳不知道這件事嗎？」

這個人也真是的，有話想說不能說重點嗎？何必用這樣試探性的問話方式呢？一個月前跟自己一起進入這間公司的海蘭，以她那個年紀來說算是挺成熟穩重的，但就是缺少小妹妹的那種隨和感。反正我本來就不應該跟海蘭太接近，畢竟兩個人是相互競爭的關係。進公司後了解了一下情況，發現在試用期結束以後，公司應該是想從我跟海蘭之間選一位錄取為正職，因為公司求職廣告上的最小需求人數寫的是一位。我不但讀完了研究所，也做過兒童讀物的編輯工作，雖然沒有成人書籍的編輯經驗，但整體來說還是對我比較有利。不過海蘭也不容小覷，該怎麼說呢？她給人一種全身閃閃發光的感覺。幾天前下班的路上，部長也提到海蘭的打工經歷可不是開玩笑的。

「從前我上學的時候也曾做過各式各樣的工作，但海蘭的經歷已經跟苦難行軍差不多了，跟一般學生到去處實習或是參加公開競賽不同，而是直接在勞動現場奔波。也就是說英珠妳呢，是靠著有模有樣的經歷，嗯？也就是正式上班的經歷來到這個位子上的，舉例來說，就像是工廠包裝的肉一樣，從一開始的生產階段就被封進正規的包裝裡。而海蘭她呢，就像是拳頭肉一樣，可以挑選豬肩或想要的部位，隨意切成拳頭般大小，那可是相當美味的食物啊。拳頭肉！我還真會比喻！對了，妳喜歡吃拳頭肉嗎？」

雖然沒有人喜歡被比喻成肉，但我還是回答了喜歡吃。

「新村鐵路附近有家拳頭肉很好吃的餐廳，先暫時等等吧！之後總會有公司聚餐的，試用期結束後，部長我請大家去吃一餐。」

「嗯……海蘭原來妳這麼成熟是因為打過不少工啊！難怪小小年紀就這麼深思熟慮，還懂得看眼色行事。」

我話音剛落，部長就接著說：「那都是辛苦換來的。」

「吃過苦的人是很容易分辨的，但曾經辛苦過而變得做事利索的人通常不受大家歡迎，反而常會讓周遭的人覺得不快。」

海蘭一提到趙眾均便不停地發表自己的意見，討論為什麼「那個人」在公司裡被當作不存在的人一樣，趙眾均都已經年過四十了，其他員工還一直稱呼「趙眾均」的全名，這實在非常奇怪。令我感到意外的是原來趙眾均已經這麼大歲數了，之前我還一直以為他只有三十多歲呢！

「應該是因為沒有職稱所以才會如此吧！」

「沒有職稱的話，就可以稱呼比自己大二十多歲的人全名了嗎？至少可以稱呼前輩或者稱呼先生吧？」

「先生倒不至於吧？叫前輩也不太合適。如果是按年齡來決定前後輩的話，那金助理跟徐助理不也要叫趙眾均前輩了嗎？但從職級上來看，他們可是他的上司呢！海蘭妳還不懂組織裡面的規則，這樣子稱呼是不行的，公司裡面的規定就是如此！」

海蘭本來還想再說些什麼，最後硬生生地把話給吞了下去。最後只說了一句：「姐姐，那個人在辦公室裡簡直就像幽靈一樣啊！」趙眾均是負責校正跟校訂的職員，雖然隸屬單行本部門，但有時根據情況也會接雜誌，或教科書部門的工作，也曾做過網路上的廣告文案和資料內容的校正工作。就如同海蘭所說，他的年紀都這麼大了，竟然連剛滿二十歲的設計師都「趙眾均！趙眾均！」這樣叫來叫去的，聽在耳裡確實讓人覺得彆扭。有時候到加油站加油不也會「先生！先生！」這樣子稱呼那裡的職員，怎麼在公司裡連個稱呼都這樣吝嗇，通常這是因為上面的人不出來管，才會產生這樣的情況。稱呼一旦固定了，大家就習慣跟著叫，因為要解釋為什麼不跟別人一樣叫，是一件更麻煩的事。

不知道是否因為聽了海蘭的一番話，從那天以後我在公司時注意力的重心都放在了趙眾均身上。趙眾均開門進公司時，會用難以聽見的聲音跟大家打招呼。雖然打招呼的方向是朝著我們而來，但音量實在太過微弱，連穿著拖鞋走路的聲音都能蓋過他的招呼聲，而且打招呼時又低著頭，臉的角度曖昧不明分不清到底是朝向誰。我心想這個人果然不懂得如何跟別人打招呼，打招呼要想有效果的話，至少得加上別人的名字，對方才能夠確認。跟我打招呼嗎？對！就是你，剛剛明確地跟你打過招呼了，別忘了啊！在職場裡面，一個小小的招呼也是武器，是帶有技術含量的，他都活到這把年紀了竟然還不懂，簡直是社會生活白過了。雖然自己不過是個試用期的職員，但看到趙眾均這副模樣，就莫名地燃起了自信，背脊也更加挺直了起來。

趙眾均的位子上有一本跟電腦大小差不多的國語字典，他會從翻閱字典的條目來開始一天的工作，桌上似乎沒有其他原稿，不過是單純地翻閱字典而已。聽說他曾經在編撰字典的公司工作很長一段時間，想不到竟然還會沒事翻字典看，這興趣也真夠奇怪。

趙眾均對聲音非常敏感，部長有乾咳的習慣，每次當部長喉嚨有痰發出咳嗽聲時，坐在隔板後面的趙眾均都會嚇一大跳。徐助理突如其來的笑聲、歌聲或朗誦詩詞的聲音，也讓他飽受驚嚇，特別是徐助理偶爾會發揮自己法語系的專長，喃喃自語地吟誦法語的詩歌香頌，趙眾均便會一臉驚恐地巴望這段時間趕快過去。因此趙眾均每次改原稿時都會戴上耳塞，部長說笑話大家義務性捧場一笑的時候；設計師親切地問「要不要喝杯咖啡？」的時候；科長說「大家一塊去吃飯吧！」的時候，都沒有把趙眾均包含在內的原因，也許單純只是因為他耳裡戴了耳塞。

趙眾均在公司裡被排擠是事實，但他並非沒有其他人際關係的往來。他的手機鈴聲時常在上班時間響起，此時趙眾均會跑到樓梯間去，嘰嘰喳喳熱情地講著電話。聲音聽起來有時像哄勸，有時像安慰，有時則像在跟別人做約定，就連叮嚀的語氣都相當親切，本以為是跟女朋友講電話，結果掛電話前聽見他說：「亨洙[1]，今天別再喝酒了。」才曉得不是女朋友，可能是親戚中有個酒精中毒的大嫂，或是某個朋友的名字，這我就不得而知了。講完電話後，趙眾均嘴裡叼著菸上上下下地晃動著（因為是禁菸大樓所以不能點菸），經過一番沉思之後，才回到位子上，從沉思到回座位上，那中間那短暫的時光，是趙眾均看起來最富有朝氣的時候。

「姐姐，那個人還會寫詩呢！」幾天後，午飯時間散步時海蘭提起了趙眾均。

「會寫詩嗎？妳怎麼知道的？」

「啊！海蘭妳跟那個人這麼熟了啊？」

「沒有啦，是我早上打掃辦公室的時候偶然看到的，他的桌面上擺著幾張紙，上面寫著詩呢！」

她每天早上都提早到，原來是為了打掃辦公室啊！這種招式老早就沒用了，那些會吃勤勉這套，富有浪漫主義思想的上司們，早就年紀老邁退休了。現在的上司早就不在乎這種雇用勤勞的大媽就能解決的問題，而是想找在公司所重視的方面能騷到癢處的員工，普遍來說就是指外語能力。我當初有點太過著急想早點畢業，要是再多修一些外語課程就好了。

根據海蘭所說，趙眾均每天寫的都是相同一首詩，詩名叫做〈消逝的世界〉，以「母親，我拿起了旗幟走上了街道」一句開始，然後用「被我們丟棄的花朵低頭不語」一句收尾。詩中的句子被畫上底線，有些像是被退件的稿子，但是詩的作者名字每天都不一樣。意思是昨天寫的詩，今天讀的時候還是一模一樣，只是作者名字改了嗎？「那麼這詩應該就不是他自己寫的吧？」「不是這樣的，前幾天我問過他了，他說雖然這詩是他寫的，但是這首詩卻不

1 原文是형수，亨洙這個名字的發音跟韓語的兄嫂（兄長的太太）同音。

屬於他。」自己寫的詩但又不屬於自己？這不就跟雖然女兒是我生的但不是我的女兒，雖然偷了東西但不是小偷的意思差不多嗎？

手冊

進了公司五周左右以後，我和海蘭也被分配到了業務，是修訂本的編輯工作。那本書是某位老教授很久以前寫的著作，因為要當作教材使用，而要求印製五百部修訂本。部長叮囑趙眾均務必遵照作者的意思，配合開學的日期提前把書印製好。

「那個人本來是以編輯身分錄取的，一開始我是持反對立場，但跟他的資歷相比薪資算是很低的，所以公司還是錄取了他。不管怎樣，我還是不能理解公司為何要錄用年紀這麼大的人。如果用雞來比喻的話，就像是瀕臨死亡的老雞，哪有又便宜又好的道理？老雞的肉那可有多難嚼啊？做事情時過於固執又很難溝通，結果沒多久公司想要裁員了，但再過不久就要五十歲的人還能上哪去找工作？所以我就建議把他調去做校正工作，這件事他做得好的沒話說。想不到他還挺喜歡乖乖地只做一件事，說這樣他覺得更自在一些。都進公司三年了，趙眾均他還沒辦法融入這裡，製造了不少的問題，都是因為他太過於沉浸在自己的世界裡。」

接著我們三個人開始一起工作，雖然差事很容易，但對於我跟海蘭來說卻相當重要。這是進公司以來第一次分配到的任務，最後試用期的結果大概也會以這次工作的成效來評價。部長吩咐海蘭擔任一校，趙眾均擔任二校，由我來做最後的校對。在海蘭做一校的時候還沒有太大的問題，但當校對的稿子傳到趙眾均手上後，終究得與他直接面對面，自己對他已經有點了解，卻不知道為何還是有些緊張。跟完全不認識的人一塊走相比，跟稍微認識的人同行反而更令人覺得緊張和尷尬。說明了一會兒工作方向後，轉眼就到了午飯時間，我提議邊吃午飯邊接著討論剩下的部分，但趙眾均卻回答說：「不行。」

「為什麼呢？你本來就不吃午餐嗎？」

「是的。」

啊！原來如此，原來是他主動自願不吃午餐的，而不是因為受到別人排擠。那倒也是，不管這個世界變得再怎麼冷漠，在禮貌上還是會遵守基本原則的。要私底下排擠別人到連飯都不許吃，那反而是件更累人的事吧！

「中午不吃飯的話，的確身體會感到很輕盈，原來是為健康著想啊！」

「不是的，我想吃卻故意忍住不吃的。」

如果身旁有面鏡子的話，還真想看看當時自己的臉上是怎樣的表情。

「為什麼呢？為什麼想吃還要忍住不吃呢？」

「為了省下餐費才不吃的。」

「省什麼餐費呢？公司裡面的員工餐廳不是免費的嗎？」

「並不是免費的，如果聲明了不吃的話可以拿回費用的，每個月九萬，六千韓圓。」

趙眾均講話的時候習慣在中間加上停頓，斷句相當古怪。話說回來，他到底是怎麼拿回來含在薪水裡的餐費呢？

「九萬六千韓圓的話，那還挺多的呢！」

一旁的海蘭也開始關心起這個話題。趙眾均拿出了手帕擦了擦汗，從額頭到鬍鬚，又從人中到脖子，像在四處確認哪裡有汗滴的存在。接著，像事先安排好順序似的，手機鈴聲響了起來，趙眾均接起手機，「亨洙，你等一下啊！」，然後就掛了電話。「喂！喂！我肚子餓了！」手機那頭傳來了男子的聲音，原來亨洙是他朋友的名字，也對啦，哪有人跟大嫂這麼經常通話的。不過，如果真的選擇不吃午餐的話，就可以拿回餐費嗎？還是因為我們仍在試用期，所以沒有人跟我們說這件事情嗎？

「確實可以拿回來，雖然需要經過一些簡單的確認程序。」

趙眾均說他是公司裡面第一個說不吃午餐的人，為了確立這個程序甚至還造成了不小的混亂。一開始他跟助理說了這件事，之後傳到了科長，接著是部長，最終傳到總經理那邊。就這樣，趙眾均為了得到不吃午飯跟拿回餐費的權利，經過了八個月後終於被叫到總經理的面前。總經理聽完了趙眾均的話後，表示願意尊重他的想法，並用公司裡沒有這樣的先例跟相關程序為由想要勸退他。

「問題在於你要怎麼證明自己沒有在餐廳裡吃飯，若加上印刷廠的話，公司員工總共超過了三百名，我並沒有要侮辱你的意思，如果為了這點事造成公司內部的混亂，這要是被傳到公司的留言板上，說總部裡有人為了拿回午餐錢搞得沸沸揚揚的，那可是丟我的面子啊！不過我再問你一遍，你說保證不吃午餐，那你要怎麼證明你沒有在員工餐廳裡吃飯呢？要是哪天你肚子餓了又懶得到外面吃的話，會不會像老鼠一樣偷偷進來躲在角落裡吃呢？要如何防止你躲在三百個人裡面，獲得這種不當的利益呢？」

總經理古怪的個性與趙眾均相比毫不遜色，竟然坐在那裡一一對應有可能發生的情況。一旁的海蘭激動地說道：「天啊！竟然說出這種話？那結果怎樣呢？」對於總經理所說的話，趙眾均一點也沒有生氣，覺得他的話確實也有道理。

「所以呢，我就製作了這個。」

趙眾均從襯衫胸前的口袋掏出了一本手冊，手冊裡面夾的幾張萬韓圓鈔票在掏出來的時候掉到地上，趙眾均把鈔票撿起來，摺好後再次放進了口袋。手冊畫著三乘以三的九宮格子，用藍色原子筆繪製而成。第一格上面寫著日期，旁邊的格子寫著「我沒有用餐！」最旁邊那格則是確認者的簽名欄位。到了午餐時間，趙眾均的手裡拿的不是餐盤而是手冊跟原子筆，他站在餐廳入口飲水機的旁邊，等著總經理下來用餐。第一天總經理沒有來用餐，所以趙眾均就請一直在工作的餐廳阿姨簽了名。二〇一二年十一月的第一格，在「我沒有用餐！」旁邊的格子裡，可以看到阿姨誠心誠意的簽名，「金愛子」三個字。

第二天，總經理下來員工餐廳吃飯，趙眾均來到他身旁掏出了手冊。手冊裡「金愛子」這格下面草草簽著一個「姜」字。趙眾均拿到了簽名以後，也沒有馬上離開，而是一直站在那裡等員工餐廳打烊，就為了證明他真的沒有吃午餐。因為總經理在簽名時說道：「你該不會等我簽完名離開後再去吃午餐吧？」過了十二點五十分以後，除了趙眾均的餐具外，大約有二百九十九個餐盤跟五百九十八根筷子在大型洗碗機裡轉動著，餐廳的阿姨也開始進行整潔工作。阿姨們每次都會問他：「肚子應該餓了吧？要不要吃點我們煮的鍋巴湯？」當然趙眾均都謝絕了。

「公司提供的飯食我不能吃。」

「這怎麼會是公司提供的呢？是我們自己要吃才另外煮的。是從我們的份裡拿出來給你的，應該要算我們提供的吧！」

海蘭聽到這裡開始哽咽了起來。我並不覺得趙眾均可憐，反倒是很驚訝總經理竟然花了一個月的時間跟這種無厘頭的人較勁。仔細算來，趙眾均好像就是在那個時候被調去做校正工作的，面對這樣的職員總經理也感到很有負擔吧！翻到越後面，手冊裡「姜」的簽名逐漸減少，取而代之的是「金愛子」、「吳恩惠」、「明淑熙」這些名字，終於在十二月以後，手冊像是全新的聖誕禮物一般，只剩下未填寫的空格。

手稿

趙眾均份內的工作原本預定要在四天內完成，結果工作時間先是延長為一周，之後又再次延長為十天。因為壓力太大的關係，我的臉已經浮腫得像顆氣球，很擔心要是砰一聲突然爆炸了怎麼辦。老教授幾乎每天都會打電話來詢問這本書到底能否按時發行。焦慮感似乎影響了這位老教授的日常生活，無論是在吃早餐的時候或在診所做針灸的時候，還是去射箭場的路上，甚至連登山到一半，他都要打電話過來問。本來我的耳朵聽力就不太好，常聽不清楚電話裡的聲音，更何況從北漢山某處打來的電話訊號又那麼差。我才剛回答校對的工作延遲了，就馬上被教授喝斥：「哪裡有需要糾正的地方，你們對韓國歷史的了解有多少？別自作聰明了，趕緊送去印刷廠吧！」

但是，趙眾均卻沒有聽話照做，他的桌子四周堆滿了不知道從哪裡借來的期刊，還有《歷史用語詞典》、《韓國民俗詞典》、《朝鮮實錄解說》和《日韓詞典》這些書。但仔細看了看趙眾均所發現的錯誤，的確都是應該要修改的地方，因此又不太好為了工作延遲而生氣。

趙眾均每天晚上都會留下來加班，因為傳給我的校正稿每天只有六到七張，所以我每天都能準時下班。「明天見！」等我說完這句話離開辦公室後，趙眾均就站了起來，關上辦公室裡所有的燈，只留下自己座位上面的那盞，像是把辦公室裡的黑暗當作溫暖的毯子蓋著，繼續投入手稿中的世界。

酸掉的年糕

這段時間海蘭的腳受了傷，走路時不得不依靠著拐杖。她說是在家做菜時，一不小心弄掉了刀子，剛好砸在了腳上。公司是一棟五層樓的建築，而且還沒有電梯。第一天下樓吃飯時海蘭累得滿頭大汗，之後她就決定午餐時間留在辦公室，嘴巴上則是說順便趁這個機會減肥。用完午飯回到辦公室後，看見海蘭和趙眾均兩人正在談論著什麼事情。海蘭說她很抱歉，因為她沒有好好地校正才增加了趙眾均的工作量。之後等趙眾均校正完，她會再拿來看一遍確認自己漏掉了什麼部分。趙眾均跟公司裡面的其他人都保持著一段距離，但對海蘭他卻沒有如此。午餐時間他們相處在一起，看起來有時像師傅和徒弟，有時像前輩和後輩，有時則像兄妹一樣。海蘭似乎不太能忍受飢餓，便開始帶零食到辦公室來吃。她沒有烤箱，卻還能親手製作麵包、香腸和餅乾。某天，海蘭不知道從那裡帶來了年糕，當其他人都吃完午飯回到辦公室時，她邀請大家過來每人吃一塊。甚至連部長都聚集到桌子旁，說要試試看味道怎麼樣。令人驚訝的是，隔板後面的趙眾均也站了起來，聚到中央的桌子旁邊。

「苧麻葉年糕很貴的，這跟糯米切糕是不同的東西。我們公司的老么還真捨得花錢啊！海蘭妳的腳怎麼樣了？幸好砸到的是刀背而不是刀鋒，不然的話恐怕撐不到公司試用期結束吧！一隻腳不好使的雞會怎樣呢？這隻雞還能跑嗎？肯定馬上被抓起來做成炸雞。員工的身體病痛也是罪孽啊！趙眾均你也應該吃得好一點，不要一天到晚只琢磨錯字也啄點食物吃吧！雞生病了會怎樣呢？這隻雞還能跑嗎？肯定馬上被抓起來做成炸雞。」

經理說完便將年糕放進嘴裡，眉頭馬上皺在一塊，似乎味道有些奇怪的樣子。海蘭暫時離開座位時，徐助理說這個年糕已經壞掉了，叫大家別吃了。話一說完，每個人都只是用筷子夾著，真正吃下去的人只有趙眾均而已。我到了離桌子稍遠的地方，把年糕吐了出來，雖然沒有完全壞掉，但年糕上散發著一股酸味。「會不會只是冰箱的味道呢？」「才不是，都已經酸掉了。大家口頭上說聲好吃，再想辦法把自己那塊處理掉，畢竟人家都這麼有誠意的帶來了。」徐助理這樣跟大家說。每個人都放下了手中的年糕，唯獨趙眾均繼續吃個不停。

「趙眾均你別再吃了！像你這樣缺乏基本體力的人，吃了這種壞掉的東西可就慘了，還有堆積如山的原稿在等著你呢！要是你人倒下了怎麼辦？」

「沒事的，年糕沒有完全壞掉。」

「還說沒有完全壞掉？明明就酸掉了。都多大年紀了，連這都分辨不清楚嗎？還有啊！那個教授翹首以待等著書出版，人家都已經七十歲了，搞不好書還沒印出來人就歸西了。稍微檢查檢查就跳過吧！作者自己都說沒有什麼地方要改了。喂！你別再吃了。」

部長一把抓住了年糕的包裝袋。

「還沒壞啊！味道還可以。」

海蘭回到辦公室時，「海蘭，年糕很好吃呢！」其他的員工說完後，便放下筷子趕緊離開。海蘭來回地看著手裡緊抓著包裝袋阻止趙眾均吃年糕的部長，還有嘴裡邊嚼邊叫部長放開手的趙眾均。

「唉！連酸掉的年糕都貪吃。總之，快看原稿吧！」

部長離開之後，趙眾均打開包裝袋，繼續吃剩下的年糕，他緩慢地吃著，像個幽靈一樣幾乎沒有發出任何咀嚼的聲音。趙眾均就這樣靜靜地吃到午餐時間結束為止，腹中感到相當的飽足。

第二欄

老教授終於怒氣衝天的來到了辦公室，公司對講機的那頭才剛說前門這裡有人來，轉眼間人就已經爬上了樓梯，衝進辦公室裡來。由於校正工作延遲了兩周，我的精神早就累得乘著東南風，不知神遊到了何處，聽說船乘著東南風可以一路到北極海，我覺得那位老教授就像凶暴的北極熊一樣，揮舞著爪子想捕抓鮭魚或海狗吃。老教授離去後，部長跟我說從今天開始每個小時都要檢查趙眾均的工作量，然後我又把這個任務交給了海蘭。不知道從何時開始，只要部長有什麼指示，就會另外找我個別過去談，除了討論現在進行的這本書外，還討論了有關秋季和冬季的工作安排。自然而然的，我已經不再是海蘭的競爭對手，而是成為了她的上司。海蘭做好了我所要求的文書表格，上面劃分著日期、時間、工作內容還有確認欄。「很好！」雖然我確認完了，但海蘭好像還有話要說似的，猶豫一下後才轉身離去。

到了下午，趙眾均慢慢地走到了我面前。不知道是因為肚子不舒服，還是因為連夜加班的關係，他看上去比之前還要憔悴，那彎腰駝背的模樣就像一個巨大的問號。

「不必找其他人了，就英珠妳和我兩個人，確認進度，就行了吧！」

由於聲音太小了，我拉著椅子坐得更靠近一點。

「你剛剛說什麼？」

趙眾均用手擦了擦他那粗糙乾燥的臉，然後從襯衫的胸前口袋拿出了一本筆記本，夾在裡面的萬圓鈔票飄落到我的膝蓋上，總共是兩萬韓圓。趙眾均將手上的筆記本翻開，寫了些什麼之後遞給了我，今天日期的後面記著「兩點二十分」，旁邊的括號裡則寫著「我沒有偷懶」這句話。趙眾均用手指頭指著簽名確認的欄位，沒有附加任何的說明，像是知道我已經了解要做什麼。當然，我知道那裡要寫什麼，只要寫下名字就可以了，但是我卻不能簽名，因為我並不想簽。

「為什麼不簽名呢？」趙眾均的聲音有些疲憊，並不像想要批評或爭辯的樣子。

「我不想簽名。」

「為什麼不想簽名呢？」

我就是不想簽。我跟總經理不同，絕不可能讓人餓著肚子在飲水機旁邊站一個小時。我沒有任何回答，趙眾均也在那裡站著不動，低頭看著自己的鞋子，然後一會兒之後才回到了自己的座位上，我終於鬆了口氣。但一個小時後，趙眾均又來到我面前，遞上他的筆記本。我心想要不要乾脆大發雷霆，罵他怎麼如此厚臉皮，搞得別人如此難受，難道不曉得我們年齡差距有多少嗎？筆記本的第二欄中仍是寫著「我沒有偷懶」這句話。

「為何要這樣做呢？是在向我抗議嗎？」

「我不是要抗議。」

「那你是想要什麼呢？」

「只是想要妳確認一下。」

趙眾均一點都沒有要退縮的樣子，還將原子筆遞了過來。「我不簽，我不簽。」揮手拒絕時不小心把筆給撞掉到地上，我的雙頰感到灼熱難耐，不曉得是因為生氣還是因為尷尬。「怎麼了啊？那邊那一組，放輕鬆點！」徐助理的一句話，打破了辦公室裡緊張的氣氛。「怎麼又是筆記本，這次是什麼問題啊？」部長從位子上站起來認真地問道。

「我來簽吧！我簽也沒關係吧？」海蘭拿起一支原子筆，一拐一拐地走到我的座位上，讀完「我沒有偷懶」這句話後，在旁邊簽上了姜海蘭三個字。

名字的故事

那天晚上，海蘭提議一起去聚餐，三人來到海蘭朋友開的餐廳吃咖喱飯，尷尬地喝了點啤酒。即使坐在同一張桌子上，趙眾均依舊自然而然地沉浸在自己的世界裡，還好海蘭一直和他說話，才將他的注意力拉回到桌上。海蘭要求趙眾均講講有關那兩萬韓圓的故事。兩萬韓圓？趙眾均猶豫了一下，海蘭求著說道：「英珠姐還沒有聽過這個故事呢！」趙眾均又點了一瓶啤酒，然後從襯衫胸前的口袋中把鈔票掏了出來。跟下午在緊張的氣氛下確認的數字一樣，剛好兩萬韓圓。

學生時代的趙眾均，在一次示威遊行中被警察抓了起來，幾天以後就被釋放了，離去前警官將五千韓圓鈔票放進他襯衫胸前的口袋裡，叫他去澡堂洗個澡後再回家，對趙眾均來說這是個難以忍受的恥辱。想不到竟然有人會因為「去澡堂洗個澡後再回家」一句話，而感到被羞辱。總之，從那以後趙眾均出門的時候，總會在襯衫胸前的口袋裡放著錢，萬一哪天在路上碰見了當時那位警官，要連本帶利一起還給他。因此，這兩萬韓圓是一個證物，證明他還記得恥辱沒有忘記要報仇。

「你還記得那位警官的臉嗎？」

「我還記得。」

「聽起來不像真的。」

「我真的還記得。」

「我相信你一定會遇見的，真的！」海蘭雖然這樣鼓勵他，但我覺得因為這麼點小事就整天想報仇實在是不夠大氣。這樣子義務性地喝了一個小時啤酒後，趙眾均提議大夥再接著去喝一杯。「什麼？竟然還要再喝一杯？」趙眾均帶著我們經過了B-boy公演的戲院、知名藝人開的室內酒吧還有廣播電臺。「好久沒有這樣走走了，感覺真好！」海蘭拄著拐杖說道。感覺就像成了正式員工一樣，都已經開始聚餐了。

趙眾均帶我們進入一間正門是鐵製滑動門，不知道該說是酒吧還是私人空間的地方。門上貼著藍色塗料紙，並用手寫體寫著「消逝的世界」幾個字。海蘭摸了摸那個門上的字說：「姐！妳看！」那是趙眾均每天寫了又退稿的那首詩的標題。一位滿頭捲髮的男人正在店裡看著電視，轉頭向我們打了招呼。店裡竟然只有一張桌子跟三張椅子，「這不是人數剛剛好嗎！」我說道。「如果不是剛好三個人的話我就不會帶你們來了。」趙眾均一副理所當然的樣子回答道。

喝啤酒的時候大部分都是酒吧老闆在說話，老闆說他的名字叫做亨洙。哦！原來這個人就是亨洙啊！還在想這個名字怎麼寫的時候，老闆接著說：「全名叫謝亨洙[2]。」我心想不知道是真名還是在開玩笑，老闆說完就這麼「呵呵呵」地笑了起來。

談話的主題圍繞在亨洙所喜歡的電視劇內容，從早晨連續劇到完結的連續劇，亨洙正在追的劇多達二十二部。亨洙說雖然有二十二部劇，但是故事情節都大同小異，到後來已經搞不清楚跟瑩蘭出軌的那個傢伙到底叫宰秀還是英秀，還有折磨英玉的人到底是母親、丈人、情婦還是同父異母的兄弟？劇情演到現在她到底是不是他的女兒，還是其實她不是他的女兒，而是另一個人的女兒？這些劇情令亨洙相當困惑。然後，他想合法地和她睡覺（亨洙說婚姻就是這樣），她想合法地用他的錢（亨洙又說婚姻就是這樣），他不想要讓她用他的錢（亨洙說人心都是如此），所以他指使他去毀謗她（亨洙說生活就是這麼一回事）。

不曉得是不是因為喝多了，我逐漸習慣了這個庸俗的酒吧，隱隱感覺這裡充滿著像桌上沸騰的泡菜鍋一樣滾燙的憤怒或者該說是癲狂。「既然劇情這麼可笑，為什麼還要看呢？不

2 謝亨洙的名字사형수，在韓語裡音同死刑犯。

如高尚地看些藝術電影吧！」我話一說完，亨洙便回答道：「這麼有趣的東西怎麼能不看呢？不是還挺有戲劇效果的嗎？」

趙眾均一直沉默著，實在猜不透他到底為什麼把我們帶來這裡，他似乎無意對白天發生的事情道歉或檢討。亨洙又拿了啤酒過來，並要求趙眾均付錢。趙眾均默默地拿出錢包，給了他差不多八萬塊錢。接著話題轉移到每個人名字裡的故事。海蘭的名字是她祖父取的，她的祖父是一名脫北者，因為想念海蘭江而取了這個名字。我的名字沒有什麼特別的意義，而亨洙似乎曉得趙眾均名字的故事。

「他可真是個因名字而死又因名字而生的人啊！他的人生真的非常戲劇化！」

像這樣一個安安靜靜的人，竟會有什麼戲劇化的故事？亨洙把烤好的魚乾放在桌上，然後說：「要不要我來說給妳們聽聽啊？」儘管這是趙眾均的故事，但他本人卻一直保持沉默，只有亨洙像無聲電影中的旁白一樣興奮地說著。

亨洙和趙眾均過去是大學同學，當時有一位非常不受學生歡迎的歷史系教授，上課時間大半都在罵在野黨和「示威遊行隊伍」，這位教授的調性跟當時的年輕人非常不合。會申請這門課是因為這是一堂必修課，他幾乎都沒有去上過課，問題在於沒人想要被留級，一留級的話就慘了，因為當時很窮困又不想去當兵，如果被留級的話，不僅浪費了學費，還得馬上入伍。然而，有傳言說只要去參加考試教授就會給及格分數。雖然大家都不相信，不知道是真的還是假的，即便心存懷疑，所有學生都還是來參加了考試。應試的學生中還有人連什麼科目的考試都不清楚，就跟著別人一窩蜂地進了考場，才發現自己並沒有申請這門課而遺憾地離開。

進入教室後，監考老師給每個人發了一張空白的紙。跟傳言的一樣，黑板上面沒有任何的考試題目。監考老師說只要寫下名字就好了，但是在考試時間結束前，不可以提前離開教室。學生們寫下了自己的名字後，考試時間還剩下一個小時。因為監考老師說過不能先離開，大家也只好想辦法熬過剩下的考試時間。有的人趴在書桌上睡覺；有的人無聊地轉著原子筆；有的人哼著歌；有的人撕下考試紙張的一角，當成口香糖放到嘴裡咀嚼著。趙眾均此時安靜地坐在白紙前沉思著，思考為什麼沒有考題。

對於這場什麼都不用寫的考試，趙眾均反覆地思考著，這樣做而得到的分數到底有什麼意義？夏日將至的校園裡，傳來了「噹噹噹、噹噹噹」的鑼鼓聲，在趙眾均的耳裡，聽起來像是在呼喚他出去的聲音。「咚咚咚、咚咚咚」的長鼓聲也傳進了教室，在趙眾均的耳裡，聽起來像杜鵑鳥的叫聲。

「為什麼沒有題目呢？」趙眾均問道。

「這個考試就是寫名字，只要寫下自己的名字就好了。」

監考官走過去拍了拍趙眾均的肩膀。

對趙眾均來說什麼東西都不寫而只寫自己的名字，是一件很丟臉的事，因為他想要的形式，不是什麼也不做就白白地得到。雖然他也明白只要在考卷上寫下名字然後等待考試結束，就是這位教授的意圖。趙眾均開始在白紙上寫其他東西，卻並未寫下自己的名字，監考官用拳頭敲了一下桌子。

「這位同學，我不是說過只能寫名字嗎？」說完便拿了一張白紙過來。

「這位同學，不能寫別的句子，只能寫自己的名字，只要寫名字就能得到分數了。」

於是，監考老師又給了他另外一張白紙。趙眾均又拿起原子筆寫。後來，連其他的朋友都對他說：「拜託你只寫名字吧！眾均啊！如果你被留級的話，就得入伍去了。」然而，趙眾均堅持把句子寫完，而且到了最後一刻都沒有留下名字。

「他就是一個這麼酷的人，太有個性了，直到最後都不寫自己的名字。」即使是很久以前的事了，亨洙依舊興奮地說著，並過去抱了抱趙眾均。亨洙的手腕彎曲成非常奇怪的角度，我這時才發現亨洙的手原來是義肢。

「你當時寫了什麼呢？」

「寫了一首詩。」

趙眾均喝了一口啤酒，臉上露出短暫的微笑，嘴唇就像花朵凋謝那樣張開了一下就馬上縮起來。「所以最後怎樣了呢？」海蘭問道。「當然完蛋啊，被留級後就當兵去了，實在有夠慘的。」亨洙回答時像在談論連續劇的故事時那樣裝模作樣的。「不是還有因名字而生嗎？」話剛問完，「耶！打到了。」亨洙拿著蒼蠅拍打向牆壁並大喊著。

當時在考場寫的那首詩標題是「消逝的世界」。據亨洙所說，這首詩在當時的集會、會議和營隊活動中被拿出來朗誦的次數，比其它任何詩都還要多。這種「傳單詩」具有煽動人心的效果，如果沒有這樣的詩，示威遊行或其他任何活動就難以發揮效用，趙眾均的「消逝的世界」可以說完美地發揮了助燃的作用。

「所以趙眾均就出名了吧？」地鐵的末班車時間快到了，我得趕緊下個結論。

「你錯了。」

趙眾均用不悅的表情看著我，魚乾屑粘在他的嘴唇上要掉不掉的。趙眾均說這首詩雖然是他寫的，但並非他的詩。任何人只要願意都可以加上自己的名字，像自己寫的詩一樣在講臺上、廣場上或大街上朗誦。

「我也常常讀這首詩，激動時哭著讀，喝醉時也讀，開心時也讀，可能還有不少人以為這詩是我寫的呢！」亨洙說道。「不好吧！這不就是偷竊嗎？」我突然提問道。「看看妳在說什麼，在我們的世界並非如此，詩才不是那樣的東西。眾均啊！他們不懂的，不懂我們的世界。」亨洙突然激動起來。

「我們也懂的。」海蘭突然答道。

「妳懂什麼，妳們才不會懂的。」

「海蘭妳真的懂嗎？」趙眾均低著頭，聲音似乎帶著點哽咽。

「是的，我懂，我真的懂。」

「你們該回家了吧，我們要睡覺了。」亨洙聽而不聞地回道。

什麼？原來趙眾均跟亨洙一起住在這裡嗎？我往店裡的四處看了看，後面有一扇小門，不知道裡面是倉庫還是房間。我拉著海蘭從位子上站了起來，趙眾均不知道是不是喝醉了，坐著閉上眼睛一動也不動。

「我們先走了。」

亨洙沒有回答，似乎是生氣了。這樣一個情緒驟變的人到底是怎麼和面部表情幾乎沒有變化的人成為朋友的呢？

我叫了計程車，把海蘭先送回家。海蘭不知為何感到難過而抽泣了起來。

「妳之前不是到處打工嗎，怎麼內心還如此脆弱呢？」

「我在老家時不會這樣的，但是來到首爾以後卻變成了愛哭鬼。」

「妳老家在哪裡呢？」

「在玉川，咦？這是第一次耶！」

「什麼東西第一次？」

「姐姐問我這種事情。」

「哪種事情？」

「私人的事情。」

我不曉得該怎樣回答才好。

「對了，海蘭妳剛才說妳懂的，到底是懂了什麼呢？」

「我懂？哦！剛才……雖然不知道是什麼，但我覺得我好像懂的樣子。」

「什麼？」

「總而言之，就是他們的世界。」

我看著海蘭從出租車上下來拄著拐杖走回家。海蘭走不到兩步，突然停了下來，掏出手機拍了張照片。那裡連一朵花或一隻貓也沒有，是在照什麼東西呢？我看了看她拍照的方向，那裡是漆黑的一片。「司機，可以出發了」說完後計程車再度啟程。

消逝的世界

公司聚餐的地點在新村鐵路附近，那家部長之前提到專門賣拳頭肉的餐廳。由於我是今天聚餐的主角，因此被指定坐在總經理的對面，我坐在位子上認真地幫大家烤肉。總經理本人比我想像的還要好很多，一下子心情放鬆了不少。餐桌上既沒有海蘭也沒有趙眾均，趙眾均因為校正期限超過了一個月，害公司蒙受損失，被公司以瀆職跟怠慢等名目開除了。公司怕他會發起訴訟或個人示威，所以交給我一份事件始末的報告。報告書是由部長寫的，我只要在上面簽名就可以了。這樣一來，公司增加的員工人數就不是一人或兩人，而實際上是「零」人。

已過的夏天，沒人在聊趙眾均的事，但是等趙眾均一離職後，每個人都開始談起有關他的事。我還以為大家對趙眾均不怎麼感興趣，但事實上卻並非如此。每個人都有自己回憶中的趙眾均。徐助理說自己在法國留學的期間，曾經參觀過幾次沙特（Jean-Paul Sartre）的墓地，趙眾均跟那裡的「路邊流浪漢」非常相像。那個人總是坐在那邊什麼事也不做，成天看著一本小筆記本，用左手不停地重複寫同一個字。「趙眾均不也是左撇子嗎？」趙眾均真的是左撇子嗎？我仔細地回想，但卻想不起來了。「難道是分身[3]嗎？」某人說道。「他不是手指的關節少了幾節嗎？」又有另外一個人說道。「好像是缺了一根手指吧！」「不是吧，只是手指頭的關節少了兩節。」「三年來都注意到哪裡去了？明明左手就少了根無名指！」「那本筆記本上寫的是什麼字呢？」我向徐助理問道。「自由，法語是liberté。」

都沒有人提到海蘭，一個待沒多久就離開的人，似乎沒有什麼好讓大家討論的，就像這個人從未出現過一樣。隨著校正的書籍出版和試用期的結束，感覺終於可以安心地鬆一口氣，但整個人的氣勢卻消沉了，安穩的同時伴隨而來的竟是一陣空虛感。雖然如此，我仍得繼續為大家烤肉，跟別人乾杯敬酒，與其他人說說笑笑。

「大媽！」上完洗手間後我坐在大廳裡，沒有馬上回到聚餐的座位上。如果繼續喝酒的話，可能就要醉倒了。「怎麼了？找不到座位嗎？」餐廳的大媽轉過身來問道。「不是的，

3　原文用的是德語Doppelgänger，本意是指某一生者在二地同時出現，由第三者目睹另一個自己的現象。該存在與本人長得一模一樣，但不限定為善或惡。（參照維基百科）。

我想問拳頭肉為什麼要叫拳頭肉呢？」大媽一邊用手攪拌盆子裡的豆芽菜一邊向我走來。然後把左拳舉到我的眼前說：「知道這是什麼嗎？拳頭？」

「我知道啊！」

「就是因為肉像拳頭，所以才叫拳頭肉啊！」

聚餐結束之後，僅剩部長和我搭上最後一班地鐵。部長鬆開了領帶，似乎有些喝醉了。「英珠啊，妳是靠著什麼力量活著呢？」力量？生存需要靠力量嗎？不就是那樣活著嗎？我想了一想，把拳頭秀給部長看。「拳頭，是拳頭。」在我思考的時候部長似乎打起了瞌睡，身體晃動一下後又睜開了眼睛。「什麼拳頭？」「不是拳頭九九[4]，是拳頭。」「是的，是的，年輕人必須握緊拳頭振作起來，加油！青春的拳頭！很好！」部長突然拍起了手。其實我並不是那個意思，部長還真會隨意分析，這就是所謂正式員工的力量嗎？想著想著我也點頭打起了瞌睡。

回到家時，夜空中還懸掛著一抹殘月。不知道是哪戶人家在看連續劇，聽見有人哭泣地說著：「為什麼，你為什麼這麼做，你怎麼能對我這樣？」當下，我突然想再去那個酒吧看看，那個消逝的世界。那是個什麼樣的世界呢？好像有人跟在我的後面，我回頭一看，街上卻一個人也沒有。我繞到了廣播電臺的後面，回想那家店是在第幾條巷子，還有從巷口的空地須要走多久才能到。然後，我試圖回憶起店裡有些什麼東西。但是，比起擁有的東西我更清楚地記得那裡沒有的東西。那裡沒有六人用的桌子；沒有忘記報仇的趙眾均；沒有在空白考卷上寫下自己名字的趙眾均；沒有偷懶的趙眾均，幸好也沒有我親筆簽名的筆記本。雖然有句子、詩和連續劇，但卻不存在名字的世界，根據我勉強的記憶來看，那裡就是趙眾均的世界。

4 韓文中掰著手指計算的方式稱作拳頭九九。

塞西莉亞

工作室裡的燈沒有打開一片漆黑，我往前走了幾步，忽然腳下踩了個空。我尖叫了一聲，塞西莉亞回道：「沒關係的，那不會很深。」還以為是什麼東西呢，原來是一個坑。我把腳抽出來後，發現膝蓋以下都沾著白色的粉末。

送年會

塞西莉亞這個名字是我在冰山坍塌融化成冰冷的海水之後聽見的。大學的同學們曾經把醉酒的過程用冰山的出現、冰山的上升、冰山的破裂，冰山的融化等幾個階段來形容。我從學生時代開始就經常喝洋酒，並不是所有帆船社的學生家境都很好，反而大多數人是像我這樣之前從來沒看過帆船，因為羨慕才加入了社團。但其中也真的有些人家裡環境還不錯，而且這些人都喜歡喝洋酒。他們喝酒時喜歡在冰桶中堆滿冰塊，當冰塊堆積到像冰山一樣高以後，就開始玩喝酒的遊戲，最後逐漸意識模糊、精神渙散，喝到整個人好像跟冰淇淋融化一樣，徹底倒下為止。

我從大陸的一角剝離，逐漸向北極海漂移，慢慢地找回自己的意識，原來剛才已經醉倒了趴在桌上。我抬起頭，發現已經沒剩下幾個人，於是問道：「你是『隨』啊？」

「妳怎麼舌頭打結了？在恩妳這樣說話一點也不可愛啊！」

「你喝醉了嗎？她不是在恩，是晶恩啦！」

我搖搖晃晃地走著，又再問了一遍：「你是誰啊？」

這些傢伙怎麼都不回答別人的問題？

「記得那個塞西莉亞吧，有人聽說過她的消息嗎？」

是啊！是有個人叫塞西莉亞。我的腦海中浮現出一個人，有著胖胖的臉、黝黑的皮膚、像指甲縫隙般的小眼睛，並且嘴邊總是掛著微笑。她總是非常開朗，就像雪人形狀的餅乾，雖然有點胖，不過為人親切而且非常友善，但近距離與她交往時，會發現她的內心像餅乾一樣，很容易就裂成碎片。雖然我很認真參與社團活動，但在社團裡幾乎沒有人能算是我的好朋友，塞西莉亞的話應該還算吧，至少在那件事情發生之前。她的存在就像一塊餅乾屑，平常總是忘記它的存在，直到某天才突然在口袋裡發現。

同學們都還記得塞西莉亞的綽號是「纏人女王」，塞西莉亞就像家裡缺乏疼愛的老么，喜歡纏著別人，因此得到了「纏人女王」這個綽號。關係稍微熟了點之後，她時不時就會用呼叫器發來語音訊息，而且通常是哭著留言——她有一喝酒就愛哭的壞習慣，或是沒事就打電話叫人出來，不停地煩別人。連那些喜歡塞西莉亞活潑又開朗的一面的人，也逐漸覺得厭煩而遠離她。

我看著散在桌面上的花生、果皮、百齡罈十七年威士忌、可樂、蘭姆酒、碳酸飲料和起司，然後喝了一杯水。喝下去的不知道是水還是酒，看來是該回家的時候了。但是為什麼留下來的人這麼少呢？不過才兩點鐘而已，留下來的人只剩下亨圭、明勳、贊浩，還有……我為了要看清楚後面被擋住的人，上下左右地扭動著身體。

「啊！她完全喝醉了，連身體都控制不住了。」亨圭指著我說著。

安靜地躺在後面沙發上的人原來是致雲。可是其他人怎麼都回家了呢？剛才吃了鴨肉又喝了啤酒，然後去了卡拉ＯＫ，不不不，不是卡拉ＯＫ，是到了這家音樂酒吧。但是為什麼沒有人在唱歌呢？為什麼不唱幾首〈酒後真言〉（취중진담）、〈左撇子〉（왼손잡이）、〈理想教室〉（교실이데아）之類的歌曲呢？

亨圭說：「塞西莉亞綽號的由來不是因為她很纏人。」「對啊！」明勳也在一旁答腔。「連這種小事都記得。」贊浩說道。「那不然是什麼意思呢？」我接著問道，但沒有人回答。有人大聲喊「乾杯！」大家拿起杯子相碰，只有我跟致雲的手裡沒有杯子。

「以後可不能跟別人說我們是變態啊！」亨圭要求我答應。

「好的！」

「好的！哥！跟著這樣叫看看！」

大家都笑了。

「好的！哥！」

我現在正順著寒流從北極海流向北太平洋，反正我之後肯定不會記得對亨圭叫哥哥這件事。那個傢伙簡直就是垃圾中的垃圾，大家都知道他在當社長的期間，曾經私吞過社團的經費，事情還沒有解決他就匆匆入伍去了，可憐的學長們只好用平攤的方式補上這筆錢。不過又有什麼關係呢？那些都是一九九九年發生的事，現在連世紀都不同了。我們再過不多久就要滿四十歲，活到如今比那更糟糕的事早就不知道做過多少次了。

亨圭身邊總是少不了其他女人。這言行不得體的傢伙，甚至還曾經帶過外面的女人來參加送年會。好像是三年前，還是四年前吧？還記得那個女人穿著A字型的裙子，裙子熨得整整齊齊一點皺褶也沒有。那女人一進來時，所有的女同學都很不悅地起身離開，跟今天一樣，只剩我一個人留下來。那女人原先開朗的臉逐漸黯淡了下來，之後到路邊的小吃攤續攤時，她還追問我說：「姐姐妳也這麼認為嗎？」那天天氣冷得要命，當時意識像是沉入了冰冷的海底。「姐姐妳不是也剛恢復單身嗎？應該能夠理解我吧，難道姐姐妳也看我不順眼嗎？我讓妳覺得不舒服了嗎？」離婚過一次與能夠理解愛上已婚男士的女人，這之間有什麼關聯呢？我既沒有同意也沒有反駁，僅僅是在腦裡想著。

那天，亨圭喝得爛醉，根本沒有餘力照顧那個女人，那女人穿著高跟鞋，一路咯噔咯噔地走出酒吧巷子去搭計程車。車子出發前，我塞給了她兩萬韓圓，叫她回去路上小心點，還誇她人真得長得很漂亮。但那個女人聽完卻皺著眉頭，好像覺得這些話是在侮辱她，然後用力地關上了計程車的門。聽說亨圭不久之後就和那個女人分手了。

「塞西莉亞被稱作纏人女王[5]是因為她的屁股又大又圓，現在年紀大了不曉得怎樣，但那時可是相當壯觀呢！」

致雲打斷了談話，站起身來說要先走了。

「那麼大家一起離開吧！」

贊浩離開時把外套拿在手上，我也拿起了圍巾和包包，爬樓梯離開店裡的時候，明動對亨圭說：「臭小子，你發神經啊！在致雲前面談論什麼屁股。」我和那群人分開後，朝著地鐵站的方向走去，走到一半恢復了精神，才想起地鐵的末班車早就開走了。亨圭跟明動各打來了一次電話，但是我沒有接。又過了好一會兒，贊浩打電話來問：「路上是否平安。」

「正在回家的路上呢！」

「現在到哪裡了？」

「幹嘛問我到哪裡了？」

「……想再跟妳多聊一會兒。」

雖然我心想這傢伙果然跟其他傢伙沒什麼兩樣，但還真的有點想去找贊浩聊聊。不過要聊些什麼呢？談論充滿回憶的電影嗎？順便討論愛情是怎樣變化的？還是要討論政治話題呢？他是一個喜歡讀書的人。十年前，有一次去光化門參加遊行集會時與他偶然相遇。那個時候，到處都高喊著反對和無效。集會結束後，我們跟著遊行隊伍一路走到首爾火車站，在車站的餐廳裡一起吃了冷麵。贊浩用筷子將冰塊嚓嚓嚓地敲得細碎。他邊吃邊評論著冷麵的味道，覺得跟大學附近餐館裡賣的冷麵味道差不多，不夠深厚入味。對啊！如果是討論這種話題，他應該可以像循環演奏一樣說個不停吧！

「好是好，但是家裡不是有孩子們在等著你嗎？」

贊浩沉默不語。

「不是說你的女兒今年五歲了，只認得你嗎？」

「哎呀，別說這些了。」

贊浩好像很累的樣子，歎了一口氣。平常倒是很愛跟其他女生討論養育孩子的心得，怎麼就不跟我討論呢？害我都無法加入話題，晚餐的時候只能一直幫大家烤鴨肉。一直用夾子結果到現在虎口都還在疼呢！

「不是說你女兒很會唱歌？也是叫艾莎嗎？還穿著公主的衣服，唱冰雪奇緣裡面那首：『你想不想堆個雪人？』然後轉啊轉地跳著舞……」

5 原文為엉경퀸，因為纏人這個詞跟屁股的發音接近，這裡有雙關之義。

「是啊！回去路上小心啊！說好了夏天時去玩一次帆船，到時候見啊！」

本來打算繼續把歌唱完的，結果贊浩已經掛斷了電話。送年會結束後，誰都可以和誰上床，也可以不和誰上床，但是今天我不想。這群混蛋傢伙，屁股大又怎樣了？過馬路時，我盡可能地撐在膝蓋，免得摔倒在路上。心裡一邊想著下一句歌詞是什麼呢？啊對了！快出來我們一起玩吧！我一個人好無聊。

自由聯想

新的一年才過沒不久，就接到了同屆幾個女同學打來的電話。內容大致上都是這些問題：「送年會上妳是不是又喝到了最後？最後誰跟誰留下來了？結束之後妳馬上回家了嗎？」她們只有在孩子去幼兒園的空檔才有時間打電話，所以電話大多在十一點到十二點之間打進來。像我這種當補習班老師的人，通常工作都到很晚然後就一直睡到中午。打電話過來的朋友，都很羨慕我可以睡到現在。

送年會之前有一次，送年會結束後為了確認情況再一次，然後接連而來的孩子周歲宴席和親友喪禮又各一次，這些人彷彿像打開有趣的魔術盒一樣，窺視我的日常生活，之後卻又杳無音信。大家都在用的ＳＮＳ社群軟體和手機聊天軟體我幾乎完全不用，這使我跟外界徹底的隔絕。但說不定也是因為這樣的隔絕，所以大家至今還會打電話給我。今年的電話聯絡也像年度活動一樣，但不同之處在於人人都提到了塞西莉亞，問我：「知不知道她現在過得如何？」為什麼這些人像提前約好了一樣，都提到塞西莉亞呢？

「是因為致雲離婚了嗎？」一位朋友說道。

「我並不知道致雲離婚了，但是他與妻子分開跟塞西莉亞又有什麼關係呢？」

「她跟此事不一定有什麼相關……只是自由聯想想到的罷了，這就像蝴蝶效應一樣。」

掛斷電話後，我在網站的搜尋欄中鍵入塞西莉亞的名字。原本並沒有抱著太大的期待，想不到一下子就找到了有關塞西莉亞的訊息。這些人私底下連這樣簡單的搜尋都沒做，還好意思說對她的近況感到好奇。塞西莉亞現在是一位相當知名的裝置藝術家，有好幾篇跟她相關的報導，還得知了她現在就住在仁川的藝術家小屋裡。當我將這個情報發給其他同屆的同學時，他們不過就是回覆一些「厲害」、「科科」、「呵呵」與「辛苦了」之類的訊息。不是很好奇嗎？怎麼反應只有這樣。幾個小時後，贇浩發來了一條短信說：「如果塞西莉亞也能來參加一次我們的聚會就好了！」

但是塞西莉亞真的想見到我們嗎？塞西莉亞在大四時曾短暫地與致雲談過戀愛，後來這段感情不了了之後就離開了社團。致雲在社團裡本來就有一個談了四年戀愛的女友，因此這件事給所有人帶來了不小的衝擊。塞西莉亞並沒有特別的個人魅力或存在感，就是很會纏著人不放，想不到她寧願傷害可憐的同學，也要跟致雲在一起。

之後她就受到了大家的排擠。塞西莉亞漸漸地不在眾人面前出現，最後隨著畢業，社團生活也跟著結束，連退社申請書都不用寫了。我沒有像其他人那樣積極地排擠塞西莉亞，雖然我覺得不該因為一點小小的感情問題就排擠別人，但我也沒有去阻止他們。二十三歲時的我覺得什麼事情都很麻煩，嫌上課麻煩就常常曠課，三角關係、背叛和報復這些事對我來說都太麻煩了。雖然根本不想去上學，但是為了撫養我長大的祖母，還是得勉強去學校，因此幾乎大部分的時間，我都在學生會館六樓的生活圖書館裡度過。

學生會管理的圖書館幾乎沒有人，桌子又大又寬敞，還可以欣賞校園的全景，咖啡粉和茶包都是免費提供的，而且有時候圖書館館長還會請我吃炸醬麵。他是一九九一年入學的學生，因為多次的休學跟復學，而一直還沒能畢業。

我通常都趴在桌子上睡覺，或是聽Lia、Crying Nut和PPPB這些歌手的歌曲，無聊的時候就讀一讀館裡那些翻譯相當不通順的社會科學類書籍，還看了許多收藏在隔板後面的紀錄片電影。那些電影裡充滿了極端的暴力、難以置信的抵抗和莫名的浪漫。看電影時我忽然哭了起來，覺得真誠的自己非常討厭，便啪地一聲關掉了畫面。不過，我現在能夠成為補習班的作文老師，還能靠此餬口，得要感謝當時所讀的那些書籍和電影。不知道為什麼想起了這些，難道這就是剛剛朋友所提到的自由聯想和蝴蝶效應嗎？

好萊塢風格

離婚後還會定期跟前任配偶見面的人並不多，當然也並非完全沒有，那些好萊塢明星不都是這樣嗎？我到現在依舊叫前夫「館長」，每個月會固定見一次面，在館長搬去了鄉下以後，我們還是會一起吃飯喝酒，有需求的時候還會上床。但最近館長正準備要再婚，不能再發生性關係了，雖然我覺得沒關係，但像儒家士大夫一般的館長卻覺得不行。今天兩人見面後，去了一家我們常吃的刀削麵館，點了一碗紅豆刀削麵和一盤蕎麥煎餅。從學生時代到現在，這家刀削麵館我們至少吃過了一千次以上，雖然我們兩個人的胃都不是很好，一吃麵粉類食物的就會拉肚子，可是實在難以抗拒這樣美味的食物。餐廳的地板熱到屁股像會燙傷一樣，等到困得想打瞌睡時食物終於端了上來，我們狼吞虎嚥地把麵條吞了下去。

「妳現在白髮變多了呢！」館長喀嚓一聲地咬了一口辣蘿蔔泡菜。

「你以為我只有白髮變多嗎？債也增加了。」

「妳做了什麼而欠債呢？」

「你忘了嗎？我跟館長你一起生活的時候欠了八千萬韓圓！」

「怎麼會欠八千萬這麼多？」

「就是當時開書店，不但白忙一場還欠了這麼多債。」

「妳那時候因為什麼理由想開書店呢？」

「哪有什麼理由，不就是因為愛國嗎？」

「愛國？」館長說完便噗哧一笑。那時我和館長住在一起，開了一家專門賣社會科學書籍的書店，那時天氣也非常的寒冷。書店的位置是在母校的後門，因為是在山頂上，首爾所有的風都會刮過這裡。在我接收之前，這裡原本是一家賣辣炒年糕的小店，因此店的前面有兩、三個對外販賣的窗口。我沒有先把窗戶改回原樣，就直接開了書店，自己安慰自己說這樣店裡的通風會更好。不過不久之後，我就發現根本不須要通風，冷風就會從老舊窗框的裂縫颼地吹進來，把店裡的水管都凍住了。我們的新房是書店旁邊的一個小房間，不過書店和房間中間並沒有門。我拿了一條厚毛毯，像簾子一樣吊掛著以阻擋冷風，但還是冷得叫人受不了。在寒冷的日子，在太陽西下夜晚降臨之時，如果躺著看向窗戶，可以看到冰花在窗戶上慢慢綻放。像冬天時從口中所吐出的白煙一樣，寒冷的空氣一開始模糊不清然後逐漸變濃，最後形成類似冰塊骨架的東西，這骨架一旦形成，馬上就會有薄冰層層地附上。儘管如此，我仍然覺得當時生活過得並不差。那段時期，我連去別人的婚喪喜慶都沒錢可以包，竟然還不覺得差，那現在的我到底是有多糟糕呢？

「那時不是還年輕嗎？」館長說道。

「現在也依然年輕啊！」

館長也還記得塞西莉亞。他說她有時候會來借畫冊之類的書。

「該怎麼形容呢？相貌和身材都跟蒙娜麗莎（Mona Lisa）非常相似，不是嗎？雖然是個女人，卻令人感到一股壓迫感。」

至少館長沒有提到有關屁股的話題。

「塞西莉亞是個守童貞的修女，她不僅用教名當作名字，還總是穿著黑色衣服，的確是個很特別的人。

「藝術系的學生不是本來就都那樣子。」

「那倒也是。」

館長把煎餅切成片，夾到我的面前。

「別對我這麼好，你待我這麼親切，會讓我想再依靠你。」

「還想依靠我？是想再欠更多錢嗎？」

「館長！雖然你是生活圖書館的館長，但你真的不懂得如何生活。」

「你雖然叫晶恩，卻還不是無情[6]！」

「還真的耶，呵呵呵！」即將跟館長結婚的女子，將來要跟他在同個組織一起工作。之後我會變得更孤單吧！只要一孤單的話，就會想隨便跟人認識，希望別人多瞧瞧自己。說不定過段時間我就會跟贊浩上床，不過如果那樣做的話，以後每晚的夢裡，冰雪女王艾莎可能會出現將我冰凍吧！凍結的狀態到底是什麼樣子呢？當身體裡的一切都感覺冷到不能再冷，血、肉、屎和眼淚層層地結凍，最後在最低溫點全凍在一塊的靜止狀態。這種狀態是好還是壞呢？還是既不好也不壞呢？

「如果能見到塞西莉亞一面就好了。」館長將刀削麵的錢放在了桌上。

「為什麼要見塞西莉亞呢？」我補上了煎餅和酒的錢。

「因為愛國吧！」我們對望了一會兒，然後舉起燒酒杯乾了一杯。分開前館長輕輕地撫摸了一下我的臉頰，遞給我一個東西，是上面畫著青紗燈籠的結婚請帖。要去館長的婚禮嗎？這也算是好萊塢式的風格吧！手裡握著請帖踉踉蹌蹌地回家的路上，我把請帖丟進水溝就像丟進了郵筒一樣。

6 晶恩的原文是정은，跟情的發音相同。

坑

我乘坐地鐵一號線在終點站下了車，塞西莉亞住的地方就在這附近。不久前，我打電話過去請別人留個訊息給她，結果塞西莉亞真的與我聯繫了。「我是晶恩！還記得我嗎？」「當然還記得啊！」塞西莉亞回答道。我苦惱了許久要帶什麼禮物去藝術家的工作室才好，最後我在百貨公司買了一個和菓子的禮盒。買得時候，覺得顏色藍藍黃黃的看起來很漂亮，但是坐地鐵時仔細想了一下，這樣花俏的色彩似乎看起來有點土。她是個搞藝術的，身上只穿黑色的衣服，我卻偏偏買了這樣一個醜陋的禮盒。要不然乾脆丟了算了？但是丟掉又覺得可惜，畢竟是花了三萬韓圓買的，也不想就這樣扔了。我在中間的車站下車，把和菓子禮盒放進地鐵站內的置物櫃裡，之後再拿回去自己吃掉好了，先給塞西莉亞帶點水果吧！

但是，當我來到她住的地方時，發現這裡其實是一個四處色彩斑斕而且相當喧鬧的社區。中國城就在車站的正對面，紅色的巨龍和五顏六色的丹青混在一起，風格相當的另類。塞西莉亞的住處是日本殖民時期的日式民房和倉庫重新翻修而成。我正想拿出手機時，剛好塞西莉亞身穿黑色高領毛衣，披著黑色披肩走了出來。跟以前一樣臉上沒有化妝，豐滿的屁股、豐滿的身材和黝黑的皮膚也絲毫未變，但是她似乎變得不怎麼愛笑，表情嚴肅地問我：「路途是不是很遠？」然後又說我一點都沒有變。

塞西莉亞帶我參觀了整個藝術家小屋。有一個男人正在整個牆面大小的畫布上作畫，另外一個女人正在用起重機吊起一個被白布覆蓋的物品。

「哇！這些作品的規模真大！」

「這樣大型的作品通常不多見的。」塞西莉亞一邊打開自己工作室的門一邊說著。

「因為要讓如此巨大的東西看起來美麗，是一件非常困難的事。」

工作室裡的燈沒有打開一片漆黑，我往前走了幾步，忽然腳下踩了個空。我尖叫了一聲，塞西莉亞回道：「沒關係的，那不會很深。」還以為是什麼東西呢，原來是一個坑。我把腳抽出來後，發現膝蓋以下都沾著白色的粉末。

「這是什麼東西啊？」

「作品啊！」

「如今連坑都能當作品嗎？」

塞西莉亞說她搬進來以後，花了兩個月的時間用石膏把地板整個填高。

「是要砌混凝土嗎？[7]」

塞西莉亞笑了。本想要挑好聽一點的詞語，但嘴巴就是不聽使喚。塞西莉亞先填高了地板，然後再用冰錐挖了一個坑。她說這個工作她只在晚上做，而且她把整個過程都拍了下來。我想像著塞西莉亞半夜悄悄起床，在坑的旁邊鑿著地板的樣子，實在太過陰森了。

「那麼哪一個才是藝術呢？」

「什麼哪一個？」

「是這裡的洞，還是妳挖洞的影片呢？」

「反正哪個都可以，有些作品是為了自己而創作的。」

塞西莉亞說她離開這裡時，會把這些都拆掉恢復成原來的樣子。

「到時候妳還會用冰錐嗎？」

「天啊！妳還真有趣，到時候當然就不用冰錐了，找人來處理就好了。」

工作室的角落擺著一張床，房間非常簡潔，只有一張小書桌、一張床、一個小冰箱和聖母瑪麗亞的雕像。我拿出了草莓禮盒，塞西莉亞道謝後收了下來。然後她挑了一顆又大又紅的草莓放進嘴裡，但不知為何臉上一直掛著憂鬱的表情。我們決定到住處附近的一家雞肉料理專門店吃飯，走去餐廳的路上我開了些小玩笑，塞西莉亞發出了刺耳的笑聲，用手掌拍拍我，並輕輕地抱著我的手臂。啊！難道她又要纏住我了嗎？要是她說出保持聯絡或常常見面之類的話，那可就麻煩了。

「我好像把未來幾年的笑聲都笑完了。妳這段日子怎麼過的？竟然變得這麼有趣！」

「日子還能怎麼過呢！不就是吃飯、喝酒、欠債和男人上床。這樣子過生活內心很安穩，生活也很有樂趣。事實上，不僅僅是我，在送年會上遇到的每個人日子都過得非常精彩。我們從二十多歲開始，就已經活得很精采了，就算年紀增長，這世界變得再糟，生活也依然沒有失去樂趣。」但是我卻無法這麼跟她說。光從那個坑來看，就能感覺到塞西莉亞的生活似乎沒有那麼多樂趣。可憐的塞西莉亞，那種心情我太了解了。深夜降臨之時卻毫無睡意，身旁雖然一片寂靜，腦中卻有無數聲音在喧嘩，難以清楚地思考，感覺自己就像個空瓶罐，即便是微風吹過，也滾動得噹啷作響。我握住了塞西莉亞的手，她的手非常冷，和普通男性的手大小差不多。

「我早就想過遲早有一天妳會跟我聯絡。但為什麼是新年的時候，妳怎麼會突然想起我呢？」我無法說出「因為其他朋友都在談論妳啊！」這個理由。對塞西莉亞來說，這些人不

---

7 原文為공구리를 쳤다。是從混擬土的英文Concrete的日語發言而來，聽起來較為粗俗的用語。

知道是否算朋友，他們談到塞西莉亞時，也只是討論她的屁股而已。如果她問我這些人都談論了她什麼，那我豈不就啞口無言了。

「致雲啊！致雲他離婚了。」

塞西莉亞臉上的表情產生了些微變化，似乎有點心事，但並不太像是傷心難過的樣子，比較像在思考我所說的話，到底是單純傳達事實還是存在什麼其他的意圖。接著，塞西莉亞回道：「我連他結婚的事都不知道。」然後是一段很長的沉默，心想這家餐廳也未免太遠了吧？從這裡回家的路有多遠呢？回家之後又要經過多久，才能忘掉今天發生的事情呢？

高領毛衣

塞西莉亞一進餐廳，主廚就親自出來跟她打招呼。塞西莉亞點了雞肉刀削麵和炸蝦，炸蝦並沒有在菜單上面，主廚回答知道了之後便進去廚房做菜。這家餐廳的雞肉刀削麵是用半隻雞整個下去煮，而不是用切成條的雞絲。塞西莉亞用筷子很熟練地把雞肉剝開分好，雖然我覺得已經剝得差不多了，但她仍然繼續將肉與骨頭分離，並順著肌理一一地撕開。塞西莉亞似乎感到脖子附近很悶，時不時就拉一下高領毛衣。但是，毛衣緊緊貼合在塞西莉亞的脖子上，一點也沒有鬆開的樣子。

「酒，我們喝酒吧！」

塞西莉亞愉快地說著，似乎想要炒熱氣氛。難怪我不知道該說什麼才好，原來是因為少了酒。燒酒馬上就送來了。我並沒有催酒，塞西莉亞小口小口地獨自把酒全乾完了，當然我也不是會讓別人獨自喝酒的類型，不知不覺間我們就喝光了三瓶燒酒。中間主廚幫忙把炸蝦重新加熱了一遍，還跟我們說這是新鮮蝦子做的特別好吃，要我們趕緊趁熱吃，我們兩人聽完也只是「嘻嘻」地笑了笑。

兩人這樣喝著喝著漸漸意識越來越模糊，塞西莉亞眼睛一眨一眨地跟我說：「我就知道妳會和我聯繫，或至少來問候我。」我問她：「怎麼會這樣覺得？」她像透露祕密般小聲地說道：「她曾經看過我在圖書館看VCR時哭泣的模樣。那是關於一名少女被謀殺的紀錄片電影。」我想了想，看電影時哭泣跟與塞西莉亞聯絡這兩件事似乎毫無關聯，不過既然她都說了一直在等我聯絡，我也就沒去計較這事，這可能就是所謂的自由聯想吧！

「妳知道我為什麼與妳聯絡嗎？」這次換我問了。塞西莉亞停下了手中的勺子，緊張地抬起了頭。

「妳為什麼會與我聯絡呢？」

「因為我愛國。」

塞西莉亞開心地雙腳亂踢，還叫了主廚過來，「你看看，這個人說她愛國，愛國耶！」不知道主廚是不是沒聽見，並沒有任何的回應。塞西莉亞又拉了一拉高領毛衣脖子的部分，然後似乎想起了什麼，拿出手機給我看一張照片，照片裡是一個雕塑。有一匹白馬前腳高高地舉起，上面騎著一位穿深藍色連衣裙的黑人女性。馬是白色的；女人皮膚是黑色的；禮服是藍色的，女人頭上還戴著華麗的頭巾。雕塑的高度應該超過兩公尺，不不不，看起來可能有三公尺。相比之下，在雕塑前面欣賞作品的男性，看起來就像是個小孩子。

「這是妳的作品嗎？」

塞西莉亞得意洋洋地回答：「是的，這也算為國爭光吧！在歐洲我可是比朴智星（박지성）還有名呢！這個作品現在就放在當地現代美術館的前面。」

在我面前支解雞肉的塞西莉亞竟然說自己比朴智星更出名，這怎麼可能呢？我也在網路上搜尋過她的資料，但似乎還沒有紅到這個程度。還是她想取笑我在藝術方面是個門外漢？

「怎樣？我說自己比朴智星還有名，很好笑吧？」塞西莉亞這樣一說，我也沒跟她認真計較，但老實說其實一點也不好笑。看來她是完全不了解幽默，需要有一定程度的自虐和自我侮辱才有笑點。她對於幽默風趣是什麼，完全沒有任何概念。

「仔細看的話，會發現作品裡全部都是電子產品。」

「電子產品？」

「是廢棄的電子產品。所有電子產品都有可以發光的部分，電動刮鬍刀不是也有充電指示燈嗎？這個作品就是利用這些電子產品的零件組成的。」

「真了不起！要用這些零件完成如此大的雕塑需要多少電子產品呢？」塞西莉亞說：「光是收集這些零件就花了將近十年的時間。」塞西莉亞大學畢業後就到國外去留學，偶然間看到別人取下廢棄吸塵器裡的燈泡，於是便開始創作這件作品，在她頻繁往返於美國、歐洲和韓國的期間，也一直沒有停止收集零件的工作。

「大多數是直接撿來的，但是到後面也有直接花錢買的。為了產生一致的顏色效果，必須用能夠發出相同光線顏色的電子產品，像是呼叫器那種。後來我乾脆花錢收購二手產品，大概買了好幾千個吧！」

塞西莉亞可能是搔癢難耐，將手指伸進了高領毛衣裡面抓。明明人已經這麼胖了，不懂為什麼她還要穿高領毛衣，這種衣服不但什麼也遮不住，更糟的是還會讓人顯得更胖。我突然「科科科」地笑了起來。

「什麼事情這麼好笑？是覺得這件作品可笑嗎？」

我沒有察覺到塞西莉亞語氣的變化而繼續地笑著。其實不是因為作品，而是塞西莉亞穿著高領毛衣掙扎的樣子太滑稽了。這種穿著展現出了自虐和自我侮辱，直接戳中了我的笑點，害我忍不住笑了出來。不過我的笑聲導致了非常糟糕的結果，我越笑，塞西莉亞就越激動地解釋這件作品的出色之處，說明裡面的性別、冷落、暴力和階級含意。後來甚至用筷子指著我大喊，叫我不准再笑了。笑聲嘎然停止。塞西莉亞腰桿挺得直直的，目不轉睛地盯著我。就像雕塑中的黑人女性那樣莊嚴和激進。

「妳們一口都沒吃嗎？」

主廚過來把炸蝦拿進去打包，塞西莉亞一言不發地盯著我看，我感到有些畏縮。本來還想再繼續喝酒，卻發現酒瓶已經空了。「請幫忙把醬汁也一起打包！」我朝著廚房喊了一聲。塞西莉亞坐在那，時不時把手伸進高領毛衣裡面抓一下。突然間她把臉埋在膝蓋之間，口裡喊著：「好痛，好痛。」

「誰叫妳那樣一直抓，看！都流血了。」

我已經有點醉了，支撐不住自己的身體，無論如何總得想辦法跟她和解，於是我爬到了塞西莉亞的旁邊。當我拉下她脖子上的高領時，脖子已經被抓得相當紅腫，還留下許多指甲的抓痕。為了防止傷口發炎，必須拿點東西在傷口上消毒。於是我把塞西莉亞杯中剩下的酒倒在了餐巾紙上。

「別再穿高領毛衣了，塞西莉亞！」

「那我要穿什麼呢？我非穿高領毛衣不可。」

塞西莉亞的語氣十分不耐煩。不過是用了電子產品進行美術創作，就以為自己是史蒂夫・賈伯斯（Steve Paul Jobs）嗎？幹嘛這麼堅持穿高領毛衣。但是我怕她會再次生氣，這些話便沒有說出口。

「啊！好涼啊！」

「很涼嗎？」

「好涼！好涼！」

塞西莉亞的脖子上掛著一條十字架項鍊。難道不是高領毛衣的問題，而是對金屬過敏嗎？不過，比朴智星還有名的藝術家，應該不會戴假的金項鍊吧？我們離開了餐廳。外面的溫度冷到心臟都快要縮了起來。中國城裡的霓虹燈已經熄滅，腳下只有陰毒的冷風與黑暗飄動著。一想到這裡離她的住處還很遠，我就趕緊把帽子戴了起來。

「塞西莉亞，我們喝醉了，對吧？」

塞西莉亞低著頭，一句話也沒有回。

「我們完全成了冰山的一角，融化了之後正飄移著，不是嗎？」

「冰山融化後會飄到哪裡去呢？」塞西莉亞果然也還記得。也對！如果曾是帆船社的一員，就絕對不可能忘記。就算是再了不起的知名藝術家也絕不會忘記。我突然感覺到一股親近感，緊緊地靠在塞西莉亞的旁邊。

「去赤道吧！在那溫暖的大海上玩帆船。」

塞西莉亞聽了並沒有笑，只是嗤之以鼻地哼了一聲。我們兩人又安靜地走了一會兒。走著走著，不知道是誰先開始唱了起來，口中重複唱著「轉啊！轉啊！轉！」這一小段歌曲，其他歌詞則記不起來了。

「塞西莉亞妳是不是很冷？」

「好冷啊！感覺快結冰了。」

「妳可不能結冰啊！」

「結冰的話就死定了，死了以後可不好玩。」

「沒錯，不過妳可不會死，妳不是比朴智星還有名嗎？」

到了藝術家小屋前面，塞西莉亞說了聲「再見」後便轉過了身，然後馬上又轉身回過來緊緊地抱住我，塞西莉亞的胸部可真不是開玩笑的，我感覺都快要窒息了。雖然天氣冷得讓人想要趕緊回家，但是如果不這樣抱著，可能當下就會冷死在這裡，因此我們兩人緊緊地抱在一起。塞西莉亞在我快結凍的耳朵旁邊說道：

「好久沒有像今天這樣這麼開心了，笑到肚子都痛了。我知道妳會來找我的，哪怕就只有一次。我看過妳在圖書館裡哭的樣子，知道妳是個懂得哭泣的人。雖然已經過去了很久，但我覺得現在應該告訴妳，我必須告訴妳。致雲他是個垃圾，那天晚上我喝醉了，他把我送回家……妳懂我在說什麼吧？並不是戀愛或什麼其他的關係，而是暴力。晶恩啊！妳這傢伙真有趣，妳是怎麼變得這麼有趣的？不過妳以後不要再來這裡了，別再來找我了。」

塞西莉亞鬆開了雙臂。似乎有什麼東西從我身上漸漸流失，為了想挽回，我試圖抱住塞西莉亞。然而，塞西莉亞沒有讓我抱住她，連最後一聲再見也沒有說，就進去了她的房間。回到那間簡單又安靜，裡面有冰鎬和坑洞的房間。

雖然知道末班車已經過了，但我還是朝著車站走去，喝醉酒的人總是朝著家的方向走。當想不起家在哪裡時，就沿著自認為是回家的方向而去。常常走到一半才發現這條並不是回家的路，但依舊相信這條路可以回家，而繼續不停地走著。我們常常喝醉後回不了家，但這不是因為我們不知道回家的路，或者是我們不想回家，而是喝了酒之後，心就像容易破碎的冰塊，一不小心就支離破碎，隨便哪個地方都誤以為是自己的家。這太瘋狂了！太瘋狂了！

我一邊大喊著：「這太瘋狂了！」雙腳一邊亂踢，不知道是因為生氣還是因為天氣太冷的關係。但是我必須繼續走下去，就算這一切太瘋狂也得走下去，我必須得回家。從這裡到家裡的距離還有多遠？回到家後要忘記塞西莉亞又需要多久？蹲在那裡咚咚挖坑的塞西莉亞；夜裡穿梭在巷弄間，把被拋棄的物品當作寶貝一樣撿拾的塞西莉亞；喜歡纏著別人，但在這麼寒冷的天裡，只能獨自凍結的塞西莉亞。突然之間，我感覺所有的一切都很可恥，我把臉蒙了起來繼續走著，時而大喊、時而歌唱。最後，我拿出了手機，把塞西莉亞的號碼給刪除了。

倒帶

今年雖然也有人請大家喝洋酒，但送年會的人數又減少了，致雲也沒有來參加。致雲沒有來，也就沒辦法問他有關塞西莉亞的事。不過就算他來了，那種事情又該如何確認呢？我越是想這個問題，腦袋就越是一片空白。有人問到「致雲最近在做什麼？」有人回說「他離婚了。」是啊！他離婚了，但那些離婚的人，也不是一整年都只有在離婚啊！但我就算說出口，也不過是自打巴掌。你們就按照原來的生活方式生活、思考跟喝酒吧！

「晶恩，洋酒好喝嗎？」有人問道。

「好喝，今年的酒依舊這麼好喝！」

說完後其他人同時哈哈大笑，贊浩說他上個月在威尼斯雙年展看到了塞西莉亞的作品。

「真的嗎？是我們認識的那位塞西莉亞嗎？」

不曉得是美英還是景愛問的，贊浩點了點頭。我看了看年會手冊，雖然比上次見面時更胖了點，眼神感覺也更孤獨了些，但這張臉的確是塞西莉亞沒錯。哇賽！同學們像來電視節目現場打工的觀眾一樣讚嘆著。對於她的出名，這些人不知道是羨慕還是嫉妒，態度相當曖昧不明。我從未告訴過任何人我跟塞西莉亞見過面，但是每天我都會想起那天所發生的事。不論冰山融化了多少，喝下的酒再多，我也不可能忘記那天的事。

亨圭得意地談論他在濟州島剛開始的室內裝修生意，最近住在江南的年輕媽媽們都像逃難似的，一窩蜂地跑去濟州島，幾乎每天都有新的房子完工。

「為什麼？為什麼呢？」我抬起頭問。

「因為很*hip*，最近那邊非常*hip*！」

「什麼是*hip*？屁股嗎？」

「什麼屁股？*hip*這詞是從嬉皮（*hippie*）來的。」亨圭無奈地笑了笑。

「因為你每天都在討論屁股，所以我才以為你指的是屁股。因為你只討論屁股啊！」

亨圭手裡拿著酒，一臉無辜的表情回答道：「我哪有？」雖然又轉移到別的話題，但是每次只要我一恢復精神，就會挖苦他說：「明明就有，你每次都在討論屁股。屁股！屁股！屁股！都是你說的。」亨圭本想無視我的話，但最後還是忍不住生氣的大喊：「妳到底想要怎樣？」

「晶恩是醉了才這樣吧！」

其他人趕緊勸住他。沒錯，我是醉了，今年也如此。但是我明年絕對不會喝酒，不會再喝醉了。我也應該停止給館長打電話，不該再糾結下去了。館長和新婚的妻子現在每天晚上九點鐘上床睡覺，早上六點鐘起床。如果不維持這樣的作息就會來不及耕種。我現在只能一直忍著，到忍受不住的夜晚才會打電話，但館長的聲音已經跟從前完全不一樣，聽起來就像是在說夢話。

過了一段時間後，只剩下我和贊浩留在桌上。我們像許久以前一起吃冷麵的時候那般，兩眼無神的看著彼此。贊浩跟當時一樣，嚓嚓嚓地敲著冰塊，真不敢相信那已經是十年前的事了。「塞西莉亞的那個作品是什麼呢？」

贊浩發出「啊」的一聲，想了好一陣子。我把贊浩敲碎的冰舀進杯子裡，又繼續喝酒。喝下去的不知道是酒還是水，看來是該回家的時候了。

「有點不好說明，那個作品是一個坑。」

「果然沒錯！」才剛說完眼淚就突然掉了下來。我哭了，卻不知道為什麼哭。也許我從很久以前就想這樣好好哭一場吧！贊浩搖了搖我的肩膀，問我：「為什麼要哭？」塞西莉亞在那裡一直挖一直挖，要挖到何處才會停止呢？那肯定是充滿苦痛與傷痛的地底，因此她無法透過語言和圖案形容而只能用行動來表達。以為已經到底了，結果又出現下面一層，就像萬花筒一樣不斷展開。

從店裡出來到街上後，我們朝著各自的方向離開。好不容易坐上了最後一班地鐵，這時贊浩打了電話過來。我猶豫著到底該不該接，但最後還是按下了通話鍵。我能感受到腳底下引擎猛烈地運轉著。

「路上平安嗎？」

「為什麼老是要問路上平不平安？」

贊浩歎了口氣。

「我仔細回想了一下，作品不只有一個坑，還有一個巴掌大小的螢幕。裡面的人好像是塞西莉亞。」

「我知道，是塞西莉亞在挖坑吧！」

我試圖要掛斷電話，但贊浩回答說：「不是。」

「她不是在挖坑，而是在把坑埋起來？你說她在埋坑？」

「她就無聊地坐在那裡一直埋著坑，反正作品很深奧就是了。說好了明年夏天去玩帆船，到時候見吧！」

電話掛斷了。

「真他媽的冷！」我聽見路邊有人醉醺醺地抱怨天氣太冷。「大叔不是只有你一個人冷，我們大家都很冷！」我大聲地回答。「是誰在公車站那裡說話？是誰在那邊說什麼？我說很冷有錯嗎？」大叔聽見了也回應道。在公車走走停停之間，身體漸漸暖和了起來。夏天來了嗎？夏天趕快來吧！我還要去玩帆船呢！公車行駛時，腳底下傳來的能量越來越熱，像某個無法抗拒的人在不停誘惑我一樣。在車上我疲困得打起了瞌睡，但當我一想到塞西莉亞這個名字，就好像被冰鎬刺了一下，猛然地驚醒過來。窗戶上凝結著一層水蒸氣，我完全不知道現在自己身在何處。

半月

如果母親也知道周期性的重要性的話，她就不會像現在這樣不幸了。收入必須周期性地入帳、父母必須固定時間待在家裡，生活中不論是甚麼，都應該要像海浪一樣以固定的間隔湧進湧出。

度假準備

那年夏天，我們全家人在西海的某個島上度過了假期。雖然說是度假，但其實用躲藏來表達比較正確。因為家裡某些事情出了問題背上了債務，在風平浪靜之前必須先找個地方避一避。放假期間雖然有暑期輔導和自習課，但我跟學校說了要去島上度假。雖然母親說：「那些討債的人應該不會連小孩都欺負吧！」但是我並不相信，這種狀況我在中學時就已經經歷過一次了。我告訴班上同學，「我要去島上度假。」他們想像到的都是沙灘椅、水管、小船、比基尼泳裝和防曬乳，以及在沙灘上遊玩的青少年們。海邊的確都有這些東西，不過事實常常跟想像相反。明知如此，我還是回答說：「這些海邊都有，而且到時候我也會在海邊。」「對了，還有一個東西，」我補充道。「還有煙火秀！」

我拜託我的閨密幫忙，如果有人找我，就跟他們說我已經死了。「怎麼能這樣說呢？人不是還活得好好的嗎？」雖然閨密口裡這麼說，但她卻開始煩惱要怎麼說明我的死因，她花了好幾天的時間埋頭苦思，在假期快要開始前，她問我：「妳什麼時候感到最幸福？」我回答她：「當我在唱歌的時候。」「那麼我就說妳是在唱歌的時候去世的，這是我能想到最可憐的死法。」「這雖然是一個好主意，但是為什麼我必須要死得很可憐呢？」閨密大吃了一驚。「人不是本來就要死得很可憐嗎？」她從來沒有想過一個人的死可以不是一件可憐的事。

姨媽住在西海的某個島上，她搬去島上住已經超過十年，據我所知，她從來沒有離開過那座島。因為她一直提供我們家經濟援助，所以我經常會義務性地寫問候信給姨媽。我也會另外寫信給姨丈，但是不知道為何，姨丈沒有住在島上而是住在島附近的城市裡。大概是前年的時候，母親叫我不要再寫信給姨丈，說他已經遠走高飛了。但我還是繼續寫信給他，周期性地做事情對我來說很重要。舉例來說，在學校的下課時間和午餐時間我都會戴上墨鏡。上課的時候，每隔一段時間我會趴在桌上一會兒再抬起頭。如果母親也知道周期的重要性的話，她就不會像現在這樣不幸了。收入必須周期性地入帳、父母必須固定時間待在家裡，生活中不論是甚麼，都應該要像海浪一樣以固定的間隔湧進湧出。

對於寫信這件事，我也有固定的周期。我每個月寄一封信給姨媽，每十五天寄一封信給姨丈。姨丈從未回信，但是這樣反而使我寫信寫得更頻繁。我把姨媽之前出國旅行時買回來的桌鐘拿來計算周期，這個桌鐘上面用了許多寶石裝飾，看起來相當貴重。桌鐘上面有一個半球形的玻璃，裡面有一片月亮形狀會移動的塑膠片，能夠顯示陰曆的日期，媽媽說這個桌鐘是姨媽送給我們的禮物，但好像並非如此。桌鐘的底部寫著「給東修」這幾個模糊的字。

姨媽偶爾會回信給我們，語氣既不親切也沒有想念親人的感覺。姨媽的字寫得很小而且隨便，字體凌亂得讓人很難看懂在寫什麼。不曉得姨媽是不是把臉趴在桌子上寫的，筆跡模糊而且句子總是往斜下的方向走。當我的故事無法填滿信紙時，我就會問一些有關島上的問題，不曉得是不是姨媽沒有讀信，她一直都沒有回答我的問題。「妳和弟弟現在幾歲了啊？」信的開頭通常都是這樣寫的。「你們什麼時候才會長大啊？日子真是冗長乏味啊！」然後姨媽就會隨興地談論窗外的松柏葉、煮沸的紅茶和像垃圾一樣散布在島上的海藻。信末照例不會加上問候語，結尾時通常會說把這些話傳達給妳媽，或是用幾個單字的偏旁「ㅅ，ㅂ，ode」來結束。可能是考慮到母親的人生遭遇，有時姨媽在信中也會給我一些建議。愚蠢的女人注定人生是可悲的，那些女人所想要追求的東西，就像飄在空中的羽毛，很快就會掉落到地面上。別因為男人的熱情和虛假的情話，就搭上離鄉的火車去大城市。這些叮嚀雖然冷冰冰的但卻很具體，只是每次結尾都像趕時間似的草草了之。

島嶼觀光

搭了兩個多小時的渡船，目的地島嶼才出現在我們眼前。途中還有經過一些其他的島，到最後船上只剩下我們。碼頭和海裡到處都是保麗龍，有些被人拿在手中，有些則卡在浮標的旁邊，也有很多保麗龍箱子是從遠洋飄來的，我心裡猜想會不會有屍體裝在箱子的裡面。海這麼的寬闊，總會有些東西迷失在其中。找不到屍體的話案件就會成為陷入迷宮中的懸案，如果殺人兇手夠聰明的話，應該要把屍體丟進海裡，這樣做簡直就是天衣無縫，為什麼有些兇手不這樣做呢？왜（為什麼）？왜？왜？我邊想著為什麼，邊寫下了這個字，왜這個字長得跟海鷗和白鷺鷥這些鳥類很像。姨媽為什麼不和姨丈住在一起呢？姨媽為什麼不離開島上呢？我們又為什麼要來這個島上呢？

姨媽開了一輛貨車到碼頭來接我們，即便現在是夏天，她仍穿著長袖的上衣，姨媽的面孔跟我每次寫信和收信時所想像的完全不同。姨媽雖然比母親年輕，但臉上看起來卻顯得更老。「美蘭啊！幸好有妳在，不然我們真的不知道該怎麼辦才好。」母親似乎非常感謝姨媽來接我們，搬行李的過程中一直不停地道謝。「就這兩個孩子嗎？」姨媽在我們上車時問道。「只有我和弟弟兩個人。」我終於和姨媽說到話了。姨媽從駕駛座回過頭，數著我和弟弟還有後面的行李。「只有這兩個孩子，為什麼信來得這麼頻繁呢？都是誰寫的啊？」

雖然已經接近假期，但島上仍是一片荒蕪。海灘上到處都是保麗龍箱子、五顏六色的塑膠袋、用途不明的木板和破爛的網子。更衣室的門似乎故障了，只要風一吹就會自動打開關上。上面寫著「海灘開張」幾個字的布條被風吹得啪啦啪啦地響。小賣部裡有一個男人正在用掃帚清掃遮陽棚上面，他上身打著赤膊，背上有個很粗的疤痕。「快看，看那個疤痕！」弟弟一說完，姨媽叫我們「趕緊把車窗關起來，免得有沙子跑進來。」

那天下午，家裡其他人都去島上某個地方吃海鮮，我因為頭痛而猶豫要不要去，但是出來院子看的時候車子已經開走了。我搖晃著頭，像是電視上看過的深海海馬，我用雙手抓住搖搖晃晃的頭，在房子裡面晃了一圈。家裡面有很多書、黑膠唱片和充滿異國風情的啤酒罐。姨媽到底是在哪個地方寫信呢？桌子上到處都是亂七八糟的東西，似乎沒有空間能夠寫信。冰箱裡除了酒以外，連一點能吃的零食也沒有。大概是因為這樣姨媽才會瘦得像棵枯乾的葡萄樹一樣。我來到了陽臺，有許多魚乾放在籮筐裡，串魚乾的木籤上長滿了黴菌。院子的盡頭有個斜坡，斜坡後方就是懸崖。姨媽在信裡面提到的度假公寓就在那裡。建築物的外牆是土黃色的，招牌上寫著「亞洲度假公寓」。姨媽說這裡是島上風景最漂亮，地價也最貴的地方，這個一流的度假勝地就位在靠近大海的懸崖邊上。

這個時候電話鈴聲響了。我本來不想去接，但想到有可能是母親打來的電話，因此還是拿起了話筒。「喂？」對方一句話也沒說。「喂？請問你是哪位？」過了好一陣子，才傳來男生的聲音。「問我是誰？不是你打電話來的嗎？那麼你是誰呢？」我問道。「這裡是妳家嗎？」男生又問道。「當然是我家啊！」「妳騙人！」我搖了搖裝糖的罐子，糖已經硬掉黏成了一塊，煮茶的茶壺上面有一條不小的裂縫。「那麼你是誰呢？」我問道，雖然我覺得對方不會回答。「我是東修。」東修？我嚇了一跳，話筒差點掉到了地上。「東修是誰？」「還能是誰？我就是東修啊！」東修一直不停地咂嘴，似乎相當焦慮不安的樣子。「妳那裡的地址是什麼？」東修問道。我雖然知道地址，但在還沒搞清楚東修和姨媽的關係之前不可能將地址告訴他。「我不知道。」「不知道？不是說那是妳家嗎？怎麼會不知道呢？」「這裡是在某個島上。」東修有個奇特的本領，能叫人掛不了電話一直回答他的問題。我認為他之後應該做一名警察，或者是訓導主任，不過他得先停止咂嘴的壞習慣，不然會看起來很蠢。

「哪一座島呢？」「那你又是在哪裡呢？」「我在地鐵上，準備去中央公寓。」「你說哪裡？中央公寓？那個地方在哪裡？」「在安山啊！」我嚇了一跳趕緊把電話給掛斷。那不就是我家嗎？該不會是討債集團為了把我們的藏身之處問出來叫小孩子打電話過來吧？但他不是叫東修嗎？東修不就是桌鐘底下寫的那個名字嗎？電話又響了起來，但是我沒有接。現在頭雖然不痛了，但肚子卻痛了起來。我常常會感到全身疼痛，而且每次疼痛的地方都不一樣。母親總是問我哪裡不舒服，但我並不是哪個地方不舒服，而是全身上下都不舒服。

黑暗逐漸從屋簷籠罩下來，家人到現在還沒有回來。我躺在陽臺的地板上，抬頭看著曬成烏黑色的魚乾。本來想要唱唱歌，但想起閨密說我是在唱歌時死的，就打消了這個念頭。到海邊撿貝殼去了嗎，怎麼還不回來呢？正想打電話去問的時候，剛好看見貨車爬上了山坡。車子還沒有完全停好，弟弟就從車上跳下來朝廁所直奔而去。姨媽喝的酩酊大醉，母親的臉看起來有些疲累。剛才白天在小賣店裡看到的男子坐在駕駛位上。男子把貨車停好後，把車鑰匙交給了站在院子裡的我，我的手上還殘留著沙子。

「我們聽音樂吧！」

姨媽把書和報紙挪開，轉開了播放機。男子在玄關前徘徊，好像在等待什麼。然後他對姨媽說：「今天無論如何不行嗎？」感覺他好像小心翼翼地隱藏著什麼欲望。「我喝醉了！不行的，不行。」姨媽說完，那名男子就乖乖地退開。

「之後請您再帶親戚們一起過來吧！我抓章魚請你們吃。您也知道我以前曾經跑船多年，從水產職業學校畢業後，就搭上了所有人都羨慕的遠洋捕魚船，我在市中心也已經買了一棟公寓……」

「大家都累了，請你先離開吧！如果有什麼話要說，請到衛生所來找我。」姨媽似乎不想再聽他說下去，搖著手說道。然後姨媽放了第二張唱片。

「是楊熙恩（양희은）的歌曲呢！」母親在一旁說道。

「好的，你們明天就來吧！小朋友在叔叔的店裡隨便想吃什麼都可以。小朋友好像都很喜歡喝可樂，你們沒有可樂就活不下去了吧！小朋友都喜歡喝的。叔叔的倉庫裡有一百多瓶可樂，還有四輪電動車呢！你們過來玩吧！」

我雖然不喜歡喝可樂，但還是回答說改天會過去玩。男子走了之後，我們又聽了一會兒音樂，如此寂寥的氣氛被突如其來的電話鈴聲給打破。姨媽跌跌撞撞地走過去接起電話，之後很快又把電話給掛斷。電話再次響起，姨媽接起電話後又馬上掛掉，如果這樣子的話，為何不乾脆不接就好了，何必要這樣接起來再掛掉呢？「是誰啊？」母親向姨媽問道。姨媽沒有回答。「剛才有個人打電話來過，他說他叫東修。」「妳說他叫什麼？」姨媽勉強地張開快要闔上的眼皮。「叫做東修，他要我告訴他這裡的地址。」姨媽的臉漸漸僵硬了起來。「妳不准再接電話了，更不能告訴他這裡的地址。」姨媽非常的生氣。我很好奇東修是不是我的表弟，是不是姨媽和姨丈的孩子，但我卻不敢開口問。「我不會再接了。」姨媽搖了搖頭，似乎想甩掉腦中的念頭，又再次說道：「妳絕對不能把地址告訴他！」愚蠢的女人注定人生是可悲的，姨媽在信中寫這句話的時候，似乎也是這麼地堅決。「當然，我絕對不會。」我剛回完話，姨媽又說：「絕對不能用說的。」我正在想如果不能用說的還有什麼別的方式的時候，姨媽忽然走過來，往我的臉上甩了一巴掌。

度假公寓

在姨媽家的一天通常是這樣過的，早上姨媽吃完炒雞蛋或吐司後，就會去衛生所上班。姨媽雖然是名護理師，但她卻穿著醫生的衣服，她說因為沒有人想來島上工作，所以她就充當成為了醫生。當姨媽去上班的時候，我們就放鬆地躺著，或者爭辯一些無聊的東西。母親通常會打電話給城市裡的人討論有關錢的事。到了中午，姨媽會回家吃午餐。母親每次都答應會準備午餐，卻從來沒有遵守過約定，然後等姨媽快要回來的時候，才著急地說該怎麼辦，什麼都還沒來得及準備。有關借錢的事對方老是不肯給出明確的回答，通話時間才會拖這麼久。

不過姨媽回到家後，也從來不會生氣。好像我們都不存在似的，姨媽從冰箱裡拿出簡單的食材，準備好一人份的午餐，一邊吃飯一邊讀書或是看著陽臺外面的風景。即使我們在這裡，姨媽還是完美地維持著自己的日常生活。除了抵達這裡的那天，有帶過家人去吃海鮮外，甚至連這座島都沒有帶我們去走走。既然這是「度假」，我必須得留下點什麼回憶。沒有人會為我創造回憶，所以我必須自己去創造。於是我慢慢地往懸崖邊的那棟度假公寓走去，最重要的原因是那裡有空調。

從姨媽家走到度假公寓大約要花二十分鐘時間，一路上海風不停地吹拂並包覆著我的全身。途中遇到的島民像魚群一樣隨時保持著警戒。有時候擦身而過之後再回頭看，有一些人還會站著原地盯著我，看我要去什麼地方。有一位年紀較大的男子，每次遇到他時，他都會問我：「是不是大學生？」這名男子戴著一頂農會發的綠色帽子，大白天的坐在空蕩蕩的田裡。這一類男子蠻橫的脾氣我很了解，他們只不過是蠻橫的膽小鬼。

這棟度假公寓建好了很長一段時間，但維護的情況似乎並不太好。升旗臺、戶外水龍頭和自行車停放區，到處都可以看見生鏽的痕跡。當我第一次看到服務臺裡工作的青年，我就決定這個夏天要愛上他。因為在島上見過的所有人之中，他是臉龐最白皙瘦長的一位。那個青年以為我是投宿的客人，便用對待客人的方式對我。盡是說些今天餐廳關門了、由於風浪太大船無法航行、會斷水兩個小時等等這些話。我沒有把青年當做服務臺的職員，而是用對待愛人的方式對他，不過除了天氣好熱啊、水喝完了、地上的沙子得掃一掃了這些話之外也沒什麼可以說的。即使我們認真在聽對方所說的話，對話也沒辦法延續，我們就像只問候了一次就分手的戀人，我的愛人坐在服務臺，而我坐在電視前的沙發上，度過在一起的時光。我的愛人無聊地等待著還未到的客人，我與他共度了這無聊的下午。我寫信跟閨密說自己戀愛了，我的愛人非常地親切，我很快就會和我的愛人親嘴，還要和他一起在月光撒落的海邊放煙火。

我寫了一封信給東修。那天之後，我按照姨媽的指示沒有再接過電話，但只有一次例外。在那通電話裡，我得知了東修和我是表兄妹的事實，還有姨丈已經在前年去世了，這個消息讓我感到很難過。東修說，他讀到我說要去島上的那封信（寄給姨丈的信中），也曾想過到我家去看看。他認為自己可以去島上見他的母親。既然是自己的母親，他當然有權力來，但我不能給他島上的地址。因為挨別人的巴掌很痛而且感覺很糟糕。東修沒有感到不耐煩，只要求我繼續寫信給他。我們交換了彼此的電子郵件信箱。我很欣賞他在這一方面沒有為難我，所以我把安山家裡玄關門的密碼給了他。「進入屋子以後，有一個桌鐘上面寫著你的名字，你可以把它帶走。」「房子的主人不在家，我怎麼能夠進去呢？」「你不是我的表哥嗎？」「妳甚至連我的臉都沒見過啊！」尷尬片刻後對話就這樣結束了。

我穿過度假公寓的走廊，從像魚鰓一般微微開啟的門縫中，看見老人家瘦小的頭顱。我的愛人主要接待的客人，就是這些老人家和他們的監護人，監護人將老人家送過來，預訂「假期」的住宿並支付費用，有些人會住整個夏季和秋季，有些會一直住到冬季。可以預訂這麼久的「假期」嗎？只要監護人稍有猶豫，我的愛人便回答他們：「隨時可以退款。」監護人稱讚著島上的空氣、灌木叢和沙灘，老人家卻只關心每天有多少航班往返島上。

我爬樓梯上到五樓的禮堂，幾乎算是把整個度假公寓都繞了一遍。禮堂裡有立式鋼琴、紅地毯和絨布材質的優勝旗幟。旗幟經過了灰塵和夏日陽光的洗禮，像曬乾的動物屍體一樣垂掛著。經過了碼頭、沙灘、愛人所在的大廳，以及老人家的房間之後，再看到這些沉重的旗幟，感覺似乎特別有分量。我回到了大廳坐在沙發上，電視重複播放著很久以前拍攝的宣傳影片。影片中人們的穿著有點老土，影片的內容相當無聊，已經過世的運動員和藝人也出現在畫面裡。人們搭船來到碼頭、各國的國旗飄揚、開幕的彩帶被剪斷、床上鋪上了新的被子、桑拿浴裡蒸氣瀰漫，幾位女子打著輕盈如羽毛的沙灘球，還有許多沙灘和陡峭懸崖的特寫鏡頭，海鷗像字母「왜」一樣坐著然後振翅飛向天空，漁船和地平線的畫面結束之後，影片又重新回到開頭的地方。度假公寓開張、鋪好地毯、船隻陸續到達、人群的到來……

同一個影片連續看了幾個小時之後，竟突然想要掉眼淚。看著這些根本不認識的人，為什麼會想哭呢？可能是因為這些人不是衰老了就是已經過世了，因此我必須為他們哭泣。我就這樣哭著等待我的愛人過來幫我擦乾眼淚，但是他卻沒有離開服務臺。眼淚在太陽眼鏡後面慢慢地暈開，過了一會兒後自然地風乾。

回憶

姨媽並沒有與我們創造新的回憶，但卻時常和母親一起回憶她們的童年時期。年幼時期她們就失去了父母，從小在親戚的家中長大，這個事實我也是第一次知道。當時親戚雖然待她們不差，但態度總是不冷不熱的。因此，兩姐妹常常會步行一個小時去找奶奶。到了奶奶家裡，因中風而半身癱瘓的奶奶，會勉強地拿湯匙餵她們吃蘋果。兩姐妹像幼年時期一樣，肩靠著肩坐在沙發上聊天，「奶奶總是微微笑著。」姨媽說完，母親接著說道：「才不是的，奶奶老是哭著掉眼淚。」「哪有啊，她的嘴角總是往上揚，都快可以碰到耳垂了。」「妳在說什麼啊？她總是哭個不停，一個垂死的老人還有什麼事情好開心的？」

母親和姨媽像是從相反的方向描述半月。一半消失不見了，才不是，有另一半發光著；一半被遮住了，才不是，是另一半出現了。「但是……」姨媽冷靜地思考著，彷彿最後的遺言般慎重地說道。「不管怎樣，我覺得她是在笑著。因此到目前為止，我從不害怕衰老或死亡。」但是每次一喝酒的時候，姨媽就會兩眼空洞地說：「大人們根本沒有照顧我們。」這時母親就會握住姨媽的手，拍拍她的背並安慰她。

「即使這樣，妳不還是成功了嗎？有一間房子，到了這個年紀還有工作，在衛生所被別人稱為醫生。我卻什麼也沒有，看看這兩個孩子，女兒像瘋了一樣老是戴著太陽眼鏡，還總惹我生氣，兒子也沒好到哪裡去。我回安山後真的需要妳幫忙補貼些錢。不是只有我，他們也還得生活啊！他們不過是還在讀高中的孩子而已。不要認為這是浪費，等妳老的時候，他們一定會畢恭畢敬地好好照顧妳的。」

與母親期盼的相反，姨媽並沒有愚蠢到被這些話糊弄，但她還是問了母親需要多少錢。姨媽幾乎每晚都睡不好，半夜繞著房子走來走去，不知道在想些什麼，她敏銳地觀察周遭的動靜，凌晨過後才回房間給自己注射一針。姨媽的房間裡有很多針筒，有些針筒連針頭都沒有拔掉。姨媽說這些只是用來注射維他命的。不知道母親相不相信她說的話？還是跟對待我的時候一樣，因為嫌麻煩而假裝不知道？姨媽的針筒堆積在一處，就像沙灘上堆砌的城堡傾斜得快要倒塌的樣子。姨媽每次的回信字跡都這麼凌亂，不曉得是不是因為注射的關係？

給東修

假期剛好放到一半的那天，有位老奶奶出現在家門口。母親跟老奶奶說醫生已經到衛生所了現在不在家，這時老奶奶忽然拿出某樣東西，竟然是一隻死掉的兔子。「啊！」母親大叫一聲，弟弟馬上衝了出來。老奶奶說：「兔子不是她殺的，而是自己死在院子裡的，覺得醫生可能會想吃所以才拿過來，又說兔子肉在島上是很珍貴的食物。」母親就不用說了，姨媽看起來也不像會想吃兔子的樣子，不過老奶奶還是堅持把兔子留下來之後才肯離開。在我們吃飯、洗澡、洗衣服，還有我和弟弟吵架的時候，兔子一直被放在院子角落的藍色水瓢裡。姨媽中午回來吃了些飯糰當午餐，但是我們都沒有提到院子裡有隻死兔子，兔子就這樣在院子裡晾了半天。下午的時候，有一些島上的居民到家裡拜訪。母親有點不耐煩，叫他們直接到衛生所去，不要老是跑到家裡來。

我從家裡出來往度假公寓走去，走到一半又折了回來，拿上裝著兔子的水瓢。我走進度假公寓停車場後方的樹林，在地上挖了一個坑。陽光若隱若現地穿過樹林間，樹林的後面就是懸崖，下面則是一片汪洋大海。海洋像果凍一樣透明的盪漾著，挖洞挖累了，在休息的時候我打開了東修寫來的電子郵件。東修說雖然進去沒有主人的房子不是很好，但他會去看看我說的那個桌鐘。他想親眼確認桌鐘上是否真的寫著「給東修」這幾個字。

「妳確定家裡真的沒有貴重物品嗎？」東修在郵件裡再次確認。感覺東修是個懂禮貌、慎重且深思熟慮的人。當然沒有，家裡什麼都沒有。沒有貴重金屬也沒有裝了現金的存錢筒或銀行存摺。我們家很窮，隨時有可能會被房東趕出去，所以家裡不會有這些東西。東修說他會穿厚一點的衣服去安山，從電視新聞裡看到安山的天氣並不好。即使已經挖好足以放進兔子大小的坑，但是我的手沒停下。我想繼續挖，因為天氣不太好。我想把洞挖到可以放進我自己，因為天氣不太好。挖了好幾個小時以後，總算勉強能把小腿伸進洞裡。兔子雖然已經死了，卻還得等候被埋葬，它看起來等得有點無聊，可愛的鬍鬚在陽光照射下自然地下垂。我想像著如果是自己被埋在這裡，讓兔子來享受我剩下的「假期」，那會是什麼樣子？

兔子醒來之後，抖掉身上的泥沙，進到了度假公寓，坐在沙發上向我的愛人打招呼，跟他要了一杯水喝。它窺視著老人家們熱氣騰騰的房間，並告訴他們：「不要害怕死亡。」然後它來到姨媽家，穿上我的衣服，背上我的書包，再到碼頭搭渡輪離開這座島。就算船沉了也沒什麼好擔心的，因為我已經死了。然後，它乘上巴士，再轉乘地鐵返回安山的家。中間遇見的人請不要感到驚訝，因為我已經死了。也請不要生氣，我不是已經死了嗎？這樣不是很可悲嗎？其實也還好。回到了家，遇到穿著厚重衣服在家裡尋找桌鐘的東修。「快進來吧，東修！這是你第一次闖空門吧？」如果東修看到了那個桌鐘，他會感覺到安慰嗎？或者是感覺找回了失去的光陰嗎？東修說是他的媽媽先離開他們跑到島上去的，聽說媽媽還有另一個情人。當然，跟他住在一起的姨丈描述得更難聽。然後我停下挖坑的雙手，好不容易能把兩條腿都放進去，我就這樣坐在了坑旁邊。

過了一會兒，有人拍了拍我的背，是我的愛人。我說：「想把兔子給埋了。」愛人回答道：「怎麼能用手挖呢？那麼漂亮的手受傷了怎麼辦。」我從坑裡出來，愛人幫我把兔子給埋了，將兔子的臉慢慢地覆蓋上泥土。遇見東修的兔子從放著桌鐘的房間，像倒帶一樣，從安山回到碼頭，經過了姨媽家，最後回到了懸崖邊附近的樹林中，從水瓢裡被移到坑裡埋了起來。我和愛人離開了樹林，穿過停車場。「妳是大學生嗎？是來度假的吧？」「我不是大學生，不過的確是來度假的。」愛人好像了解了什麼似的，發出「啊」的一聲。然後他跟我說我的膝蓋受傷了。

他提醒我可以去這裡的衛生所接受治療。「我不想去衛生所。」我的愛人並未覺得這句話有些奇怪，只是點了點頭。「很多人都說不願意去衛生所，聽說那裡的醫生並不是正式的醫生，常去的人反而會變得有些異常。我們度假公寓也只有當老人家會突然疼痛，逼不得已的時候才會打電話請他們來幫忙。另外，不管是白天或晚上都不要進去那個樹林裡，那裡很危險。我在這裡打工了一個多月，發現這座島有點古怪。就算是可愛的兔子死了，也不要再去那裡掩埋了。」我的愛人說完害羞地笑了一下。

晚上母親和弟弟去了海灘。我把姨媽的桌子整理乾淨，坐在那裡寫信給東修。我想起東修曾經問過有關姨媽的事，於是我寫下：「姨媽一點也沒有老，而且她很漂亮，只不過她似乎不知道如何離開這座島，甚至也不知道該期望誰把她接出去。」信寫到這裡的時候電話響了起來。會是東修嗎？應該是吧？感覺電話鈴聲像是發出「咚咻咚咻」的聲響。「喂？」東修說：「不要掛斷電話。」所以我沒有掛斷。「媽媽？我是東修！」東修又咋了一下舌頭。「爸爸過世了，臨死前他給了我這個電話。他也跟我說了島的名字，但我像傻瓜一樣把名字忘記了。媽媽，妳那個島在哪裡？我現在可以去了。」這時姨媽剛好從玄關進來，眼神與我的目光相遇。姨媽走過來抓住我的手，像拉窗簾一樣慢慢地把話筒放了下來。難道要像之前那樣打我嗎？雖然我在學校也常常被打，但被姨媽打除了痛之外更感覺難過。姨媽的臉上飄動著無數的感情，這些感情波動停止後，臉上是快要哭出來的表情。

「妳能看得清楚嗎？」「我看得到東西。」姨媽把太陽眼鏡從我的臉上摘下來。「以後不要在學校戴太陽眼鏡了，這個奇怪的行為舉止，並不會吸引其他孩子的注意，反而會遭到別人討厭。」我並不是想引起別人的注意，而是試圖隱藏自己那因為經常哭泣，而變得像兔子眼睛一樣紅的雙眼。但是我並沒有把這件事告訴姨媽。「妳離開這座島以後就不用再寫信給我了。即使妳媽媽強迫妳，妳也不要再寫了，可以說妳會用電話代替。妳打電話過來時，如果我一接起來就馬上掛掉就代表我過得的很好，不論何時接起電話我都會馬上掛斷，因為我不能夠接聽電話，妳聽懂了嗎？」

到了晚上，母親和弟弟搭著小賣店男子的車回到家裡。母親難得說她要做飯，拿著裝著章魚的保麗龍盒子，往院子裡的水龍頭跑去。「美蘭啊，這章魚好肥美啊！」我聽見媽媽大聲說話的聲音。男子將二人放下車後走進了屋子，在餐桌旁的椅子上猶豫地坐了下來，看起來似乎有點緊張，他脫下了帽子並把帽子慢慢地捲起來，可以清楚看見疤痕從頭頂一直延伸到背上。

「請問醫生在嗎？」男子焦急地等待著回應，他走到了姨媽的房間門口又喊了一次，姨媽依然沒有回應。

「很抱歉下班時間還來這裡打擾，今天我帶了您的家人去了海灘跟燭臺石，又翻山越嶺的去洞窟參觀。大家都很滿意，每個人逛完這座島後都說非常喜歡這裡。不僅如此，您的侄子每天都會到我的店裡騎四輪電動車，即使有客人在排隊，我也一定讓您侄子騎到車。如果行駛四輪電動車的方法不正確可能會翻車，受傷嚴重的話甚至會死亡。當然這種事絕對不可能發生，侄子在假期間來姨媽家玩，如果意外過世那還得了？大人們當然得多注意他一點。我還帶了一隻大章魚過來，魚簍都快塞不下了，可以川燙或著涼拌來吃。醫生您在嗎？」

姨媽房間沒有任何的動靜。「是睡著了嗎？」男子似乎有些急躁，雙手不停地捲著帽子，然後彎下了腰查看。

「醫生如您所知，我之前在船上待了很長一段時間，也闖過好幾次鬼門關。有一次還被夾在漁網的起網機裡，導致內臟嚴重的損傷，連日常生活或吃飯都變得非常困難。不論白天或黑夜我沒有一刻不是痛苦的。但是活著的人還是必須活著，即使半死不活的，也必須找到生存的方法。市立醫院提供的藥品對我沒用，醫生您必須幫我打針。就當作是拯救一個人，再幫我注射一次吧！聽說您有幫大嬸打過一針，那個老人家的病都是謊話，平常一點事也沒有，只要見到醫生您，就一直提到自己的潛水夫病有多痛苦，那都是裝出來的！她哪有下水多少次，怎麼會得到潛水夫病？真會說大話！但我不是這樣的人，我的父親是拿過國家功勳獎章的，醫生！」

姨媽打開了房門。她說：「今晚太累了。」沒有辦法為他打針。「沒關係的，注射的話您肯定很熟練的，針筒隨便插一下就可以了。」男子捲起袖子走了過來。「那個藥還沒有進貨……而且我現在很睏……」「您上次不是也這麼說嗎？」那個男子大喊。「不是一天會進貨三、四次嗎？衛生所裡有這麼多箱子，怎麼會沒有這個藥？難道房間裡面沒有嗎？房間裡面有吧？」「沒有……總之就是這樣……」姨媽欲言又止，似乎覺得解釋起來很麻煩。男子馬上抑制住憤怒，然後又轉回剛才懇求的表情。

「那藥進貨之後您會幫我打針吧？」「如果你身體不舒服，我當然會幫你打……但是今天沒有藥……我要睡了。」男子很快就恢復了鎮定。然後他到院子裡，幫忙我的母親和弟弟料理章魚。我聽見那個男人說：「來做點川燙章魚和涼拌章魚，再加上一些麵條。」姨媽回房間前轉頭看了我一眼，嘴唇微微地顫動著似乎想說些什麼。雖然我心裡有很多疑惑，但很快就被其他東西掩蓋掉。姨媽僅僅問了我一句：「為什麼？」我做了什麼，為何要問我為什麼？我跑出玄關奔向度假公寓，聽到母親在身後喊著：「這麼晚了要去哪裡？」前往懸崖的路上沒有路燈，一路非常漆黑，路又狹窄，途中經過了埋葬兔子的樹林，兔子真的很可憐。我想到了姨媽，姨媽也很可憐。我的愛人一如往常地坐在服務臺前，電視螢幕上仍然有人上船也有人下船，還有女子們把沙灘球拍到高空中。我跑到服務臺裡面抱住了我的愛人，愛人的身體似乎往後退了一下，跟承受海浪拍打的浮標一樣很快地找回了重心。我是不是該唱首歌，這樣肯定會更幸福，但是我唱不出來，我使勁地用雙臂抱住愛人，「我好害怕。」我低聲地說道。

煙火秀

離開島之前的最後一周我一直待在家裡面。因為我們幾個人在夏日的陽光下曝晒太久，結果皮膚都晒傷了。姨媽一日三次幫我們把全身上下都塗上藥膏。那天晚上我的愛人送我回家之後，我就被禁止再去度假公寓玩。姨媽叫我把在島上度過的日子都忘了，因為假期本來就是這樣。我提前收拾了行李，最麻煩的是這段時間我所收集的貝殼和海螺。某一天我把它們輕輕地放進包包裡，而另一天我又把它們全部拿出來扔到了院子裡。

閨密的回信遲來了許久，我寄了好幾封信給她，卻只收到了一封回信。閨密說因為沒人來找我，所以她沒機會說我已經死了。「我每天都會練習，如果有人問妳去哪裡，我就說妳已經死了，唱歌唱到一半不幸地過世了。但越練習越覺得妳好像真的死了。很奇怪吧？妳是真的死了嗎？我到妳家門口去看過，裡面的燈是開著的。我放心地以為妳沒死而且活著回來了。但是第二天，妳家的燈卻沒有開，接著隔一天也沒開。妳家裡的燈一直關著，黑漆漆的一片，我在想妳是真的死了，還是其實還沒有回家呢？不論是吃飯還是散步，我時刻都在想著妳的死活和那首沒有唱完的歌曲。我想起自己曾經做過的那些對不起妳的事情。我很後悔搶走了妳的外套，還有曾經把妳關在科學教室裡。因為我很討厭妳叫我閨密，我又恨你又氣妳。妳是我們學校裡的邊緣人物、傻子和瘋婆子，大概連妳的愛人也很討厭被妳稱呼為愛人吧！但是我卻哭個不停，我很害怕妳已經死了……所以我寫不了回信。如果我回信了，就證明我還活著，而且沒有人會為我哭泣。」

離開島上的前一天，姨媽找我一起去海水浴場。「背上的傷還好嗎？」「晒傷都好了，只是沒跟妳說而已。」姨媽提議四點鐘去海邊，這樣就可以不用擔心被晒傷。姨媽開著貨車載我來到海邊。姨媽在一旁讀書，我則打算寫一封信。要寫給誰好呢？隨便給誰都可以吧！姨媽闔上了書本，好像在想著什麼事情，時不時地點著頭。當風吹過遮陽傘，零食的包裝袋吹動時發出「答答答」的聲音。「我今年幾歲了？」我用這個句子當做信的開頭。這段假期真的很無聊……才寫到這裡就不小心睡著了。我醒來時發現那個小賣部的男子正從上往下看著我們，頭上還戴著一頂帽子。姨媽拿起包包，而我也拿起了救生圈。那個男子一直追著我們到沙灘的盡頭。

「我全身上下沒有一處不痛的，我的身體已經毀了。我最近常常看著大海思考到底是為什麼。醫生，難道不是嗎？為什麼這樣的事情會發生在我身上？我上過大學，也買了房子。誰也不能小看我或瞧不起我，但是為什麼會發生這種事？到底為什麼？」

我和姨媽用盡全力奔跑，卻無法甩掉那個男子。到了沙灘的盡頭之後，是一條布滿牡蠣殼的石頭路。這裡人煙稀少，男子開始直接威脅我們。我腳上的拖鞋滑了一下，腳底被牡蠣殼劃出了一道傷口。姨媽拿出手帕包紮了我的腳。姨媽跟男子說：「小孩子受傷了必須離開這裡。」而男子卻一直說：「不准離開！不准走！在幫我注射之前別想離開，現在不是她腳痛的問題，我比她還要更痛苦。」男子似乎非常憤怒，呼吸的聲音變得相當粗暴。「如果不幫我打針的話，乾脆我們三個人一起死吧！我絕對不是開玩笑的。」

姨媽停下了腳步望著男子，看著他身上的疤痕跟充血的眼睛，還有捲起袖子的手臂上模糊的紋身和注射的痕跡。接著姨媽跨過了岩石跳進入大海，海水一下變得很深，姨媽划動著雙手雙腳游了起來。我套上救生圈後也跟著跳進了海裡。海浪雖然不大，但是因為腳碰不到下面令我感到很害怕。男子將我們趕到海裡之後似乎開始擔心了起來。他叫我們趕快上來，不然會被海浪帶到外海去。他說要去找人過來幫忙後便跑走了。

夜晚的海浪將我們帶到離島越來越遠的地方。姨媽似乎也累了，趴在我的救生圈上面。每次海浪襲來，姨媽的臉就會消失一陣子然後再出現在我面前。姨媽的臉朝向島上的時候似乎是哭著；而朝向大海的時候似乎是笑著。「姨媽！妳為什麼不和姨丈一起住呢？」姨媽哭著回答我：「愛情的誓約實在太脆弱了。」這時我看見遠處有手電筒的光，果真有人來找我們了。「姨媽！妳為什麼不離開這座島呢？」「我總有一天會跨越這片大海的。」姨媽微笑著說道。姨媽用腳踢著水慢慢把我們推向島的方向，但是卻徒勞無功，海浪又把我們往外送了出來。有人丟來了一個用長線綁著的救生圈，在那一片黑暗之中，肯定有人在想辦法拯救我們。姨媽的長髮在海浪上飄著，海浪的力量周期性地將我反覆推近推遠。無論如何我們還漂浮在海上堅持著。「姨媽！我們現在是往哪個方向移動呢？」正在問話的時候，海邊的某處放起了煙火。煙火像兔子的鬍鬚一樣往兩旁分散，剛好朝向半月的方向，那是我一生之中看過最華麗耀眼的煙火秀。

肉

發生問題的那塊肉是用賢貞姑媽給的錢買的。丈夫要在外面出差兩天一夜，不確定到底是去收錢，還是去辦姑媽交待的差事。她在超市裡買了煮湯用的牛肉之後回了一趟娘家。當她打開包裝時，肉的表面黯淡無光還發出陣陣的酸味。

芭蕾舞鞋

「夫人您終於來了。」

女子送小孩去培訓中心後，在咖啡廳裡坐著正準備要喝咖啡。那個男子怎麼總是穿著相同的衣服呢？老是穿著那件上面繡著國際超市黃色商標的藍色外套。這家超市裡設有咖啡廳和文化中心，跟這個男子所工作的超市是相互競爭的關係，他穿這件衣服來這裡難道不會覺得不好意思嗎？不，也許那個男子正是希望這個商標能帶給她壓力。她喝了一口咖啡，沒有回答那個男子的話。

「夫人早，一大早打擾了！拜託您能行行好嗎？我跟那名員工現在的處境真的很為難。」男子一邊說話，一邊擰著他隨身攜帶的手帕。男子的態度與她第一次打電話到超市投訴時截然不同。

「該說的話我都說過了。」

這時剛好她的丈夫打電話進來，接起電話前她請男子到一旁迴避。男子到櫃臺那裡要了一杯冷水。然後像賣蠟燭的女孩一樣，捧著杯子傻傻地站在那裡。

「你在哪裡啊？」

「我正在去收錢的路上。」

「昨天怎麼這麼晚回來呢？」

「還不是因為賢貞姑媽的關係。」

「發生了什麼事情嗎？」

「餐桌上妳看過了嗎？我把錢放在桌上之後才出門的。」

「看到了，我打算去買雙芭蕾舞鞋。」

「上次不是才買過了嗎？」

「鞋子已經太小了，孩子的腳三個月就長大了不少。」

「我們孩子的腳怎麼發育得那麼快呢？」丈夫低沉的聲音聽起來更沉重了一些。

「是因為像我的關係嗎……這次又是什麼工作呢？」

「這次的工作很簡單，我現在到龍山站要準備下車了。」

女子放下了手機，然後用攪拌棒慢慢地攪拌著咖啡。賢貞姑媽為什麼總是叫我丈夫去辦事呢？姑媽差派工作的次數越來越頻繁，丈夫最近甚至連半夜都會被叫去辦事。大半夜的到底是去幹什麼差事呢？

姑媽在鄉下經營著一個大型農場，但一年之中有一半的時間在首爾生活。偶爾姑媽會差派丈夫去跑腿辦事，但都不是一些非他去做不可的事，例如向機關單位提交文件或把物品傳交給某人，不過薪水給得倒是相當豐厚。丈夫說姑媽這麼做是想要幫助他們家，除了他們之外，姑媽也常常對其他親戚給予善意的幫助。侄子找不到工作，不久前就開始到農場上班。姑媽還補貼醫療費用給另一位被診斷患了癌症的親戚。丈夫和姑媽曾經因為一些過節而關係變得疏遠，但是恢復了往來之後，他便經常談論他的姑媽和她所做的善事。剛好家裡現在經濟方面遇到很大的困難，也因此更加感謝姑媽。

丈夫現在工作的仲介公司已經快要倒閉了。老闆不知道是沉迷於賭博、酗酒還是女人，也可能是都沾上了邊，而無心在經營公司上面。丈夫會偷走公司裡的東西去變賣，最近還偷偷盜用了公司的公款。就算薪水再怎麼少，「這樣做以後不會發生問題嗎？」當她這樣問丈夫的時候，丈夫生氣地說：「妳這丫頭懂什麼！」

「不管是誰我都不會放過的，如果拿不到遣散費，我就把老闆給埋了。」

但是公司要倒閉的傳言已經散布了開來，因此客戶們都不想支付費用。於是當收來的錢不再進入公司而是進到丈夫的口袋後，丈夫也因此變得更加凶惡，他會到商店裡去堵人並跟對方破口大罵、大半夜打電話去騷擾，或是直接跑到別人家裡。她很難想像丈夫如此凶惡地對待別人的樣子。兩人從大學開始就一直是戀人關係，丈夫對她總是非常地友善。她唯一目睹過丈夫的粗暴行為，只有開車時旁邊有人突然換道的時候，丈夫生氣地開車追上對方。即便如此，當車上的孩子喊：「我好害怕喔！」他就會把車速放慢了下來。

「真的非常抱歉，這是我一點小小的心意！」

男子不知道什麼時候出去了一趟後又回來，遞上了一個水果籃。裡面有芒果、香蕉和哈密瓜，色彩像花籃一樣非常鮮豔。這個時間點，住在同一棟公寓她認識的其他媽媽們，開始出現在文化中心入口的附近。她拿出粉餅盒看了一下自己的臉，然後把東西推回給男人說道：「我已經請相關單位調查了，等結果出來了就會按照程序進行處理。」

「唉唷，夫人！」

男子抓住女子手臂的那一刻，她尖叫了起來。「喂！你幹什麼！」

男子用之前手上擰的手帕擦了擦臉，試圖把所有表情都抹掉，並接著說：「所以我是來道歉的……是員工的失誤……我們已經對這件事進行處理了……作為負責人……尊敬顧客……」孩子穿著芭蕾舞的服裝從文化中心走了出來。「別再說這些沒用的話了！」女子說完便離開了咖啡廳。

孩子握住她的手，一直講著有關克拉拉的事情。克拉拉是《胡桃鉗》的主角，課堂上所有的孩子都要扮演克拉拉。芭蕾舞老師上課的時候說大家也可以學胡桃鉗人偶或老鼠的動作，但沒有人想成為醜陋的胡桃鉗人偶或是老鼠，所以最後每個人都當克拉拉。「既然孩子們說不喜歡，又何必強迫他們演配角呢？所有人都演漂亮的克拉拉就好啦！」

下到停車場上車後準備發動引擎時，那名男子突然出現在車子的前面。他打開了車門，把水果籃放在了副駕駛的座位上。「這只是表達我的一點心意，不用感覺有負擔，請您幫忙一下。」男子站在那裡像送行一樣看著車子駛離停車場。女子回到公寓時，才想到自己沒有去買芭雷舞鞋，忘了錢包裡面還有姑媽給的二十萬韓圓。這樣子明天孩子又得穿著大小不合的鞋子去練習芭蕾舞。都是因為那個男的出現害她精神有點暴躁，強烈的敵意使她的表情扭曲了起來。她想起那個男子握住他胳膊時的力量，和他表面畏畏縮縮的態度相反，那是一股非常強大和沉重的力量。是的，她心想。這種人的內在心理和外在行為差異相當大，必須得特別小心這樣陷入絕境的人。

發生問題的那塊肉是用賢貞姑媽給的錢買的。丈夫要在外面出差兩天一夜，不確定到底是去收錢，還是去辦姑媽交待的差事。她在超市裡買了煮湯用的牛肉之後回了一趟娘家。當她打開包裝時，肉的表面黯淡無光還發出陣陣的酸味。

「這是什麼味道啊？」

女子和她的母親將鼻子貼近那塊濕潤肥厚的肉塊，顯然這肉已經壞掉了。

「發生什麼事了？你們在幹嘛？」

父親揮了揮手，像是要叫誰過來一樣，但是她和母親的視線都集中在那塊肉上面。父親特別愛吃冬季鮮甜的白蘿蔔和牛肉薄片一起煮的蘿蔔湯，當他看到女兒買肉回來時，心情非常地高興。她拿起垃圾桶裡的包裝並把它攤平，上面有兩個標籤重疊在一起，她用手指小心翼翼地將濕掉的標籤分離，發現在過期的標籤上面又貼了一個延長了有效期限的標籤。

女子打電話到超市時，超市店員回答說：「會不會是在路上壞掉的呢？」上午見到的那名超市生肉區的經理，在電話裡反問道：「妳確定是在我們超市買的嗎？」她沒有提到標籤的事情，打算測試他們還有沒有良心。通話一段時間後，男子變得越來越不耐煩，直截了當地否認並無視她的投訴。「不可能發生這種事，我們怎麼可能出賣良心呢？妳是不是有別的企圖，賠償手續沒那麼容易通過的。」「不不不！不是這樣的！」她大喊時，父親手扶著家具走過來問道：「發生什麼事了？」「你進去待著，沒你的事，你出來幹嘛？」母親大聲說完後，父親有點不知所措地回去自己的房間。路上還被花瓶和聖經絆到差點摔倒在地上。

軸心消失

父親因為糖尿病的關係幾乎失去了視力，醫生警告他身體的其他功能可能也會慢慢喪失，但他仍舊不肯改變飲食習慣。母親還是每頓飯煮肉給父親吃，飯後父親總愛喝三合一速溶咖啡。自從父親眼前變得一片漆黑以後，就很少再打母親了，雖然還是會爆粗口，但他已經沒辦法再動手打人。只要父親一打人，母親就會離家出走幾天不回來。這時父親就會打給女兒，抱怨家裡沒有東西吃了。然而由於害怕父親，所以只有父親一個人在家時她不願意回來。

當父親變得比以前更溫柔安靜時，母親反而變得有些粗心大意。她認為那就是人失去了某種東西之後的模樣。她思考著母親到底失去了什麼，雖然有點奇怪，當父親的工廠運轉良好時，當時的暴力行為似乎提高了生產效率。父親一生氣便動手毆打母親，母親哭了以後，父親睡一覺或喝一杯之後，心情又會好起來。第二天起床後，閱讀早報並吃完剛做好的早餐後再去上班。父親出外工作、使喚員工、進貨和出售商品，達成交易並支付貨款……整個流程似乎都有必然的關係。母親的人生伴隨著這個循環而度過，但是當公司破產導致中間的軸心消失時，生命本身就變得像在空轉一樣。

那天她帶著超市買的肉回家以後，她在家庭主婦聚集的論壇上討論了自己遭遇的事。大多數的貼文都建議她應該到超市網站的留言板抗議。於是她到超市總部的網站進行投訴，並上傳了貼有兩個標籤的包裝照片。然後從第二天開始，那名男子就開始不停地來找她。

旅遊作家

剛剛還在龍山的丈夫，說自己現在要到鄉下去，卻沒說是為了什麼事去。丈夫通常不願意詳細說明他的工作內容，因為他覺得為了賺錢所做的都是卑劣骯髒之事，這些事不適合讓美麗又有智慧的妻子知道。這就是為什麼雖然家裡生活拮据，她卻沒有出去賺錢。丈夫說有能力的男人從來不會讓女人去外面工作，不然會像他的母親在市場裡賣魚，還有他的姐姐在做保險業務，誰知道會不會哪天遇上心懷不軌的人，認為只有沒出息的男人才會讓女人去做這些事。為了發揮她大學時學的專長，她曾經想過參加公職考試或去補習班當講師，但遭到丈夫反對以後她就放棄了。丈夫告訴她：「只要擁有好的教養並放鬆心情就夠了。」起初她並不知道該如何增進教養和放鬆，但是隨著婚姻生活的持續，她自然而然地就學會了這些。

除了帶孩子去芭蕾舞教室、幼兒園和游泳池外，她幾乎很少出門。當家事做完有空的時候她會做些運動，其餘的時間則會休息，或觀看跟旅行有關的紀錄片。丈夫喜歡她講述那些他們從未去過的國家。譬如克羅埃西亞的湖泊、蒙古的草原和布拉格的小巷。丈夫說當她談到這些國家的時候，臉上的表情相當美麗。丈夫心情好的時候還說過：「妳真應該當一名旅遊作家。」之後她也嘗試寫過有關那些城市的文章。女子當時有一股衝動，想跑回家裡跟父親說這些話。「父親你看！我就說我不適合念數學系。雖然我小時候在心算方面得過獎，但那並不代表我就喜歡數學。有人跟我說我會成為一個很棒的旅遊作家呢！」但是，她從來沒有跟父親說這些話，每當她回到那間陰暗老舊的出租公寓時，因為得看父親的眼色，她總是草草做些家事就趕快離開。

孩子睡覺時肚子露了出來，當電視上的光線投射在孩子身上時，創造出許多影像。就像皮影戲一樣，影子變成了海鷗，接著變成了樹，最後化成了碎石和波浪。當孩子比現在還小的時候，她一直非常擔心自己會因為失誤而不小心害死孩子，原因可能是帶刺的花朵、噎住喉嚨的糖果、從裡面打不開的洗衣機或導致窒息的毯子。在她的想像裡，孩子死了一遍又一遍，但實際上這些事故都沒有發生，孩子平安無事地長大，現在都已經長到七歲了。

她彎著一條手臂側躺在床上看著天花板。沒錯！一切都會好起來。雖然經濟方面有困難，但丈夫會想辦法解決的，丈夫總說他想經營自己的生意。對！他不是那種願意一直待在別人底下工作的人。大學時期丈夫是系學會的代表，也是學生會的政策部組長。無論是校友會、分組會議還是公寓重建促進委員會，甚至幾個人一起組織去夜釣或去滑雪場玩的時候，丈夫總是扮演領導者的角色。所以要成立公司一定也沒問題，為什麼之前沒有想到呢？雖然丈夫換過好幾次工作，但這絕對不是他的錯。問題出在領導的無能、下屬的不積極以及老闆只熱衷追求一些毫無價值的事物。

電視螢幕上開始播出別的節目，出現了歐洲番茄慶典的畫面，大量的番茄被丟進擠滿人群的巷弄中。雖然電視開了靜音，但她似乎能夠聽見聲音。隨著番茄的爆裂，逐漸到了深夜時分。大約凌晨兩點鐘，丈夫才再次打電話回來。沒有任何說話的聲音，只聽見衣服摩擦的聲音和紙張被搓揉的聲音。不曉得是不是身體正在移動，所以一直出現不同的聲音，偶爾還交雜著與別人交談的聲音。應該是手機放在口袋裡，不小心壓到了通話鍵。丈夫好像說了一聲「往哪跑？」又好像說了「當然要抓住！」而另外一句「追上去！」她不太確定是不是聽錯了。「喂？喂？」她喊了幾聲後電話就掛斷了。丈夫現在是在收錢嗎？還是他正在做賢貞姑媽派遣的差事呢？不論是哪邊的工作，究竟是什麼事情必須要在凌晨兩點鐘去辦呢？會不會是去做什麼壞事呢？

「夫人好，又見面了。」她一打開玄關大門，就發現男子站在公寓的走廊上。孩子認得男子並叫道：「是送水果的大叔耶！」外面雖然很冷，但男子卻正拿著毛巾擦汗。從他臉紅氣喘的樣子來看，應該是算準了她出門的時間而急急忙忙地趕來。

「你為什麼要一直死纏爛打呢？」她連和他爭執都嫌麻煩，抓著孩子的手出門。她因為昨晚睡眠不足到現在頭都還在疼。最後三個人一起搭上了同一臺電梯。

「小朋友你喜歡吃水果嗎？下次大叔可以給你更多好吃的東西！」「大叔你是農夫嗎？你有很多水果嗎？」「不是，大叔是賣肉的，要把很大一頭豬扛在肩上搬運喔！」「那不會很重嗎？」「一點也不重。要像大叔這樣掌握支解的技巧，必須花三十年的時間。大叔花不到一小時就能支解完一隻豬喔！」女子在一旁聽著，皺起眉頭對男子說：「請不要對孩子說這些沒用的話！」「怎麼能說是沒用的話呢？這是我謀生的工作啊！」男子的態度有些粗暴，她閉上了嘴。電梯從三十層往下就一直沒停過，這個空間裡除了男子之外，只有她和孩子。

「夫人我跟您說，為了學習技術，我從十八歲開始就去馬場洞處理肉，大約一百多名男子從凌晨就開始工作。到後天我就五十歲了，我從令人厭惡的屠宰場做到加工廠，最後找到現在這份不會令子女感到羞恥的工作，一共花了三十年的時間。現在我的孩子能說自己的父親在國際超市工作，而不必說在賣肉的店裡上班。這裡設施很乾淨，而且很少會遇到麻煩，身上也不會沾染氣味，除了凍傷的問題之外，幾乎就是天堂了。但是夫人妳把這次的事情投訴到了總部，現在我和那名員工可能都會丟掉工作。夫人請您幫忙解釋一下說這是一場誤會，拜託了！」

男子說話時雖然習慣彎著腰，但是說話的語氣卻有些尖銳。電梯門一打開，女子就拉著孩子的手出來，男子馬上追了過來，並拿出一個裝了錢的信封。「這是我準備的三十萬韓圓，夫人！能不能幫幫忙呢？」女子關上了車門，繫好孩子座位上的安全帶，然後轉了一個彎離開了地下停車場。

農場

女子本來打算送孩子到游泳池之後要去買點東西，卻發現忘了帶錢包，只好再次回去家裡。以防萬一她先環顧了一下四周，確定男子人沒有在附近。她在心中暗自決定，絕對不會對這件事善罷干休。丈夫不知何時回到了家，正在床上睡覺。他都不知道一大早妻子和孩子經歷了什麼，竟然還在呼呼大睡。雖然她有些生氣，但另一方面也對丈夫完成工作回到家裡而感到放心。她打算等丈夫醒來後，再告訴丈夫超市那個男子讓她有多生氣（但是她並不想說自己很害怕）。她認為丈夫不會坐視不管的。那個男子說了什麼來著？馬場洞，對了，他提到了馬場洞。在馬場洞，有大量的豬在清晨時被殺害，一百多名拿著刀的男性用刀切開並支解豬隻。在準備要去游泳的孩子面前，說這些話不知道有何目的。她去陽臺的時候，腳被某個東西絆了一下。是一個袋子。旁邊是隨手脫下的工作服，上衣和褲子都反過來脫在了地上。她用腳踢了一下袋子，發出了金屬撞擊的聲音，她打開一看發現竟然是一把空氣槍。

「啊！」她大叫了一聲。

她使勁地搖了好幾下才把丈夫搖醒過來。

「有槍啊！槍！」

「是啊！有槍又怎麼了。」丈夫一邊用手揉著臉一邊回答道。眼睛裡充滿了血絲。她在丈夫的指甲裡發現了紅色的汙漬，不曉得是沾到了什麼東西。

「你到底在做些什麼事情啊？」

「還能做什麼事？不就是去賺錢嗎。對一個才剛熬夜回來的人說這些幹嘛？」丈夫歪著頭表達了他的不滿。

「因為有野豬出現，我去了農場一趟，姪子一個人處理不了。」

「那你為什麼不告訴我呢？」

「妳知道這些事情要幹嘛，妳只要照顧好孩子，其餘的事妳不用擔心！」

「信用卡被停掉了。」

「銀行那裡很快就會解除的。」

「那有抓到野豬了嗎？」

丈夫靠在床頭板上不停地喊累，她伸出雙臂抱緊丈夫。「我們會變得很窮吧？」「妳在說什麼啊？」「會變成多窮呢？」丈夫用一隻手撫摸著她的額頭，然後用另一隻手輕輕地拍她的肩膀。「我好累，昨晚一點都沒睡。」「你沒抓到野豬吧！」「沒抓到，昨天失敗了，但一定很快就會抓到的。」她對自己為了這點小事就大驚小怪而感到抱歉。

他們並排躺在床上，看著陽臺上生長的常春藤、香港棕櫚、波士頓蕨葉和迷迭香等植物。雖然有些葉子枯萎了，但是植物都還活著，看完植物之後女子感覺心情好多了。雖然拖欠了公寓的貸款，還有幾張信用卡被停卡了，但是至少還有孩子和丈夫，以及陽臺上的小花園、窗簾、烤箱和白色的沙發。也許她的擔心都只是一場還未醒來的噩夢，女子突然心情變得開朗並「呵呵呵」地笑了出來。

女子小的時候，父親打母親的行為令她非常害怕，父親打完人以後會坐在沙發上休息看電視，電視中的搞笑人物和冷笑話，令父親轉眼就笑了出來。對了！曾經有一句流行語叫「快離開地球吧！」的確是非常簡單直白的一句話。躲在房間裡的她如果到客廳一同大笑的話，那天就會是個幸運的日子，父親會心軟不再繼續打人；而在不幸的日子，父親甚至會拉扯她和母親的頭髮。女子雖然心裡害怕，但她不會因此收起笑容，有時她會突然開心的哈哈大笑，或甚至倒在地上打滾。即使是現在，她依舊很容易緊張，但是也能很快放鬆，心情轉換之間常常是伴隨著笑聲。雖然她可以不必笑，但也沒有理由不笑。

丈夫把放在女子肩膀上的手往下滑，仔細地摸遍她的胸部、腰部和腿的內側，好像第一次觸摸她的身體一樣，一邊摸還一邊說明抓野豬的那個夜晚所發生的事。

「起初我很害怕，擔心自己是否能辦得到。雖然是初次接觸空氣槍，但不久我就習慣了。姑媽說就算沒有學過，槍隻之類的東西很快就能夠上手。我不習慣的是那片漆黑的森林，一切看起來都很正常，本來以為能看清楚所有事物的動靜，但森林裡有太多難以預料的東西。不過也有可能是因為我太緊張，畢竟從來沒有做過捕抓動物這種事情。我好像不曾做過什麼非常困難的事情。姑媽還一直指責我從來沒有做過什麼難事，這樣的人如何餵飽妻子和孩子？妳把雙腿再打開一點，我把腰這樣抬起來的話會痛嗎？妳怎麼到現在還會痛呢？我們都已經有了孩子，性生活都快二十年了。」

女子心想以後自己絕對不要再喊痛了，於是她故意轉移了話題。「賢貞姑媽竟然對你說了這種話？我還以為她是個受過良好教育的人呢！」丈夫抽出一張紙巾擦拭著自己的身體。她想起丈夫曾有一段時間跟姑媽斷絕了來往。「那時候發生了什麼事情呢？」「也不是什麼大不了的事。」「你不是有段時間都不願去找姑媽嗎？沒事的話你何必那麼做呢？」

一陣疲倦感突然席捲上來，她必須去接孩子，但身體卻不聽使喚，身體沉重得像被人緊緊壓住一樣。丈夫說他讀大學的時候每個寒暑假都會到農場去工作。農場每年都在擴大規模，需要大量工作的人力。「我曾經幫忙維修農場裡的畜舍、加高屋頂以及挖水井。」「挖水井？」「因為姑媽說有這個需要，於是就挖了一口井。那棟房子每年都必須進行修理。當時姑媽沒有住在家裡，而是在外面和另一個女人同居，但姑媽仍然喜歡常常修理房子。」

絲綢睡衣

丈夫說某年的夏天他照舊去農場工作，但令丈夫感到困擾的不是勞動的強度，而是姑媽的態度。雖然丈夫在家裡進進出出的，姑媽卻總是穿著睡衣。那是一件材質很薄的絲綢睡衣，整個身體幾乎都是裸露的。姑媽身材相當乾瘦，肋骨都露在外面，剖腹產的疤痕也清晰可見。每次姑媽吃完頭痛藥後就慵懶地躺在床上，當風吹過時，睡衣幾乎都快掀了起來。丈夫認為這樣對待姪子有些過分，但姑媽並不覺得有什麼關係，丈夫也只好默默地繼續工作。

但是有一天，丈夫發現不僅是他在的時候，連一些工作的工人進出家中時（其中一些是只來工作一個季節的臨時工），姑媽也穿著相同的睡衣。丈夫那時就心想：「靠！難道姑媽是個變態嗎？還是因為姑丈外遇太多而瘋了？」仔細觀察後又發現並非如此。偶爾有鄰居或朋友來家裡時，或是姑媽住在首爾的孩子們回家時，情況就會完全不同，姑媽會穿著長長的連衣裙，上面還會套一件高領的針織衫。

「有一名在農場工作多年姓張的工人跟我說，那是因為老闆娘沒有把我們當人看。你有看過誰會因為農場裡的母牛經過而特地換衣服的？她在我們面前不會感到羞恥。如果是這樣對待工人也就算了，但是既然在我面前也這樣？我聽完之後非常生氣，沒辦法誰叫當時我才二十多歲而已，覺得不爽之後就不願意見姑媽了。」「老公你有去過馬場洞嗎？」「妳說哪裡？」「沒，沒事……那時我們真的太年輕了。」女子一說完，男子馬上同意道：「是啊，那時還年輕，所以才會那樣做。」「那姑媽現在還會這樣嗎？」「嗯……我也不確定，因為現在只透過電話聯絡。雖然幫姑媽到處跑腿，卻始終沒有跟她見面。」

旋轉木馬

女子醒來時，時間已經快到下午五點鐘了，丈夫似乎已經出門工作不在家裡面。女子發出尖叫聲並責備著自己，想找手機卻到處都找不到。用家裡電話打到游泳池時，她全身直發抖連內衣都沒穿。游泳池的櫃臺說沒有看見找不到家長的孩子。

她隨手抓起一件衣服穿上，把車從地下停車場開出來狂奔而去。游泳池裡沒有看到年幼的孩子，只有大人們在泳道上來回游著。每當水花濺起時，水就會溢出游泳池。櫃臺的女員工根本不記得有看到孩子，手上邊玩著儲物櫃的鑰匙扣邊重複地說著自己不知道，似乎對別人的痛苦毫無關心之意。這種態度讓女子非常生氣，好像孩子會不見全都是因為這個櫃臺女員工的緣故，這個愚蠢的女人只會收發鑰匙，絲毫沒有留意徘徊找不著母親的孩子。

女子在體育館樓上的禮堂、籃球場和槌球場裡瘋狂地到處尋找。穿著制服的老人們在喊叫聲中打著球，女子心想這些老人們到底還要活多久？他們還要反覆經歷這個庸俗暴力的世界多久呢？她來到了地下室的販賣部，發現孩子與超市生肉區的男經理坐在一起。孩子正吃著餅乾喝著牛奶，並用男子的手機玩著遊戲。

男子找的藉口是這樣的。總公司通知他如果今天沒有得到女子的回覆，他就會被裁員。著急的他一路跟到了體育館，在前門等候的時候無意間發現了孩子。「你為什麼不送孩子回家呢？」「我打過您的手機，但沒有回應。考慮到如果送孩子回家，要是在路上擦肩而過，可能會被誤認為是綁架或是有其他目的。夫人您現在不是還誤會我們故意延長了有效期限嗎？那只是員工的失誤，我們沒有故意做重覆包裝這類的違法行為，所以我只好在這裡等，如果您不相信的話可以查看CCTV。我一直坐在這裡，連孩子的一根頭髮都沒有碰。」

孩子坐在那裡，一臉疲倦的樣子，裙子上灑滿了餅乾的碎屑，看起來倒是和平常沒什麼不同。「他們坐在那裡待了有兩個多小時吧！」販賣部的女店員也點頭回答。她雖然不太情願，但還是對那個男子表示感謝，並帶著孩子離開。到停車場的時候太陽已經下山了，孩子抱怨天色又黑天氣又冷的，怎麼現在才來接他。「我知道為什麼媽媽妳遲到。」「對不起，我睡著了。」「妳拋下我，跟爸爸一起出去玩了，對不對？你們之前不是還把我留在外婆家，到處去玩嗎？」「不是這樣的。」「我討厭外婆家，那裡的味道很難聞。外公老是讓我看他那雙腳上腐爛的腳趾，妳看過外公的腳嗎？顏色就像茄子一樣，味道真的很臭！所以你們兩個人不要把我留在外婆家自己出去玩。」

「夫人請您收下這個。」女子轉頭過去，看到男子拿出早上看過的那個信封。「你為什麼要這樣做呢？」她雖然力氣不大但仍然推拒了男子的手。「大叔，那個肉肯定變質了。我不是因為想要賠償才打電話。我之所以打電話，是為了消費者的權益，我認為集團大企業不應該這樣做。我只是想糾正這樣的錯誤，這難道不是應該的嗎？總不能忍氣吞聲自認倒霉吧！如果我什麼也不做，這個世界就不會有任何改變。」「我跟您道歉，就像我早上說的，我家老大已經上了高中，成績也非常好。不過就是塊牛肉，難道就不能算了嗎？夫人真的很抱歉，我不知道該說什麼，只能跟您說對不起。」「大叔你不也是因為上面的吩咐才在上面重複貼標籤的嗎？為什麼是你出面道歉呢？你不必跟我道歉，大叔你不也覺得道歉很丟臉嗎？」男子的臉顯得有些僵硬，拿著信封的手慢慢地垂了下來。女子把孩子送進車裡，並突然大笑了起來，笑到肩膀不停地抽動。「怎麼了，不是連孩子都幫您找到了，這樣笑是什麼意思？」「不是那樣的……我剛好想到了別的事……」「我這樣苦苦哀求，所以妳覺得我好欺負是嗎？」女子開車離開停車場後，大笑到身體扭曲差點握不住方向盤。孩子雖然不清楚發生了什麼事，但也跟她一起哈哈大笑。

那名男子之後就沒有再找上門。女子所委託的機構寄來了肉品明確變質的報告。報告裡還提到能夠提供損害賠償相關程序的建議，但她決定暫時推遲這件事。這件事情之後，日常生活仍舊照常運轉，就像旋轉木馬一樣，丈夫為了工作出去再回來，而錢則是進來再出去。孩子在舞臺上扮演克拉拉轉啊轉啊轉的，女子每天做家事或靈感突然來的時候也會試著寫幾句文章。那天傍晚有人找上門來。女子觀看對講機時，螢幕裡站著一個穿著夾克外套的陌生人。她問了對方是誰之後，門外的人卻要求先打開門再說。難道是因為上次肉出問題那件事而來的嗎？還是超市生肉區派了另一位員工代替之前的經理？女子回答說她不開門，陌生男子想了一會兒之後回道：「的確，直接開門應該不太方便。」然後男子問了跟超市的肉無關，而是跟她丈夫有關的問題。「妳先生回來了嗎？」「還沒有回來。」

「妳先生去哪裡工作了呢？」女子也很好奇丈夫究竟去了哪裡上班。是去哪裡收錢了呢？還是正在哪裡徘徊呢？女子用細微的聲音說：「龍山。」男子也確認了一聲：「龍山？」之後點了點頭。男子說了聲「再見」後就轉身離去。

女子吃了一驚，趕緊打電話給丈夫，但是手機卻是關機的狀態。丈夫連續在外面過夜了四天，到了昨晚才回家休息一下。這次丈夫回來時，身穿工作服手裡拿著一個袋子。「啊，對了，那袋子還在家裡。」女子走向了陽臺。袋子的封口綁得很緊。女子用手摸了摸袋子，感覺裡面水水的，似乎裝了很多液體在裡面。丈夫昨晚在桌子上留下了多達一千萬韓幣的錢，全部都是一萬韓圓的鈔票。當女子問他是否可以使用這筆錢時，「那當然。」丈夫這樣回答。但是，回答時丈夫的眼神卻異常的鎮靜，似乎有些東西脫離了身體還沒有回來。她拿著這筆錢帶孩子到一家吃到飽的餐廳用餐。吃飯時孩子不斷地往地板上扔葡萄籽，儘管女子一直叫孩子別這麼做。她還買了芭蕾舞鞋和一套新的芭蕾舞服裝給孩子。那件衣服是白色的，散發出一閃一閃的光澤，好像有人在上面施了魔法一樣。她彎下身體想鬆開袋子，卻發現有血液從袋子滲了出來。她害怕得眼淚都快要流了出來。丈夫仍然沒接電話，她心想不能把這個袋子留在家裡。

她帶上孩子，把袋子放進手推車離開了家裡。女子思考著要在哪裡打開這個袋子才好。如果不打開袋子，她就無法知道丈夫去了哪，如果不知道丈夫在哪，就不知道是什麼讓丈夫徹夜未眠，讓他在某個黑暗的森林中徘徊並追捕著。但是，這件事她一個人不敢做。

她回到了娘家，把熟睡的孩子留在車上，然後爬上了樓梯。家裡非常安靜，父親躺在臥室窩在被子裡，「是誰來了？」父親抬起頭問，視線空虛地望著前方。「買好了嗎？買回來了嗎？也不想想妳是托誰的福才能活到現在，妳鄙視我是個盲人嗎？妳這殺千刀死不足惜的賤女人！」父親再次躺下，把被子蓋過了頭頂。當被子往上拉的時候，父親的腳趾露了出來，腳趾已經發黑化膿。她伸出手摸了一摸，腳趾很粗糙冰冷而且濕濕滑滑的。「臭婆娘！妳在幹嘛？」父親的腳掙扎著，然後「嗚嗚嗚」地大哭了起來。

她回到車上，握緊了方向盤，沿著那條像內臟一樣蜿蜒流過這座城市的小河疾駛，經過潮濕的河邊時，能聞到一旁傳來的青草氣味。女子邊開車時邊想如果她成為了旅行作家，該如何描寫今晚開車兜風的情景。腦海裡卻想不出適合的句子，她才發現丈夫之前所有的稱讚原來只是謊言罷了。最後她開回了公寓的停車場，她決定自己打開這個袋子。畢竟這段日子裡她幾乎沒有獨自完成過什麼事。所以現在才會變成這樣嗎？她把車停在地下停車場最深處一個陰暗的角落，心想必須在孩子睡醒之前趕快把這事處理完。

「夫人！」

當她打開車門時，她聽到某處傳來了一個熟悉的聲音。她轉過頭，看到一個男子，就是之前那位超市生肉區的經理。他沒有穿制服，也沒有像傻瓜一樣擰著手帕，只是很可疑地將一隻手放在外套的口袋裡。女子下意識地後退了一步。

「我整天都在這裡等著，您終於回來了。」

她發覺男子的表情跟以往不大一樣，看起來一副很放鬆的樣子。男子似乎打算再說些什麼，但是她把男子先叫了過來，然後指著後面座位上的袋子。男子稍微往車裡頭一看，用疑惑的眼神看著女子。

「您是要我打開嗎？」

她點點頭，男子沒有抽出口袋裡的那隻手，只用另外一隻手解開了繩子，態度相當謹慎。停車場裡太過漆黑，男子幾乎和黑暗融為了一體。不久，男子停下動作。然後又過了一會兒，男子說道：「夫人，是一塊肉。只不過是塊肉而已！」

等待狗狗的日子

只有狗狗這個名字適合它，這個名字並未暗示任何外在特徵或個性，只是一個中性不包含任何情感表達的名字，但如今她失去了這隻狗。她一邊走向停車的地方，一邊擦乾臉上的眼淚。

狗狗失蹤

母女二人把MINI COOPER停在狗狗失蹤的公園前面，她們不得不在那裡一直等著。狗狗是隻年紀很大的斯皮茨犬，對母女二人來說非常重要。她們很珍惜它，所以沒有給它取別的名字就直接稱呼它叫狗狗。每次女兒晚上喝醉回家時，就會不停喊著：「狗狗！狗狗！」整天趴在那裡的狗狗，就會搖搖晃晃地走過來用濕潤的舌頭舔舔她的手。狗狗由於白內障失去了右眼的視力，走路時總是歪向一邊，它的身體會向左傾斜，因為它感受到的物體位置更靠近左側，狗狗沒有辦法直線前進，只能像波浪般的迂迴前進，它的方向感也不是很準確，即使到達了目的地也總是兩眼無神地望向天空。

女兒在放棄上鋼琴課的那天衝動之下買了那隻狗。八個月大之後的狗就很難賣出去，因此它被綁在寵物店的角落裡。當她進入寵物店時，狗狗沒有搖動尾巴也沒有表現出可憐的模樣，只是在那裡靜靜地看著，當她決定買下它時，狗狗像抖落蜘蛛網似地甩了甩身體。她覺得這是一隻很有修養的狗，它知道什麼是自尊心，似乎不認為自己是隻狗。難道把狗命名為狗狗是不幸的開始嗎？弄丟了狗狗後，她曾經好幾次這樣想，但這是她能給它取的名字之中最好的一個。波比、花花、捲毛或是莉莉這些常見的名字都不能代表它，只有狗狗這個名字適合它，這個名字並未暗示任何外在特徵或個性，只是一個中性不包含任何情感表達的名字，但如今她失去了這隻狗。她一邊走向停車的地方，一邊擦乾臉上的眼淚。雖然嚴格來說，狗狗並不是她搞丟的。

狗狗其實是被她母親搞丟的，事情是發生在她去國外讀設計學院的時候。母親本來打算獨自尋找狗狗，找了一個多月以後，才終於跟女兒坦承自己把狗狗搞丟了。「什麼？狗狗？狗狗怎麼了？騙人的吧？」女兒大聲尖叫起來。「不可能的，一定是騙人的！」她趕緊訂了張機票，匆忙地坐上歸國的班機回家，在飛機上她為了忘掉自己的焦慮，看了法語、華語和印度語的電影，這些外語和她現在遭遇的不幸一樣，對她而言既困難又陌生。

任何人看見公園前面馬路上停著的那輛進口車都會覺得很奇怪。車窗上的防晒貼膜非常暗，除了啟動雨刷和打開車燈之外，車子上一點動靜也沒有。車子的後視鏡是收起來的，就像一隻溫柔的動物安靜地守在公園的正門口。很多人以為那是一輛廢棄的汽車，不確定裡面到底有沒有人。常常會有穿著慢跑服裝的男女、清潔工、拾荒老人以及傳道的宗教人士會靠近車子。這些人在車子旁邊待一段時間後，車窗就會稍微拉下，坐在裡面的女兒會問：「有什麼事情嗎？」雖然這其實是對方想問的問題，不過一旦她先問了也就沒有人再回問過。

女兒打開車門時，母親坐在車裡問道：「沒看到嗎？」「沒看到。」「怎麼會沒看見呢？」「我也不知道。」她覺得很奇怪，回想著昨天收到的影片。雖然距離有點遠，但的確是在這個公園拍攝的影片，裡面有一隻跟狗狗非常相像的狗。「餓了吧，我們先吃飯吧！」母親從名牌包裡拿出了餐盒，放在駕駛座和副駕駛座中間的空紙盒上。母親準備的烤魚、醃肉和沙拉，女兒連一口都沒有吃，她只夾了點豆子配飯，視線望著窗外，用筷子隨便夾幾口飯吃。

也許等待狗狗這件事是個愚蠢的行為。一隻狗有多大的可能性返回走丟的地方呢？她雖然不知道答案，但她製作了橫布條，還在獸醫診所、流浪動物之家的網站、社交媒體和部落格上到處張貼尋找狗狗的廣告。昨天收到的影片是至今為止最可靠的線索，貌似狗狗的物體從公園裡跑向登山步道。像風吹過而飄揚的垃圾一樣，就一隻狗來說似乎有點太過輕盈，但她認為那就是狗狗。因為它搖搖晃晃地偏向一側走，然後又突然歪向了另一邊。那應該是狗狗吧？雖然透過簡訊詢問了發送影片的人，但卻一直沒收到回答，打電話過去也沒人接。

女兒從車裡看見警察從山坡下面上來。會跟警察認識是因為之前遇到醉漢時曾打過電話報警。「辛苦了。」警察停好摩托車並脫下了安全帽。斜掛在肩上的布條寫著「遵守停車線特別宣導期」。當女兒稍微拉下窗戶時，警察把手穿過縫隙並說道：「對不起，請把臉露出來一下。」女兒把飯盒蓋上，把車窗全部拉了下來。失去了狗狗以後她經常哭泣，所以一直戴著墨鏡來掩蓋腫脹的雙眼。她總是素顏出門，身上穿著運動服裝和運動鞋，但是她臉上卻散發出光芒，那是經常購物消費的人才擁有的氣質。警察往後退了一步像是在觀賞一樣，看著她和那台MINI COOPER。「妳昨天晚上好像也一直待在車裡？請別再繼續這樣做了。」她心想要不要發動引擎離開，每當有人妨礙她時，她總是這麼想，但卻從未付諸過行動。狗狗走丟了，她必須得找回狗狗。

「我不是隨便說說的，晚上想辦法跟別人換班吧！妳應該知道這個公園很大，後面還有一座山，我無法保證這裡的安全，照明設施也不太足夠。我不是故意嚇妳，而是擔心妳。這裡常常發生暴力事件，女性實在不適合在這裡過夜。如果真的要等狗回來的話，請讓妳的父親或兄弟過來，還是妳有男朋友嗎？」她根本不敢叫父親來，她甚至連回國的事都還沒講。如果被父親知道她這次又一事無成地跑回來，那麼父親肯定會跑來首爾，把公寓的門鎖上再關上陽臺的窗戶，大聲地播放音樂或者是打開電視，然後狂打她和母親一頓。「妳有男朋友嗎？還是現在沒有？」「我們會自己解決的，很快就會找到的，只是需要一點時間而已。」或許因為女兒遲遲不回答，母親介入了對話並希望趕快打發警察走。「女士，我不能放任妳們在這裡，我之前不是說過嗎？這邊是馬路，即使沒有車經過也不能把車停在這裡，這裡是禁止停車的區域。」「但這裡不是沒有任何標誌嗎？」女兒面無表情地回答。「就算沒有標誌，但道路本來就是用來行駛的，而不是用來停車的，這些都是法律上的規定。」「是的，法律上當然有規定，但是我們怎麼可能知道每條法律呢？」母親點了點頭並同意，警察可能也說夠了，說了聲：「好吧！」之後便騎上了摩托車。「怕萬一發生什麼事情，有記下我的電話號碼嗎？」女兒回答說：「記下來了。」警察回問道：「真的嗎？名字怎麼儲存的？上次有說我叫李秀鐘嗎？」

「是不是應該給他一些錢呢？」警察走了之後，母親說道。他真的是想要錢嗎？說不定是那樣。在等待狗狗的日子裡，遇到的大多數人都只是想要錢。很多人無緣無故地打電話來說些有的沒的，一點有用的情報都沒提供。當她回說憑這些資訊無法提供賞金時，對方還會生氣地批評一番。「瘋婆子、神經病，不過就是找一隻狗，竟然願意提供五百萬韓圓當賞金！」「好心打電話來提供情報竟然還不肯給錢？」「我知道妳在哪裡等著狗回來。我不會放過妳的！什麼都不懂的蠢女人！」在這之前，女兒從未跟這麼多形形色色的人打過交道。她一直住在同一個社區，搬家也只是搬到同一個社區的其他公寓裡，上大學時只和鄰居或朋友出去玩，也從來沒有出外工作過。周遭的人所處的階層和擁有的喜好範圍相當有限。但是現在她離開了公寓，在這個城市裡到處找尋狗狗，也因此遇見這麼多她從未遇見過，也從來沒想像過的人群。

「我還是覺得有些奇怪。」女兒說道。太陽下山之後車裡面一片漆黑。在一旁睡覺的母親醒過來後抬起了頭。「媽！為什麼妳那天要散步到這麼遠的地方？走到這裡須要花兩個多小時耶！」不僅是今天，還有昨天、一周前、滿月的那天、上弦月的那天以及新月升起的那天，她都提出了相同問題。對於她所重複的同一個問題，母親也是不厭其煩地反覆說明狗狗走丟那天的經過。

「智英啊，妳不是知道我做完子宮手術後體重就一直增加嗎？醫生說就算我服用激素也很難不發胖，這肚子和擁腫的身體，讓我覺得很丟臉。那天早上我左思右想，覺得再這樣下去不行了，一定得減點肥才行。」「媽！妳這樣還不夠瘦嗎？妳的體重不是才比四十公斤多一點而已嗎？」「那當然，我只有超過四十公斤一點點。」母親舉起雙手像是要拍手，然後雙手又突然合了起來變成祈禱的模樣。「但是，就像妳爸說的一樣，就算是一點縫隙、一時的疏忽或是剎那間的分神，都會招致極大的不幸。他不是總提起國外那座有名的吊橋倒榻事件嗎？那是建築史上非常嚴重的事故，專業考試裡也經常出現相關的題目。妳父親可能就是答錯了這一題，所以他後來連畢業證書都沒拿到。就因為沒有執照，連現在的辦公室都是用金主任的名字申請的。妳爸爸根本不知道公司是怎樣運轉的。」「吊橋的事情聽都聽膩了。」「聽膩了吧！」不知道有什麼好笑的，母親忽然笑個不停。那個吊橋聽說位在世界上最美麗的海峽。但是卻因為一陣僅足以吹起裙子的微風而倒塌了。起初，風只是微微地吹過吊橋，但是吊橋的振動和風的振動產生了共振，導致振動越來越劇烈，於是橋墩開始搖晃彎曲，像麥芽糖一樣變形，最後難以置信地整個倒塌了。起因就只是那陣微微的風。「要隨時保持清醒，別跟妳爸喝醉的時候一樣，喜歡模仿爺爺假裝自己是軍人，還拿爺爺留下來的日本武士刀到處亂揮。」「爺爺哪裡是什麼軍人，明明就是個和尚。」「聽說爺爺本來是軍人，曾經去過滿州還當到了中尉，不過這些事情爺爺很少提起，光復以後他為了保住財產跟隱藏身分所以才出家的。」雖然想不起爺爺的臉長什麼樣子，但是她還記得抱川市某座山上的那座寺廟。那是一座外觀顏色非常鮮豔明亮的寺廟，絲毫沒有歲月的痕跡和古老的氛圍，就像是樂高積木一樣，有一種人工且超現實的感覺。

「狗狗走丟的那一天，妳爸說要從光陽市北上來首爾。那天我非常緊張，因為每次他忽然來總是會發生一些不好的事。又想起妳爸說要隨時保持警覺，我覺得不能再繼續變胖了，所以才從家裡走到這麼遠的地方來。這公園是我走路能到的最遠的地方。」「為什麼要帶著狗狗呢？」「因為狗狗老了以後，就不喜歡單獨被留在家裡。妳應該不知道吧？因為妳總是在外面跑來跑去，只有我一個人待在家裡。如果我去了別的地方，狗狗緊張不安時就會到處亂尿尿。家裡地毯上還有它的尿漬呢。爸爸回家的時候，房子一定得乾乾淨淨的。所以我才帶它出來。狗狗一路上都很乖，我發誓在到達公園之前我都沒有解開狗繩，餵它喝水的時候也是綁著的，我還給狗狗吃了餅乾，大概餵了三、四片吧？大概是到了陌生的地方狗狗有點害怕。到公園以後，狗狗的脖子似乎有些不舒服，那天的天氣有點寒冷，我還給它穿了一件衣服。」

「妳給它穿衣服了嗎？」女兒把頭轉向了副駕駛座。「怎麼現在才說呢？」母親還沉醉在剛才的話裡，一臉茫然地問道：「我先前沒有告訴妳嗎？」「妳沒有告訴我。」女兒的聲音裡充滿了興奮，因為跟一隻白色的狗相比，穿著特定衣服的狗肯定更引人注目。「那件衣服是什麼顏色的？黃色、紅色、藍色？還是白色呢？有條紋或是品牌嗎？」「……是黃色吧？」母親看起來記得不太清楚的樣子。女兒的表情瞬間崩潰了。「不記得了？妳不記得了嗎？」「女兒！對不起。」母親連忙道歉。女兒很生氣，兩隻腳不停踹著車子的地板。「為什麼妳現在才提起？這麼重要的事情為什麼不記得了？為什麼要把狗狗搞丟了？為什麼那麼做？是誰叫妳這麼做的嗎？」母親因為搞丟了女兒心愛的狗狗，也只能可憐地降低姿態。「不知道從什麼時候開始出差錯的，那時候我什麼要解開狗繩呢？那隻巨大的德國牧羊犬不曉得從哪裡突然冒出來的，把狗狗給嚇跑了，即使我一直呼喚它，它也沒有回來。對不起，真的對不起！媽媽對不起妳。媽媽老是覺得自己對不起妳，生完妳以後什麼事也沒能為妳做，妳大學也沒好好念，連鋼琴也放棄了。即使那樣，媽媽還是盡力送妳去六個補習班上課，還在自習室前面等妳等到半夜，我已經盡全力對妳好了，但結果卻讓妳在這裡等著狗狗回來。」

等待狗狗的工作也有一定的規則。當女兒回家的時候，母親就會留下來；母親離開車子的時候，女兒就會留在車上。即使這樣輪班，仍然會有她們倆都不得不離開汽車的時候。此時，她們就會把汽車上的三個黑盒子對準公園拍攝。今天是女兒回家的日子，她拿上了包包和帽子準備回家，母親叫她回家後好好休息，還叮嚀她家裡的電話如果響了絕對不要接。狗狗走丟了之後，即使不想跟任何人見面，也老是會有些女的不停打電話來。這些女的對壞事、傷心的事、不幸的事還有像母女二人等待狗狗這樣的事情特別感興趣，所以電話來的話乾脆不要接了。母親這樣跟女兒叮嚀了一番。女兒下車時，母親本來也想跟著下車，但看了一眼女兒的臉色後又坐回了車上。從山上走下來後，女兒回過頭看了看，母親拉下了駕駛座的車窗從車上看著她，她心想母親大概也不想留在那裡吧！但是她也不願意讓母親離開車子，女兒每次經歷到壞事時，總是喜歡責怪母親，但這次的確就是母親的過錯，所以她更是無法原諒，從以前到現在她從來沒有原諒過母親，就像每天早上要喝蘋果汁一樣，那是她長久以來養成的習慣。

陌生單詞

女兒回到公寓後，躺在浴缸裡面忽然想起了*Tstszba*這個詞。接到母親打電話來的那一天，她在當地報紙的一篇文章裡讀到了這個單詞。她不太熟悉那個城市的語言，所以讀報紙的速度非常慢。她讀到了留學生、當地人和警察這些單字，心想這篇報導應該跟流傳於留學生之間的謀殺案有關。她雖然想仔細讀，但因為有很多不懂的單詞，文章的內容就像漏網之魚一樣難以捕捉。加上她剛和室友發生完性關係精神有點疲累，不想把字典拿出來查。但是在當地語言的用法中，動詞會因主語的性別而有所不同，她很好奇為什麼報導裡不能詳細地表明性別。為什麼大多數句子裡的動詞，都是用平常附加在動物或物體上的型態來敘述？市中心、浴室、尖叫聲，在某個不會念的單詞後面有一個括號，括號裡面就是*Tstszba*這個字。她正思考這個詞是什麼意思的時候，就接到了母親的電話告訴她狗狗走丟了。那個詞到底是什麼意思呢？她不經意地抬起頭看見浴簾，發現上面印的花紋已經褪色了。浴簾已經舊到褪色了嗎？不可能啊。母親從來不愛用舊的東西。家具幾乎都沒有用超過兩年，就全部換成新的。白色的沙發換成黑色真皮沙發，之後又換成米色的布沙發，中間有一段時間沙發全部都扔了，後來又買了豪華皮椅代替。餐桌也是一樣，雖然很少有機會用到，但是母親跟丟餐巾紙似地老是更換新餐桌。

狗狗使用過的自動餵食器和水盆還留在客廳裡。按下按鈕後馬達開始旋轉，飼料自動地掉下來，母親竟然只餵狗狗這麼多食物。跟餵女兒長大的時候一樣，母親也不餵足夠的食物給狗狗。她從櫥櫃裡拿酒出來喝，*Tstszba*到底是什麼意思呢？是誰殺了誰呢？死的是男的還是女的呢？她拿起了客廳的電話，電話線並沒有接上，她把電話線接好之後，撥了通電話給國外的室友，但是卻沒有人接。她想，也許室友已經認識了別的約會對象吧！當她說找到狗狗就會回去的時候，室友一臉不相信的樣子。當她搬去室友的房間同居時，她感覺曾經有別的女人住過這裡。當提及到前任的問題時，她的室友用英文回答說：「前女友很會做菜。就像我的母親一樣。」「那我呢？」「妳就像我的妹妹，我們是好姐妹。」「那妳的父親呢？」「那個人是條狗。」說完，她和室友兩人哄堂大笑。她想像室友和別人一起躺在床上的畫面，室友伸出胳膊說：「妳就像我的母親和妹妹。」接下來室友又會批評自己的父親嗎？她認為室友對她說的可能只是謊言，畢竟室友只是夜店裡經常會遇見的性成癮者之一。

這時電話突然響了。「喂？是智英嗎？」「我就是。」「智英真的是妳？妳怎麼回韓國了？」「因為走丟了。」「什麼走丟了？發生什麼事了嗎？妳可以跟我講。」「狗狗走丟不見了。」「家裡沒有其他事嗎？」「請問你是哪位？」「我是金所長啊！妳出國的時候我還有去送機，妳記得嗎？」啊！是那天跟母親在機場遇見的那個男子，好像說是剛好要出差所以順便來送她。但是為什麼他一直說半語呢？那天送機的時候不是還很客氣地叫我智英小姐。「妳媽媽去哪裡了？爸爸在家嗎？」「關我爸什麼事？」她一邊用腳趾摩擦地毯上的汙漬一邊問道。「爸爸平常不會待在首爾的家裡，我不是說狗走丟了嗎，我跟媽媽都在等狗回來。你知道我們家狗狗的行蹤嗎？」「狗狗？是指哪種狗？」「如果不知道的話，我就先掛電話了。」「智英啊！妳爸爸現在在哪裡呢？」「為什麼要跟我說半語呢？見過面就可以說半語嗎？如果沒錢叫車的話用走的回家不就行了？沒有錢話還這麼多？如果想要錢的話應該打電話跟你的家人要，而不是打給我談有關狗狗的事情！」

第二天早上醒來，她想起金所長打來的電話。難道是連絡不上父親嗎？本來想打個電話給父親，但想想還是算了。父親原本就不會把自己現在在哪裡做什麼一一跟家人報告。而且，如果被父親知道她離開不到半年又跑回來，肯定不會饒了她。何況金所長所說的話也不全然可信，也可能是父親故意要躲避他。父親有很多想躲避的人，而且大多數都是女人。與父親失去聯繫的女人經常會來首爾的家找他。這時候母親就會問說；「妳多大了？讀什麼學校的？名字叫什麼？」問完以後還特地記在記事本上，好像她永遠都不會忘記的樣子。等這些女人走之後，母親會將她們帶來的果汁、維他命飲料和豆漿等等倒到水槽裡。母親用剪刀將包裝一一地剪開，這樣丟棄的過程對母親來說似乎非常重要。她本來想回去自己的房間，卻停在了父親臥室的門口。這個房間她好幾年都沒有進去過，除非父親回到首爾的家，不然平常這個房間的門都是緊閉的。家裡沒發生什麼事吧？她轉動手把，把門打了開來。房間跟她回憶裡的樣子一模一樣。牆上掛著一把日本武士刀，除了衣櫃靠著的那面牆之外，其他幾面牆上都貼滿了鏡子，那些鏡子是父親要求貼上的。當她準備離開房間時，看見地上有狗狗的毛。她感到有些奇怪，因為狗狗是被禁止進入這個房間的。她思考了一會兒，然後趴下來往床底下仔細看了看。狗狗的毛掉在地上，跟灰塵混在了一起。

三天之後終於聯絡上了發送影片的人，是一個聲音略顯稚氣的女學生，女學生要求在公園裡面的溜冰場見面。雖然離約定的時間還有一個小時，但她提早跑去了溜冰場。女學生跟之前提供情報的人完全不同，沒有一開口就先談論錢的事，而且對於狗狗的樣貌也相當了解。「狗是白色的，頭上有一些黑色的斑點，身上還穿著一件藍色的衣服。」女學生的口吻像是在考慮些什麼事。「藍色衣服？」看見她驚訝的樣子，女學生也立刻回問，「不是穿著藍色方格的衣服嗎？」和女學生通完電話後，她打電話給母親，說她聽見了有關狗狗的重要情報。「太好了，如果這個人真的有看到過狗狗就好了。」「這個人的口氣很確定，她還提到了狗狗身上的衣服是藍色的！」「是藍色的嗎？」母親說完後沉默了一段時間。「喂？喂？」女兒在電話裡一直對著母親喊著。「嘻嘻嘻，」母親發出的笑聲無法分辨是因高興而笑，還是故作強顏歡笑。

「媽！妳現在在做什麼？」「恩，我剛從百貨公司出來。」「去百貨公司幹嘛？」「妳之前不是說浴簾跟床都很舊了嗎？」「床不是去年才換過的嗎？」「恩，也是啦。對了智英啊！妳是不是接到了金所長打來的電話？」「恩，他說聯絡不上爸爸。」「聯絡不到妳父親的人何止一、兩個？連我的電話他都不接。」說完，母親又嘻嘻嘻地笑了起來。「說不定我現在刷他的信用卡，他就會馬上打電話過來。」母親似乎正準備要結帳，話筒裡傳來母親跟旁邊的人說「請給我這套和這套」的聲音。然後，母親再次用急躁的口氣說：「很抱歉沒能陪妳一起等狗狗，晚上媽媽會買壽司過去。妳最近真的瘦太多了，那麼瘦的話，男人不會喜歡的。當然太胖也不行，但也不能太瘦。」

時間已經過了下午四點鐘，但是女學生卻還沒來。女兒的耳朵被凍得通紅，整個人縮在置物櫃前面等待著。離開主人的狗在路上可以生存多久呢？狗狗從未經歷過汽車、馬路、交通信號燈、野貓、飢餓、寒冷以及那些憎惡狗的人。狗狗知道天上會下雪嗎？那些極小的細微粒子聚集在一起，最終就能夠覆蓋整個世界，然後這座城市的面貌會變得完全不同。自己從未在下雪時帶狗狗出門過，所以它應該不知道天上會降下雪來吧！它會如何度過沒有人餵它食物的夜晚呢？它又會如何對其他的狗呢？狗狗對其他的狗從來都漠不關心，在散步的路上即使遇到其他狗聞它的味道或是跟它鬧著玩，它都絲毫沒有反應，只是靜靜地等待其他狗走過去。獸醫師說，那是因為狗狗認為自己是人類。如果不帶去寵物狗咖啡廳之類的地方培養社交能力的話，那之後它就只能依靠主人生活了。

但是女兒沒有把狗狗帶到那種雞犬不寧的咖啡廳，反而更加地溺愛它，甚至連她的父親也不敢碰狗狗。有一次父親要打狗狗，她擋在狗狗前面，一邊被毆打一邊大叫說如果父親敢對狗狗動手的話她絕對不會善罷甘休的。「不善罷甘休會怎樣？」父親喝醉後對自己的暴力行為絲毫沒有自覺。「我會去舉報你，把事情搞大的！」「妳要舉報什麼？」「說你強姦了我！」父親聽了嚇了一大跳。「我哪有？」「你說謊！」「我真的有嗎？」父親有些失魂落魄地反問道。「你有！」「不可能，我才不會做那種事。」「才不是，你明明就做了。」「怎麼可能，妳一定是騙人的。」父親冷靜下來後，又恢復他平常那軟弱膽怯的表情。「不可能，我沒有做那種事。我才不是那樣的混蛋。」「不，你做了。」父親癱坐在大理石的地板上，然後跪在地上用雙臂抱住了頭。「如果妳不想被打的話就直說，別亂說那些我沒做過的事。」父親越是哀求，女兒就越是用冷淡的表情說：「你真的做了！」「你只要敢碰一下狗狗，全世界都會知道這件事，我還會告訴媽媽。」她用毛巾擦了擦頭上的血。狗狗看著他們，一臉不了解發生什麼情況的樣子。不過這件事的確是編出來的，之所以這樣說是因為害怕失去狗狗。不過，也不能說全都是假的。因為整個青春期她都被這樣的噩夢折磨著。她覺得這樣的夢既骯髒汙穢又討厭，她一直做這樣的夢，她懷疑自己墮落得無可救藥，也曾經想過要一死了之。在那之後，父親雖然仍會毆打她，但次數減少了很多。即使父親忍不住動手，他也無法藉此抒發內心的鬱悶，看起來反而像是陷入了更深的恐懼中。

第六感

女學生戴著口罩和帽子出現，雙手放在外套的口袋裡，兩隻腳不停地發抖，似乎很冷的樣子。「那個影片是最近拍的嗎？」她急忙向女學生問道。「不是的，是兩個月前拍的。」「兩個月……」她顯得非常失望。就算沒有影片，狗狗兩個月前在這個公園裡走失是已知的事實。因為母親是那時在公園把狗狗搞丟了。她低下頭看見女學生穿的黑色長筒襪有一根毛線跑了出來。女學生穿的風衣相當薄，在初冬的時候穿有點不夠保暖。狗狗的影片雖然是兩個月前拍的，不過有總比沒有好，因此她想向女學生表達感謝。「我想給妳一些賞金，但是我把錢包放在了車上。妳應該知道我正在尋找這隻狗，本來賞金我只想給發現狗的人，但妳拍攝的這個影片對我來說非常珍貴。如果妳不想走到車子那裡，可以給我妳的銀行帳號，我會把二十萬韓圓匯過去。」她不想讓女學生發現她有點失望，隨手把凌亂的頭髮整齊地綁了起來。這時女學生身後溜冰場的燈光亮了起來，因為反光的關係臉上顯得很暗。是覺得賞金太少嗎？怎麼一句話也不說呢？「妳的書包裡有筆記本吧！妳把銀行帳號寫給我，二十萬韓圓當作來這裡的交通費應該很足夠了。」女學生乖乖地拿出了筆記本，準備把名字和銀行帳戶寫下來。「對了，姐姐！」女學生沉默了一會兒後說道。「姐姐，妳是不是把車停在公園的入口？是MINI COOPER吧？我朋友說這輛車挺貴的。」女學生為什麼要問這件事情呢？她看起來還不到十五歲的樣子，怎麼就已經一副歷經滄桑的模樣？

「沒錯，這輛車很貴。但並不代表我可以給妳更多錢，我認為這並不合理。」女學生靜靜地坐著，然後說道：「誰跟妳要錢了？」「妳還不是會收下來？」「如果妳給我，我就會收下，但這並不是我要求的。」她不想再和這個女學生討價還價，找回狗狗的期望已經破滅，天氣還這麼冷，她只想要趕快離開這裡。「快點把銀行帳號寫下來吧！」「每天跟妳一起坐在車裡的阿姨是誰？是妳的媽媽嗎？」她發現女學生從之前就一直在觀察她，這讓她很不高興。那麼女學生為什麼一點解釋也沒有就突然發影片過來呢？為什麼還要特地把自己叫到這裡呢？她很好奇女學生想做什麼，就算年紀還小，仍然可能做出任何事情。「如果妳不記得銀行帳號的話，之後再給用簡訊發給我吧！」她走下公園裡的樓梯。

「那天我在這裡看到了那位阿姨。」女學生跟在她的後面說道。「那天我看見了阿姨，也看見了狗。阿姨從車上下來，那隻狗在後面追著她。」「是的，她鬆開了狗繩，很不幸地忽然出現一隻德國牧羊犬，我們家狗狗從沒見過這麼大的狗，所以它嚇得跑走了，到現在還不知道去了哪裡，我在妳剛才提到的那輛車裡等狗狗等了一個多月。」她討厭女學生一直跟著，但卻不知道該說什麼來把女學生趕走。「但是姐姐，我覺得有點奇怪。所以我才拍了這段影片。我的第六感非常靈驗，有時候我覺得某個人會離家出走，不久之後他就真的離家出走了；如果覺得兩個人會吵架，他們就真的會吵架；有時候感覺父母親要來找我，事情就真的會發生。」「如果是這樣子的話，那妳覺得我們家的狗狗在哪裡呢？妳在這一區住了很長一段時間吧？有沒有流浪狗聚集的地方？或是有喜歡把狗撿回家的人嗎？」「我的確在這裡住了很久，我從來沒有離開過這個社區。但是姐姐，我真的不知道那隻狗在哪裡。」「那還用說，所以我不是說給妳二十萬韓圓嗎！妳要是知道狗狗去了哪裡，就能拿到五百萬韓圓了。」她顯得有些不耐煩，女學生也閉上了嘴。

兩個人一同穿越冬夜裡人煙稀少的公園。老舊的健身器材在風中擺動，並緩慢地停了下來。黑暗中只有廁所裡的光是亮著的。當他們快要到公園的入口時，女學生說：「請稍等一下。」然後先走到公園入口附近，彷彿在觀察什麼的樣子。「我不能到車子那裡。狗繩？德國牧羊犬？根本沒有這些東西。相反地，我看到阿姨扛著某個沉重的東西往山路走去，狗只是安靜地在後面跟著。如果妳仔細看影片，會看到阿姨走在前面。事實上，我感覺有點不對勁，本來打算不要多管閒事。但是看到姐姐找狗這麼長一段時間，我覺得妳和阿姨不是同一類的人。姐姐妳要怎麼辦？那位阿姨是妳的媽媽吧？我看到的就只有這麼多，我會按照姐姐叫我做的去做。如果妳叫我拿了錢閉嘴我就閉嘴，如果妳須要我作證的話，我也可以幫忙。二十萬韓圓雖然有點少，但我知道姐姐妳會看著辦的。冬天到了我有很多想買的東西，這二十萬韓圓來的剛剛好，我就當作這是一筆交易，我不會再來煩妳的。妳要怎麼做呢？姐姐，我是因為怕那個阿姨，所以才要求在這裡見面，就是感覺有些不對勁。如果姐姐妳希望我閉嘴我就閉嘴，希望我說話我就說話。妳是一個好人吧？我一看就知道，所以我才願意跟妳說這件事。」

提高車速

她與女學生分開後，沒有回到母親乘坐的MINI COOPER，而是獨自沿著社區和公園的邊界走著。公園的面積非常廣，在這個居住密集的社區裡，公園實在大得有點不可思議。到了人煙稀少的地方後，她拿出手機觀看那個影片。視頻裡光線相當暗，一個看似狗狗的物體搖搖晃晃地在蜿蜒的登山路上呈S型走著，看起來距離非常遙遠。她調亮了手機螢幕的亮度。在狗前進的方向，有個陰影在那裡，無法確定那是不是一個人。難道是媽媽在撒謊嗎？如果那個物體是狗狗，而人影是母親的話，那究竟是發生了什麼事呢？或者那個物體不是狗狗，但人影是母親的話，又是什麼樣的情況呢？難道母親殺了狗狗或是別的其他東西嗎？她撥了電話給爸爸，雖然電話鈴聲響起，卻一直沒有人接聽。她重新整理了思緒，覺得那個物體應該不是狗狗，而人影也不是母親。一定是那個窮酸的女學生捏造了謊言，為的是要賺錢買便宜的化妝品或冬天的外套。這麼冷的冬天還穿那種薄薄的風衣，甘願忍受寒冷的天氣只為了展示衣服上面的NIKE標誌，真是愚蠢又不要臉的女孩。公園和住宅區中間用了菱形格子的金屬鐵絲網隔開。公園裡的植物從鐵絲網的洞裡穿過，有些已經枯萎了。狗狗到底去了哪兒呢？她蹲在地上，把臉埋在了雙膝之間。狗狗到底在哪裡流浪呢？此時手機鈴聲突然響了起來，是她國外的室友打來的，但她沒有心情接。*Tstszba*這個詞現在對她來說一點也不重要，她離開的那座城市所發生的謀生案已經無關輕重，狗狗走丟了，現在最要緊的是把狗狗找回來。

她側身走下斜坡路的時候，突然有人抱住了她的腰，一看竟是之前那位警察。警察沒有戴頭盔，和平時一樣一臉正經地站在草叢裡，「嚇我一大跳！」她先開口說了話。她討厭這種令人不安的氣氛，像是有什麼壞事要發生，緊張到達極點時，反而一動也不敢動，甚至連聲音都不敢發出。「這樣子嚇人不好吧？你正在巡邏嗎？」不曉得是不是因為警察站在山坡上方，感覺比平時更有壓迫感。「妳的身高很高啊！」警察過了一會兒才說。「之前妳都坐在車子裡，所以不曉得妳竟然有這麼高。」她往後退了一步。警察伸出戴著手套的雙手，像是要再次抱住她的樣子。「小姐，我有話要告訴妳。」她甩開了警察的手臂。「不要碰我，別亂來！」「真的有件很重要的事！」「我不想知道！」她從斜坡上跑了下來。然後，她穿過貓咪鳴叫的小巷和停滿汽車的停車場回到了公園。她一跳上車，就馬上啟動了引擎。母親正在和某人通電話，「怎麼了？」母親問道。她把車迅速地開下山坡，她忘記要打開車燈，只是不斷地提高車速，最後開到了河濱的公路上。

「很奇怪，實在太奇怪了。」她不停按喇叭並狂踩油門。「媽媽，當天妳到底是怎麼去公園的？」母親似乎還沒結束通話，手機一直放在耳朵旁，眼看女兒危險地超越前方的車子。對面車道上汽車的車燈忽明忽暗地照了過來。「嗯，嗯，這就是我的意思。」她覺得母親的語氣似乎有點太過溫柔了。「妳在跟誰講電話？趕快把電話掛了！」「好，好，我掛斷了。」母親回答道。「智英啊，妳也知道我做了腫瘤手術，醫生警告我，如果不堅持服用激素的話……」「對，醫生警告妳體重會增加，這個我早就知道了。」「妳知道了？智英妳知道女人年紀大了之後會怎樣嗎？所以我才帶狗狗出來散步的啊。」「媽妳根本不是走去公園的，明明就是開這輛車過去的。」母親捲起外套的袖子，屁股稍微往前挪動，讓背完全靠在靠墊上。「是嗎？」「妳明明就是開車去的，有人可以做證。」「原來連妳也不相信我，妳爸爸也是這樣。這個家裡的人都彼此不信任。還記得爺爺毆打爸爸的事嗎？爺爺讓四十多歲的父親趴在供奉佛像那個房間的木地板上，然後狠狠地打了他一頓。就是因為爺爺不相信爸爸，他認為家產會減少都是妳爸爸的錯。那些財產是怎麼來的？那可是爺爺他剃光頭髮躲藏起來才保護下來的財產！妳爺爺還嚇爸爸說滿洲有很多人莫名其妙地死亡，不管是中國人、韓國人、日本人還是俄羅斯人，只要他一聲令下就能讓那個人消失。雖然不曉得到底是不是真的，但爺爺確實是那麼說的，他老是喜歡把這段經歷掛在嘴上炫耀。智英啊！狗狗它不喜歡自己待著，所以妳爸爸來首爾的時候，它會跟著他進去臥室。妳出國以後，狗狗就不聽我的話了。妳爸爸也不像平時那樣使用暴力，只是把報紙之類的東西捲起來，軟弱無力地威脅狗狗，喊著走開！不要過來！那個畫面真的很好笑。那天，妳爸爸莫名其妙突然懷疑我有外遇，不但瘋狂地打我還拿著日本武士刀亂揮。狗狗也不曉得是怎麼打開門進來的，一直瘋狂地叫。『嗷嗷嗚嗚！汪汪汪汪！』狗狗咆哮著威脅妳爸爸，叫到耳朵都快聾了。它上半身貼在地板上，發出『嗚嗚嗚』的警告聲，然後又橫衝直撞地跑來跑去，狗狗當時非常的亢奮。」「為什麼狗狗會那樣亢奮？我們家狗狗從不會那樣，它才不會的。」她不知道為何流了下眼淚，趕緊用手背擦去了臉上的淚。「我們家狗狗才不會那樣，它從來沒有那樣過。」「的確它之前不會那樣。」母親安慰著女兒道。

「爸爸有對狗狗動手嗎？」「沒有，他完全沒有動手。他好像酒還沒醒，跪在地上雙手抱著頭，身體不停地顫抖。」「但是狗狗為什麼會那樣呢？」「是因為鏡子吧！鏡子裡有很多狗，像萬花筒一樣反射出數不清的狗狗，所以每次它移動時，其它的狗也會一起移動、狂吠並發出威脅的聲音，結果不知不覺就把身體撞傷了。不知道它是因為討厭鏡子裡的狗，還是因為太過興奮，有時候它會用舌頭舔鏡子，有時候又用身體去撞，抓到腳指甲都流血裂開，叫聲聽起來像是在哭泣，又像飢餓難以忍耐的樣子。因為鏡子裡有數不清的狗跟它一樣興奮著，以相同的節奏跳躍，以相同的方式狂吠，狗狗的叫聲在鏡子的裡外產生了共鳴。智英啊，媽媽真的很抱歉。我其實看到那個混蛋每次午夜爬到妳的床上，起初我非常害怕，後來卻連害怕都忘了，只是一點想法也沒有，好像是成為了日常生活的一部分。」「妳說謊！」女兒捶打著方向盤尖叫了起來。「妳不要說謊！」「我沒有阻止他，只是帶妳去上鋼琴班還有另外六個補習班，好不容易送妳上了大學，結果卻讓妳在這裡等著一隻狗。不過妳別再等了，狗狗已經死了。沒想到它會那樣力竭而死。」

女兒按耐不住悲傷哭得淚流滿面。「狗狗真的死了嗎？」「真的死了，媽媽對不起妳。」「只有狗狗死了嗎？」「只有狗狗死了。狗狗死了不會再回來了，所以別再等了。不管等再久，狗狗也不會回來的。」「妳騙人！」女兒大聲喊道。「妳不要騙我！」

展望

她拿著畫本和繪畫的工具行走在異國的城市裡，一路走去一個半小時之外的設計學校。室友雖然偶爾提起願意騎機車載她過去，但室友是名調酒師，通常會在白天睡覺。所以她出門時，都會小心翼翼地溜出房間以免吵醒室友。她不再跟韓國學生玩在一起，也不再去韓國人的教會做禮拜。她想要學會深奧難懂的當地語言，她希望與她所熟悉習慣並能表達出自己想法的語言保持距離。她想要繼續學習新的語言、新的世界、新的生活、新的嗜好、新的境界和新的展望。「展望？」室友聽完了她說的話，微笑地說：「妳一定可以做到的。」「所有的展望都是從很微小的事情開始，最終卻能改變一切。例如像妳每天早上起來喝蘋果汁這類的事情。」掌握了一些當地語言後，她發現這座城市與她所離開的城市並沒有太大的不同。翻開報紙就像是在看複印本一樣，她所離開的城市人們經歷到的暴力、不公平、死亡、棄養和貧窮等不幸的事情在這裡也一樣發生。每天，她都會閱讀一段那篇帶有*Tstszba*單詞的文章。隨著她的語言能力進步，事件的真相變得更加清晰明瞭，跟她原先所想像的完全不同。報導內容講到因為某戶人家的狗一直不停地叫，住在隔壁的留學生發覺有些不對勁，於是打了電話報警，最後發現原來是主人洗澡時摔倒昏迷在地上。括號裡面的*Tstszba*一詞，意思是「黑毛品種」。

她偶爾會想到底是誰說了謊，那名警察想說的話到底是什麼？媽媽真的親眼看見了狗狗死去嗎？爸爸為什麼一直不接電話？室友聽完了一切的經過之後問道：「真的是因為狗嗎？妳離開這裡就只是為了一隻狗？」「對啊，就是為了狗。」「我的天啊！」室友握緊她的手說道。「我還以為妳在說謊，誤以為妳要去見舊情人。」

她回想起狗狗搖搖晃晃走過來要求抱抱的樣子。一想到狗狗總是熱切地回應她，她的心情就突然難過了起來。這座城市裡也有許多流浪狗，有時候在路上它們也會跟在後面。當她遇到這些狗時，她會盡力走去到所能去的最遙遠之處。跟在身後的狗通常跟到一半就會在她不注意的時候離開，回去它們自己的世界，從此消失再也不見。儘管如此，在這座城市的某個地方，總是有狗在吠著。每次聽到狗叫時，她的臉上就會因為情感的波動而出現皺紋，她會藉由思考對未來的展望來鎮定下來。她發現臉上的皺紋和展望原來有密切的關係，這些都是她在失去了狗狗之後才領悟到的。

星星上的人們

在冬天來之前，她都沒有加高廁所的牆，而是按照原本的情況使用廁所。有時，她會根據房東所說的進行想像，那個不分白天和黑夜成天在房子裡蓋爐灶的工人，要等到星星出現時才能慢慢回到這個地方，欣賞著屋外星星的樣子。

鞋子

她打開了孤兒院寄來的那封信。雖然信在上周就已經寄來，但直到今天她才把信從信箱裡拿出來。那個她曾經住了將近二十年的地方，現在就和遙遠的國家一樣陌生。這次是在孤兒院做菜的阿姨寫的信，信裡面說到孤兒院的情形越來越困難，很有可能要關門了。上次的信裡面說修女生病了，還提到孤兒院的牆在暴風雨中倒塌了。她不是這封信唯一的收件人，信中寫到希望各位的幫助，並在信末留下了銀行的帳號。帳戶所有人的名稱是金玉子。金玉子是做菜阿姨還是修女的名字呢？每次她收到信時，都會想說這次應該要匯點錢過去，不過卻一直沒有付諸行動。本來已經在往銀行的方向走著，但她突然改變主意掉頭回來。

在這家醫院裡像她這樣剛從護理學校畢業的年輕護理師，身上都會穿翡翠色的制服，讓病人能隨時看見他們。他們待命的小房間門上寫著「癌症患者情報中心」幾個字，幾乎沒有人會注意到這個房間。不過他們也很少有機會進來休息，大部分時間都是站在診察室的入口或是電扶梯跟飲水機的旁邊。以醫院的大廳為中心，診療室像蛋糕一樣分成幾個不同的區塊，有血液腫瘤科、內分泌科、外科和癌症中心。他們在各自的位置上待命，只要資深的護理師一舉起手，他們就得火速跑去看看有什麼需要幫忙的地方，大部分情況都是患者有問題需要幫忙。診療室像迷宮一樣分散在四處，不論是誰都很容易在醫院迷路，甚至連她自己也曾在醫院裡迷路過。

到了晚上七點鐘，看診時間結束後，醫院裡面就變得相當安靜。醫院大廳裡許多的護理師也已經下班了，只剩下住院病房那邊還有吵雜的聲音。這是那些無法回家的人感到最為難受的時刻，病房大樓裡沒有哪天晚上不發生悲劇的。因為病房裡有許多重症患者，其他非重症的患者也很擔心未來會變成跟他們一樣。她一直很好奇，為什麼到了晚上人們更容易發生病痛呢？

她從小在孤兒院裡長大，成長過程中很少見到生病的人。直到最近她才發現這件事情有點奇怪，為何孤兒院裡的孩子都不會生病呢？兒科病房裡到處是有病痛的孩子，而兒科急診室的情況就更不用說了，常會有臉色發青的父母親全身顫抖地把兒女送到急診室來。

當醫院大廳變得安靜之後，她整理著文件準備下班。然後她開始回想起自己十八歲之前所住的華川市孤兒院裡發生的事。為什麼那裡的孩子都不會生病呢？雖然孩子們都很健康，但是那裡的狗卻總是生病。全身毛茸茸的狗來到孤兒院後，過了一、兩年左右就會莫名其妙地死去。當孩子們跑去跟修女說：「捲毛狗瑪利亞去世了。」修女就會回答說：「好！讓我們一起祈禱吧！為了讓捲毛狗瑪利亞到天國去，你們千萬不能忘記祈禱，否則它會出現在你們的夢裡，緊緊咬住你們的小腿，除了流血之外還會被魔鬼纏身，這樣你們就會找不到母親，永遠孤單寂寞。」她並非不愛修女，修女雖然冷漠但卻是個公平的人。在她十幾歲的時候，她很欽佩修女竟然能夠用同樣的方式對待四十多個孩子。當時在孤兒院她的年紀剛好排在中間，所以常要幫忙孤兒院裡面的工作。但她不會公平地對待每個人，那裡有她不喜歡甚至討厭到想殺死的孩子，也有她喜歡跟依戀的孩子；但是修女對待每個孩子都很公平，晚餐時間會用湯勺把湯平均地分給每個孩子。

孤兒院的情況究竟是有多艱難，才會一直不停地寄信來呢？孤兒院絕對不能關門，不然那些孩子之後要去哪裡？

她想起白天有位病患請她幫忙找鞋子，便來醫院大廳四處找尋。應該要匯錢過去嗎？如果要匯錢的話應該匯多少才好呢？存摺裡還有剩餘的錢嗎？離開孤兒院後的五年裡，她連一次都沒有回去過。雖然不想再回到孤兒院，不過她還是不希望那個地方倒閉。

「妳在找什麼呢？」一名手持對講機的男子走過來問道。她正好在察看椅子的下面，抬起頭時不小心撞到了椅子的扶手。「有位病患跟我說她的鞋子掉了。」他們在同一家醫院工作了三個月，但這卻是他們第一次交談，因為之前並沒有交談的必要。這名男子白天是負責看守醫院門口的門衛，晚間則會換上警衛的制服在醫院裡巡邏；而她白天在醫院裡四處照顧病人，晚上偶爾會在醫院大廳值班。不幸的是，他們二人的休息和活動時間恰好相反。

「妳有去失物招領處看過了嗎？」「醫院裡有失物招領處嗎？」「有的，是停車場的大叔在負責管理。我過去幫妳問看看吧！不過那是一雙什麼樣的鞋子呢？」她這才發現自己並沒有問鞋子長什麼樣子。女病患一個人下到醫院大廳，臉看起來像是受凍了很長一段時間，病患向她問道：「小姐，請問今天也沒找到鞋子嗎？」她心想鞋子的樣子都差不了太多，醫院裡面沒主人的鞋子應該沒幾雙吧！所以她便跟女病患說，只要她看見了就會先幫忙保管。女病患的長相和修女非常像。她差點以為是修女來到醫院，但是實在不太有這個可能。她離開孤兒院時修女的年紀就已經很大了，修女現在肯定比以前還更老，這名女病患怎麼看都不像到了那個年紀。此外，華川市和首爾市兩個地方也相距的太遠了。

「不記得是什麼樣的鞋子了嗎？」警衛等待了一會兒之後問道。「我忘了仔細問了。」「病患是老人家嗎？是男的還是女的？身體是哪裡不舒服呢？」「為什麼要問哪裡不舒服呢？」警衛的話多到讓她覺得有點煩。「如果患者是腳受傷的話，就可能會穿拖鞋之類的鞋子。」從語氣聽來，警衛除了平時工作上表現的善意之外，並沒有過分熱心之處。「啊！」她突然想起那個女患者的頭上戴著一頂針織毛帽，會那樣遮住頭部的女病患大多數都是癌症患者。「看起來像是一名癌症患者。」「這個並不算重要的線索，總之我會幫忙找看看的。」警衛從已經停止運轉的電扶梯走了下去。可是人就這樣走掉之後，她是該在這裡等好呢，還是要到明天或者之後才會有消息呢？她等了一會兒之後，決定先下班回家。站了一整天之後，兩條腿都已經浮腫起來，腳底板也有點痛。現在有問題的鞋子不是女患者那雙，她按照前輩的規定買了低跟的皮鞋，但卻沒有買前輩推薦的品牌，而是到超市裡隨便買的，每天只要到了下午腳就會開始疼痛。

她之所以沒有買那個品牌的鞋子，首先是因為它太貴了，她覺得與其花這麼多錢，還不如買其他一些她想要擁有的東西。在她成長的過程中幾乎從來沒有穿過那種鞋子。身上穿的衣服和鞋子，都是修女採買相同款式之後再分配給孩子們。平常穿單一顏色的運動鞋和上面有三條橫線的拖鞋，到了冬天則穿高度到腳踝的棉鞋或毛短靴，皮鞋並不在供給的範圍之內。只有在聖誕節期間與當地另一個孤兒院共同舉辦活動，進行戲劇或合唱表演時，才有皮鞋可以穿。當然，她小的時候，也曾穿過紅色的涼鞋，年幼的女孩們還會分配到粉紅色的衣服和頭箍。但是，等她逐漸長大而且一直沒有得到收養機會後，她便開始慢慢失去那些東西。雖然用「失去」一詞來表達並不準確，但她心裡的確是覺得若有所失。

玉米田

她在首爾的玉水洞租了間房子，朋友推薦她住這個地區，是因為這裡的房租非常便宜。當她聽到玉水洞的時候，她想起在孤兒院裡點心時間常常吃的，吃到都厭煩的鮮黃色玉米。她還想起孤兒院旁那片寬闊的玉米田，起風的時候葉子和玉米晃動所發出的摩擦聲響。在玉米田盡頭的道路上，有通往大城市的公共汽車站牌，每次要外出的時候，就非得穿越玉米田或者是從旁邊繞過去。玉米的秸稈非常高，從外面看不清楚進到玉米田裡面的孩子。因此，玉米田對孤兒院的孩子們來說，是一個令他們感到恐懼卻又嚮往的地方。孩子在玉米田裡面常常會有抽菸、喝酒或互相探索身體之類的脫軌行為，所以每當孩子們之間有什麼不當的行為時，他們就會用「摘玉米」這個詞來暗示。「你昨天是不是在廚房裡摘玉米了？」「我要跟修女講你上次偷摘了玉米！」「你別想要摘玉米！」「如果他說要一起摘玉米的話怎麼辦？」孩子們之間對話的時候，就算沒有明確的解釋，大家都知道話裡的玉米所指的是什麼。

修女雖然對孤兒院的管理很嚴格，但是有四十個孩子就代表有四十處漏洞，每天都會有人想盡辦法去鑽漏洞。不幸的是大多時候下場都不會太好，但幸好這些事情用玉米一個詞就能夠概括總結。如果描述得更具體一些，那孤兒院就會變成一個更不幸的地方。修女生氣時的處罰方式是讓所有人餓肚子、在外面任寒風摧殘，或是徹夜祈禱不允許睡覺。修女真的非常生氣的時候，還會將孩子們鎖在倉庫裡。孤兒院就快跟玉米一樣變得不幸，當風吹過時玉米的葉子摩擦發出的響聲，似乎暗示對未來有股不祥的預感。就像風不會停止一般，緊張和痛苦也會一直持續下去。

但是一切的事情都有結束的時候。那是某年冬天所發生的事，當時折斷的玉米秸稈還堆積在荒涼的田裡。那年她終於滿十八歲，獨自提著行李從玉米田間穿了過去。在搭乘前往首爾的公車時，她明確感覺到自己正從一個世界離開前往另一個世界。

爬樓梯回到自己的房間時，她懷念起以前小時候吃的玉米。用水泥爐灶蒸煮後灑上糖精的玉米吃起來特別甜，所有的孩子都很喜歡吃。當然，不是任何時候都有玉米可以吃。用鑰匙開門之前，她確認了一下是否有人入侵過房間。這附近有很多小偷，她的運動鞋和被子就曾經被偷過，她很慶幸東西是在她不在家的時候被偷的。進入家門後她脫下了外套，打開瓦斯爐煮了一鍋泡菜火鍋。

如果孤兒院經營困難，是不是大家就沒有蒸玉米可以吃了？修女很少會自己蒸玉米。她去廚房的時候，偶爾會看見修女蹲在爐灶前，哼著英文的詩歌；而有時候則相反，修女會注視著晃動的火光，保持著令人害怕的沉默。鍋裡的水不停地沸騰，發出的聲響像冬天裡倖存的青蛙和昆蟲那種脆弱又微小的叫聲。她的身體莫名地感到緊張，緊張釋放之後身體就開始疲倦了起來。她心想千萬不能讓孤兒院關門，無論如何都得匯錢幫助孤兒院維持下去。碗洗好了之後，她將冰凍的雙手放在鍋蓋上，感受上面殘留的餘溫。

屋外星星

在她的租屋處，廁所是位在廚房裡。不曉得為何廁所會建在廚房裡，廚房呈現一字型，有一個馬桶在角落。現在已經用合板做成的牆圍起來，她剛搬進來那段時間，想上廁所的時候，只有一個到脖子高度的隔板擋著。房東說：「之前的房客把好好的隔間板拆掉，才變成了這幅模樣。」「為什麼呢？」「他好像說想要看星星，連房租都付不起了，還看什麼星星！」

「他是做什麼工作的人呢？」「也不是什麼正經工作，是個蓋爐灶的工人。」

搬家進來的第一個晚上，她坐在那個令人尷尬的廁所裡。令人驚訝的是，在那裡她看見了星星，但並不是掛在天空中星星，而是一戶戶沿著斜坡蓋造的房子。很多戶的燈到很晚才熄滅，有的熄滅了之後又打開，然後又再次熄滅。當時首爾對她來說還非常新鮮，無論首爾呈現什麼樣子，都像搔癢肋骨側邊一樣，總能讓她開懷大笑。在冬天來之前，她都沒有加高廁所的牆，而是按照原本的情況使用廁所。有時，她會根據房東所說的進行想像，那個不分白天和黑夜成天在房子裡蓋爐灶的工人，要等到星星出現時才能慢慢回到這個地方，欣賞著屋外星星的樣子。然後工人逐漸沒有了爐灶可蓋，連租房的押金都沒能拿回來就被迫離開，從玉水洞的階梯一路走下，朝著那古怪無比的城市而去，這是一座充滿你爭我奪和摘玉米之類陰暗事物的城市。

廁所現在已經用木頭合板圍了起來，右邊的天花板上還有一個拳頭大小的換氣風扇運轉著。幸運的是，她滿足了房東的要求，從未遲交過房租。但她光是要維持這樣的情況就已經非常困難，沒有餘力再去想像那個欣賞星星的前房客。這個房間非常小連電視都必須掛在牆壁上，冬天的時候寒冷的空氣像被子一樣包覆著身體，有時她會躺在房間裡看著天花板，想像那個連這樣寒酸的房間都負擔不起的男房客，骨瘦如柴的雙手和冷得全身發抖的樣子。她今年已經滿二十三歲，自然而然會對這些東西產生想像。

隔天，她像棋盤上的棋子似地一整天在醫院裡到處走動。患者們像孩子般跟隨她去血液採集室、注射室、放射科、洗手間和院務室。在長大的過程中，她能見到的成年人只有修女、志工和修道院裡做菜的阿姨，須在醫院裡要面對這麼多人的醫院，跟當初剛來到首爾的時候一樣，對她來說就像全新的世界。但是，這個新世界到處都是生病和可能瀕臨死亡的人，這個殘酷的事實掩蓋了新世界的光芒。當她終於有空到飲水機旁裝水的時候，那名女病患過來輕拍了一下她的肩膀。「小姐，我想知道妳找到鞋子了沒？」她嚇了一跳。「啊！那個還沒有耶……那是什麼樣的一雙鞋子啊？」「那是一雙新的皮鞋。」女病患一直不停顫抖著，身體似乎感到有些寒冷。病患服前襟的帶子緊緊地綁著，那是一件只有ＶＩＰ病房的患者才會穿的金色衣服，病患服的外面並沒有多加件外套或毛衣。她親切地問女病患：「需要我把這件衣服給妳披上嗎？」但是女病患拒絕了她給的毛線衫。她仔細看了一下病患的臉，連鼻尖和眼尾上的幾顆肉瘤的位置都一模一樣，跟修女實在長得太像了。

「醫院裡有個失物招領處，到那裡去的話應該就可以找到鞋子了。」她問過周圍的同事和一位比較熟的護理師學姐，但是都沒有人知道失物招領處在哪裡。她和女病患說自己要先去問看守門口的警衛失物招領處在哪裡。「好的，太好了。但是有可能等不及了，我全身上下沒有一處不痛的地方。」然後，女病患癱倒在等候室的椅子上（就像有些病人會誇張地表現出悽慘的模樣）。她決定像老鼠一樣快速離開那裡，當護理長需要她的時候，如果她不在位子上的話就會挨罵，也可能是因為女病患的緣故讓她想離開，這名病患的病情很嚴重，況且長這副模樣的人本來就特別容易發脾氣。

警衛就站在旋轉門的前面，當有人從計程車下來時，他就會過去幫忙打開車門，另外也要用手勢指揮進入停車場的汽車。昨天警衛答應了幫忙找鞋子，卻一直沒有回來，令她覺得有些沮喪。「嘿！」她用較為冰冷的語氣喊了一聲，警衛還記得她。但是，警衛跟她說現在很忙沒辦法過去找，並提到失物招領處就在醫院附設的殯儀館旁邊。她回問警衛為何不早點告訴她。她二十三歲時才發現這個世界上有很多事情必須要去計較才不會吃虧。她看了看警衛身上的名牌，並喊出了他的名字。「金明賢？」「後來那天我到樓上兩次，但我記不得妳長什麼樣子了。」幫別人打開玻璃門時，警衛臉上燦爛地笑著。「妳生氣了嗎？我會記住妳的名字，文善熙小姐對吧？」

當她再次回到醫院大廳，女病患正俯身祈禱著。她提議兩人一起去失物招領處，但女病患卻不願意去。「妳不是說必須找回鞋子嗎？」「我不去，我不喜歡下樓，也不喜歡去殯儀館。護理師小姐妳能不能幫我拿回來？那是一雙咖啡色的鞋子。」「妳要我去幫妳拿嗎？」她正猶豫的時候，護理長舉起了手呼喚她過去。當她打算轉身的時候，女病患拉著她裙子的下擺可憐地說道：「小姐！妳會幫我找回來吧？」「我會的，請妳在這裡等著。」

但是她沒有履行她的承諾。因為還有很多患者等著她帶他們去接受預定的檢查，等她想起女病患時，已經是好幾個小時以後的事了。她擔心要是女病患還在等她的話該怎麼辦，於是她趕緊回到大廳，不過女病患並沒有在那裡。已經過了下班時間，醫院的大廳裡並沒有什麼人。護理長責罵她今天所犯的錯誤，包括帶患者走錯地方以及將注射室需要的藥物送錯了地方。所有事情都處理得太慢，時間在這裡比任何其他地方都重要，快一點或慢一點病患都有可能因此得救或喪命。她走進洗手間哭了一陣子，等所有人都下班之後才走出來。

殯儀館旁邊的失物招領處，是由一位年邁的停車場管理員在維護。她忘記鞋子是咖啡色還是黑色的，但卻找到了三雙看起來像新鞋一樣的女鞋。那是一個跟孤兒院裡的祈禱室一樣寂靜且潮濕的房間。這個醫院到底有多大呢？她每天在醫院裡來來去去，竟然還會有她不知道的地方！

等回到了醫院大廳，警衛開始跟她裝熟起來。「善熙小姐！妳到失物招領處看過了嗎？」本來身穿門衛衣服的警衛，換上了外套正在服務臺值班。原先瘦弱的身體，穿外套的時候顯得比較厚實，跟他必須保持的親切感很符合。警衛看起來似乎有些年紀了，但下巴附近發紫的青春痘顯示出他其實並沒有那麼老，還是個有發展潛力的人。「是的，我找到了三雙新的鞋子。」她像是要陳列展示品一樣，把鞋子都擺放到桌子上。「對了，金明賢先生，我覺得西裝似乎更適合你。」她用手指指著警衛身上的衣服，警衛低頭看了一眼自己身上的外套。

「這算是稱讚嗎？別看我身材這樣，我每天都做一百下伏地挺身呢！」她微微地笑了一下，然後獨自一人走上樓。

她從小在一個沒有山坡，平坦且空曠的地方長大，爬上玉水洞陡峭的樓梯對她來說是一件非常辛苦的事。她越往上爬，雙腿就越發覺得沉重，感覺自己逐漸遠離了漢江，與貧困和寒冷更加靠近。她一邊爬樓梯，一邊想著應該寄給孤兒院多少錢。二十萬韓圓好呢？還是三十萬韓圓？如果不寄錢回去的話，孤兒院會關門嗎？那麼孩子們會不會很難過？做飯的阿姨會不會難過？她很驚訝自己竟然會有這些想法。以前曾經是一家麵店的小商店裡，一名年輕男性正在堆積如山的飾品前面叫賣。許多社區裡的女子聚集在這裡，挑選耳環和戒指。

「為什麼要賣六千韓圓這麼奇怪的價格，就算我五千韓圓吧！」有人試圖砍價時，年輕人就會一邊搖手拒絕，一邊解釋自己是如何從大老遠的地方爬到這裡。「如果上面的珠子掉了怎麼辦，又沒有辦法修。」「我會負責所有售後服務的。」年輕人豪邁地說道。「哪知道什麼時候才會再見到面，這樣要怎麼做售後服務呢？」「唉唷！這個世界又沒有多大，總會在某個地方再見到面的，不用擔心啦！」年輕人不知道是認真的還是在開玩笑，女客人都被他逗笑了。

她買了一個華麗胸針，上面鑲著圓形的藍色寶石。她心想該把胸針別在哪裡，突然想到乾脆把它送給修女。修女喜歡飾品的這個秘密只有她和做菜的阿姨知道。她曾經負責打掃修女住的房間，只有做菜的阿姨和她被允許進入那個房間。修女的房間在修道院的最高處，飽受關節炎之苦膝蓋已經不堪使用的做菜阿姨，哭著說她再也無法把抹布和掃把拿上去那個房間。有傳言說，做菜的阿姨為了治療關節炎而把貓煮來吃，看起來並不像是裝病的樣子。

修女的房間裡掛著幾幅神聖的圖畫，畫裡有聖母瑪利亞被天使圍繞、魔鬼接受懲罰以及彌賽亞從雲中現身等等的內容。房間裡面也有像她今天買的那種閃閃發亮的飾品，還有五顏六色的布料和鈕扣。這些飾品不知道從哪裡來的，年代看起來都相當久遠，但是感覺跟修女不搭。沒有人知道修女的實際年齡，但是大家都猜修女的年紀應該挺大的。修女在講道時說她曾經歷過解放、戰爭和颱風，也遇過嚴重的乾旱和洪水，修女還說她認識朴正熙（박정희）、墮落至極的女演員、被謀殺的年輕人、間諜和被綁架的孩子。

但世界上仍有修女不知道的事情，就是孩子們離開孤兒院之後的下落。她是孤兒院裡唯一待到年齡足夠離開那裡的人，其餘的人不是被收養就是逃離了那裡。修女對離開孤兒院的孩子們漠不關心，當孩子們問到相關的事情時，修女就會說自己不記得了，或說你們沒必要知道，這些孩子從來不傳消息回來，表示他們生活在放蕩之中，令修女感到慚愧和丟臉。

信

信箱裡面有一封從孤兒院寄來的信。她沒有打開那封信就直接放進了包裡。她打開了房間的燈，坐在已經看不見星星的廁所裡思考著。曾經有一個孩子離開孤兒院後還傳回來消息。那個孩子還沒有機會到首爾看看，在原州市生活的時候就死於摩托車的交通事故，消息是警察通知他們的。她因為跟死去的男孩曾經很親近，而被關在了倉庫裡，回想起來倉庫裡面真的非常黑，屁股下的馬桶也非常冰冷。修女責備她說當時如果有阻止男孩離開，或是通知一聲的話，那麼男孩就會留下而不會死於非命了。修女在倉庫的門口大喊：「妳上不了天堂的！妳會從通向天堂的階梯上摔下來，連一步都不可能踏上去。」但在葬禮結束之後，修女就把她從倉庫裡放了出來，一如既往地對她付出平等的愛，沒有再責難或咒詛她。修女應該也很傷心吧，她到現在都還覺得，那段時間自己就像被母親拋棄了一樣（雖然的確是如此），被修女給再次拋棄了。

真不應該買胸針這種玩意兒，她心想，現在孤兒院需要的是錢，而自己卻買了這樣一個粗製濫造的東西。她計算了一下這個月扣掉房租後，還剩多少生活費，發現大概還剩下二十萬韓圓，這筆錢本來是她為了買皮鞋存下來的，應該可以寄回孤兒院，但這點錢不知道夠不夠。如果要匯款給孤兒院的話，必須事先聯繫一下，用寫信的方式應該比較好吧！她不想要像其他的孩子那樣一點音訊也沒有，覺得應該要寫信回去。穿過玉米田之後她所到達的地方並不像修女預言的那樣不幸。她坐在書桌的前面，但是猶豫了半天只寫下一句話：「我今年沒有存下很多錢。」然而她想起修女一直強調節省節約，因此需要一些別的句子來抵消前面的話。「但是明年我應該能繼續留在這個醫院裡工作，而且薪水也會增加。」明年真的能繼續留在醫院工作嗎？也許這只是自己的一廂情願吧！不知道護理長是怎麼評價自己的，光是今天就挨了不少罵。修女總是說，做人不可以傲慢自大，因為這會導致人變得懶惰。

她本來想要刪掉這兩個句子，但最後還是決定保留，並思考有沒有其他可以抵消的句子。需要一句溫暖的話，對修女說什麼溫暖的話好呢？一直想不出好的句子。「請保持身體健康，我很想念妳！」寫了些像這樣的句子後，她決定重新換一張紙，把剛剛那張紙給扔了。於是她又改寫道：「親愛的修女，我在這裡可以看到星星，那麼是不是更靠近天國了呢？我是不是也可以爬上前往天國的階梯了？」但是，修女似乎也不知道這個問題的答案，這就是孤兒院現在變得非常不幸的原因。為什麼孤兒院會突然經營困難？她繼續一筆一畫地寫著。所以孤兒院的孩子現在怎樣了？還有那裡的狗活得還好嗎？

幾天後，她代替一位臨時有急事的同事在夜間值班。本來她打算去美容院，但因為同事的孩子生病，令她實在難以拒絕換班的請求。她坐在白天根本不會坐到的服務臺椅子上，打開了一本書來看。她也想過如果自己繼續念書的話，也許就可以不必再做這種瑣事了，至少能夠做點注射之類的工作。「小姐！小姐！」有人拍了拍她的肩膀，她回過頭看了一眼。「我因為注射了抗癌藥劑，有幾天沒下來看了，妳幫我找到鞋子了嗎？」她立刻認出了那名女病患，然後她到更衣室裡拿出了鞋子，很自豪地把它們展示成一列。

女病患非常仔細地看著那幾雙鞋子，然後選了其中一雙上面鑲著一小顆寶石的鞋子。「妳是怎麼把鞋子不小心弄丟的呢？」她笑著問道，女病患回答說：「我量完體重後忘記把鞋子換回來，就穿著拖鞋走了。」然後，女病患從口袋裡拿出了一罐剛從熱飲販賣機裡買的熱咖啡遞給她。「工作辛苦了。」女病患上樓後，她翻遍了包包，找出幾天前收到的那封信。她一直惦記著要給孤兒院寄錢回去，竟然忘記了還有這封信。她把信給拆開來看，裡面有一張照片，是孤兒院裡的孩子、修女、做菜的阿姨還有志工們一起在孤兒院的院子裡照的。

通常只有在新年前夕才會拍集體大合照。然後會把照片跟孩子們手寫的卡片一起寄給孤兒院的捐款人。卡片是手工製作的，冬天裡孩子們手上沾著膠水及亮片，揮舞著美工刀和剪刀，手上常常會增加不少大大小小的傷痕，她瞥見了照片裡孤兒院那個位置最高的房間的窗簾，還看到了打開一點縫隙像是在誘人進去的倉庫，似乎現在仍被拿來用於某些特殊用途。

年事已高的修女站在那，一隻手握住另一個孩子的手，眼神依然炯炯有神帶著一點殺氣，如果不是孤兒院的阿姨寄來這封信，她可能不會想到修女的健康出現了問題。在照片中，孤兒院的旁邊是一片荒涼的田野。秋收結束後，這就是一片無法隱藏秘密，孩子們也無法躲在裡面的玉米田。是因為大家都沒有匯款，所以才附上了照片嗎？明明離過年的時間還很遙遠。所有這些作法都讓她感到有點丟臉。如果沒有人匯錢過去，孤兒院是否會繼續厚臉皮地寄照片和這種連拼寫都錯誤百出的信呢？她認為這樣做是不對的。但是她又能夠做什麼呢？她能夠匯回去多少錢呢，二十萬韓圓？還是勉強一點匯三十萬韓圓？如果連這個月的房租都先墊上，應該能夠匯五十萬韓圓。如果匯錢回去的話是不是就不會再寄信來了呢？

因為沒有開暖氣空調，房裡的空氣相當冰冷，只有腳下的電暖爐散發著溫暖的氣息。小的時候，她常常和孩子們一起在火爐旁邊烤馬鈴薯和地瓜，身體溫暖放鬆之後就會覺得十分困倦。那個時候，孩子們嬉鬧著討論誰折斷了玉米，還會有人負責把風看看修女有沒有出現。每年冬季火爐前的聚會就像年度盛會一樣持續了許多年，但參加的人數卻是逐年減少。在火爐前面待最久的孩子就是她。當她用鐵棍翻動爐子內部時，總喜歡看著煙霧慢慢消失，心想其他離去的孩子們都像這樣消失了吧！

她開始在醫院的筆記本上寫回信。寫到哪裡了呢？對了，得談談有關玉米的事。修女，今年玉米的種植還順利嗎？妳有沒有進到玉米田裡去過？玉米的葉子是綠色的，進去田裡面以後，葉子高得足以完全遮住視線。在玉米田裡，仍然可以看到孤兒院的屋頂，但這是一個截然不同的世界，就像另外一顆星星一樣。孩子們喜歡在那裡講一些毫無意義的事情。孤兒院的孩子都很好奇為什麼狗會一直死，每當有人問到這個問題時，就會有人回答說是因為修女的關係，修女在小狗長大之前把它們殺了，然後再另外買一隻新的小狗。那可真的是胡說八道，我現在一點也不相信這些話，也不會因此再做噩夢了。我只相信信裡面說的，修女生病了，孤兒院的經營困難面臨著倒閉的危機。但是孩子們都到哪裡去了？那個小小的空間為什麼不能像童話世界一樣充滿愛與和平呢？是因為修女不夠有人情味嗎？還是因為我們是壞孩子呢？

邁進

有人敲了敲服務臺的桌子。她抬頭一看發現是剛才拿走鞋子的女病患。這麼短的時間裡女病患似乎又顯得更衰老了。才不過過去了幾個小時，人怎麼會老得怎麼快呢？女病患說她拿錯鞋子了。「妳剛剛不是試穿之後才拿走的嗎？」她回答道。但是女病患果斷地搖了搖頭。她無可奈何地再去了趟更衣室，把其他鞋子再次拿出來。女病患坐在椅子上，低頭看著這幾雙鞋子，然後拿起了其中一隻。女人的手背有些腫脹，上面有許多注射後留下的疤痕，脖子上面也能看見手術的痕跡，就像沒有縫好的布娃娃一樣。女病患看起來似乎是覺得有些寒冷，於是她把自己蓋的毯子圍在女病患身上。跟上次不同，這次女病患乖乖地接受了。當她正準備站起來想幫女病患穿鞋時，女病患的帽子滑落了下來。女病患的頭髮都掉光了，跟小孩子的頭大小差不多。

「看起來真的很像！」「我跟誰長得很像？」「跟我認識的一位修女很像，是她撫養我長大的。」她看見那名女病患手上的指甲已經發黑。其中有幾根手指的指甲已經整片剝落下來。「那修女就像是妳的母親一樣呢！」「是啊，但是妳為什麼身上這麼濕呢？」「我剛剛到頂樓上面走走，醫院裡面太悶了。」女病患想換一雙鞋試穿，但腳腫到連鞋子都穿不進去。女病患的腳跟身體相比顯得異常肥大。是因為使用了抗癌藥的關係嗎？這樣的變化有可能在幾個小時內發生嗎？會不會是病患正處於危急狀態呢？要不要叫醫生過來看看？她左思右想，最後卻只是幫女病患把鞋子穿上去。她蹲下來抓住女病患的腳，試圖把它們塞進鞋子裡。

「小姐，我這一輩子都信奉上帝，沒做過什麼壞事，結果現在卻是這幅模樣，可能我的命已經盡了吧！」「我認識的那位修女也生病了。孤兒院有可能會關門，如果關門的話就完蛋了。」「就像失去了故鄉一樣吧！」「沒錯，妳說得對。」她心想這雙腳長得還真難看，就像腐爛的樹根一樣粗糙並且坑坑洞洞的，腳趾甲被拔掉的地方還流著膿。「請別太難過，世上所有的事情都有盡頭的。」「小姐妳的意思是我現在就要死了嗎？」「不，不是的，請別誤會。」「啊！好痛，這雙應該也不是我的鞋子吧！」「不可能啊？」她有些生氣地喊著。「剩下的都是些舊鞋子，還有一雙皮鞋不過是藍色的。」她提高了音量後，女病患反而態度變得溫和，任憑她觸摸自己的腳。她想把病患的腳放進鞋子裡，但塞到一半卡住了只好再拔出來，然後她把病患的腳趾折起來，並拉鬆鞋子的兩側。女病患不知道是因為疼痛還是想起了難過的事情，突然哭了起來。「我還不能死，還有孩子需要我照顧呢！」她沒有回答，只是嘴裡不停地說：「怎麼會這樣呢？為什麼會不合呢？」她專注地按壓和調整病患的腳，試圖把腳塞進鞋子裡。然後她想到有鞋拔可以用，於是去了一趟更衣室。回來之後，女病患已經不在椅子上了。她看見電梯上升並且停在了二十三樓，於是她便拿了幾雙鞋子坐上了電梯。到了二十三樓以後，她到處尋找那位女病患，但是卻怎麼也找不到。她看見似乎有人從緊急逃生口上去，很有可能是女病患的背影。但要拿著所有的鞋子在醫院的走廊走來走去有點困難，於是她把其中一雙穿在了自己的腳上。鞋子非常的緊，緊繃到似乎把身體給拉長了一樣。當她走進逃生梯時，剛好碰到正在巡邏的警衛。「你有看到一個女病患上樓嗎？」警衛看見她小心翼翼地抱著鞋子，就像母雞剛產下雞蛋一樣。警衛才剛從屋頂上巡邏下來，但是他說除了她之外沒有見到任何其他人。

「我必須要幫病患找到她的鞋子。」警衛的回答很慢，讓她有點不開心。「妳確定有看見病患往上走嗎？」警衛心想反正剛好在巡邏，便同意和她一同上去看看。警衛在前面帶頭，她小心翼翼地抱著鞋子跟在後面。風從建築物的下方咻咻地吹上來，就像有人用低沉的聲音說話一樣。從上往下看時，只看得見螺旋彎曲的紅色欄杆。

走上幾層樓到了屋頂之後，並沒有看見女病患的蹤影。警衛將鑰匙插進掛在脖子上的巡邏表，然後轉動鑰匙記錄巡邏時間。屋頂上的空氣非常寒冷，就像戲劇結束後降下的簾幕一樣籠罩著她。她就像之前在爐子前取暖一樣，整個人都放鬆了。看看自己是多麼的愚蠢啊！

她心裡這樣想著。警衛一邊發出「嚇嚇」的喊聲，一邊揮舞著手臂做運動，然後斜眼看了她一會兒。「這是在做夢嗎？」她知道這一切都不是夢，但她默默地接受了現在手上只有一雙鞋這件事。「妳不覺得這裡的景色很棒嗎？」她走到屋頂的欄杆旁，低頭看著首爾的繁星竭盡全力發出光芒的樣子，光線反覆地上升和下降，最終穿透了黑暗到達遠方。

「警衛的辦公室在地下五樓，所有的水管和電線都暴露在頭頂上。我待在那裡的時候，感覺人生都是黑暗的；但每次上來這裡的時候，就會覺得活著還是值得的。雖然不是我自願要出生的，但反正人生只有一次，還不如努力地活著。護理師小姐妳不這樣覺得嗎？是誰規定我們只能一直這樣生活下去？聽說我們現在看到的那些星星有些早就消逝了，還一直有新的星星在誕生。」「真的嗎？」當她問道，警衛回了聲「嗯？」「你說星星也會誕生跟死亡。是真的嗎？」「哦！那是我在電視上看到的。星星也會有終結的一天，可能這顆星星明天就墜落了，那麼我們就成為了最後看見那顆星星的人。應該算運氣很不錯吧！」「運氣很不錯？」「是啊，我覺得這樣就算運氣很好。」

漢江大橋上的燈光在熄燈時間準時熄滅。她思索明天就可能會消失的某個星星上面的世界是什麼樣子。那是個離遮住她視線的玉米田不遠的世界，那個世界也存在著一些熟悉且不可避免的傷痕，那是一個正在熄滅且走向死亡的世界。警衛在原地上下做著跳躍的動作，還在原地做了個倒立，然後向她問道：「怎麼樣？是不是很厲害？」儘管警衛的手臂不停發抖，但還是支撐了好一陣子，她看著警衛，臉上露出了一絲微笑。然後，她脫下讓腳疼痛不堪的鞋子，並把鞋子放在了腳邊。

最後一封孤兒院寄來的信，上面寫說玉米田著火了，但孤兒院平安無事，請不要擔心。她在腦海裡想像了玉米田消失的模樣，她受到了驚嚇不過很快就又回歸平靜。平安無事這幾個字對她來說相當陌生，她前後反覆讀了好幾遍。之後孤兒院寄來的信都堆積在信箱中，被她最後一起拿去丟掉。孤兒院可能已經關閉了，也可能還是平安無事，但是不論如何，對她來說都沒有損失。夏天時玉米田裡新生的葉子以瘋狂的速度生長，好像地球上只存在著這個空間一樣，即便如此，到了冬天這一切也都會消失。這樣反覆的周期意外地中斷了，而這一切都與她無關了。

醫院大廳裡不再有人尋找鞋子。失去主人的鞋子仍然留在黑暗的地下室中，也許還要在那裡很長一段時間，直到管理員無法再繼續保管為止。入冬之後隨著溫度下降，警衛穿上了分配到的一件鑲著金色鈕扣的外套，鈕扣的光芒異常耀眼，每次當警衛微笑著幫她開門並和她道聲早安時，隨著門慢慢打開，一個完全不同的世界也跟著展開。不過表面上她還是不動聲色，也許她正在等待警衛像玩具兵一樣飽受愛情之苦後向她告白。這是一家超大型的醫院，沒有人身上不是帶著病痛的。因為每個人都不完美，所以這才是公平的。

她帶著病人在醫院裡到處走的時候也常會迷路。殯儀館、婦產科、牙科、放射科、復健科和餐館之間，原本應該存在的某個目的地，卻像消失的玉米田一樣空空如也。如果她帶著病患在走道上找不到方向，患者便會用一副從痛苦的夢中醒來的表情問她：「我們現在到底在哪裡？」有時候她知道答案，但有時候她也不知道。無論如何，重要的是她還沒有脫下這件翡翠色的制服，身上依舊散發著某種光芒，在寒冷的冬天裡，一如往常地朝著某個方向持續邁進。

普普通通的時節

普通的事情罷了。上班族很普通，魔鬼也很普通。人間的敗類、仇人、可憐的單身漢都成為普通尋常、無關緊要、忘掉也不要緊的事情。

尋常

在聖誕節與家人見面實在不是什麼好事，特別是相隔四年之後才見面更是如此。感覺心臟好像要結凍了，當然心臟沒有那麼容易就結凍。小時候因為害怕大哥而常常感覺心臟好像停止了跳動，但是等大哥的怒氣消散之後一段時間，我們又會若無其事地聚在一起吃冰淇淋之類的東西。這一切就是如此尋常，尋常的憤怒、尋常的恐懼、尋常的恢復、尋常的甜味。

那個時候我認為大哥是個怪物、魔鬼跟惡棍，長大以後才發現他不過就是個普通的上班族。即使從魔鬼到上班族的差距似乎很大，但活久了就會發現其實沒有差太多。如果連個上班族都當不了，那情況就更糟了，而我的狀況就是如此。從八歲到現在四十歲，我一直都待在學校裡。當然，不是光只有當學生也有在教書。我雖然想在大學裡任教，但因為指導教授都還健在，學長姐也都還活著，所以還沒有輪到我的機會。因此我開了一間課輔班。

我不認為自己是個老師，也不覺得自己是個成年人。我是一個讀書人，而讀書人是最純真無邪的。純真無邪的人即使年紀大了，也會一直像個孩子一樣。當我這樣跟尚俊說的時候，他覺得這種想法非常了不起。尚俊是一個謙遜的孩子，當他抱怨別人為什麼那樣做！為什麼聞起來有臭味！這時候我會嚴厲地告訴他，生活中的現實就是這樣！此時他總會用真摯的表情點點頭。

尚俊是我們課輔班的第一位畢業生。雖然我竭力地指導他，但是他仍舊沒能考上大學，今年也是如此，看起來必須延長售後服務好一段時間。他所有的朋友似乎都上了大學，因此沒有人可以陪他玩，每天他都會到課輔班報到。他整天待在我家，有時也會教課輔班裡其他的中學生。即便如此，也實在不應該把他帶來這個地方，真是太亂來了。但是又實在無法拋下不願單獨一人的尚俊。因為今天是聖誕節。

「你在這裡等沒關係吧？」

「這裡很舒服，妳可以慢慢來，我在這裡等妳。」

「等我跟家人聚完，我們再去看電影吧！」

「我還想要吃吉拿棒」

「好！等會去吃吉拿棒。」

不知道尚俊為什麼那麼喜歡吃吉拿棒，那種又長又粘又油膩的甜食。在手上拿的時間一長，油就會滲出包裝，等它涼了以後就好像在咀嚼紙張一樣。這種甜食不僅外觀不怎麼樣，味道也很普通，即使是免費送我，都還要考慮一下要不要吃下去。

一開始約見面的時候，大姐說不如到她家去聚餐。也有可能是因為她不方便出門吧！大姐只要到了人多的地方，就會冷汗直流、心跳加速，連公共交通工具都沒辦法搭乘。她只在上午比較沒有人的時候去逛百貨公司。但是，大姐最後決定的地點是九里市的一家蔘雞湯餐廳。這裡既不在大姐家附近，也不是有過什麼回憶的地方，更不像什麼好吃的餐廳，就只是一家非常普通的店。從訂的地點看來，即便過了四年大家也沒有很期待見面。

「人都到齊了！」走進餐廳的時候，站在收銀臺的阿姨說道。大哥醉醺醺地坐在那裡。「把人參雞端上來吧！」大姐對著廚房喊道。臉上看起來似乎已經有些不耐煩了。

蔘雞湯雖然端了上來，但我卻不怎麼想吃。我看著哥哥姐姐們的臉，發覺我們真的長得很像。像鈕扣一般的小眼睛，缺少福氣的窄下巴，還有下顎突出的髖骨。四年來大家都過著怎樣的生活呢？大哥失去了聯繫，他也沒有與任何人聯絡。退休後大哥成立了一家小公司，但是生意卻失敗了，直到今天出現以前一直都沒有關於他的消息。大家又叫了幾瓶酒，把所有人的杯子都倒滿。二哥舉起燒酒杯一飲而盡。

「妳為什麼不喝酒呢？」

「我開車過來的，待會還要開回去。姐姐妳怎麼來的？」

「我坐計程車來的。」

「為什麼要挑一間這麼偏僻的餐廳呢？又不像是什麼有名的餐廳。」

「這是我丈夫的親戚開的餐廳，已經快要關門了。剛好我提起想在一個安靜的地方聚會，親戚說雞舍裡還有雞。現在我們吃的是最後一隻雞，其他的都死光了，一隻雞都不剩，但現在重要的問題不是這個。」姐姐趕緊用餐巾擋住鼻子，不是才剛冷靜地說要把剩下的雞吃完，怎麼忽然間就哭得淚流滿面了呢？

「我下周要去動手術了。」大哥說道。

「你身體哪裡不舒服呢？」

「我得了癌症。」

「癌症？什麼癌症？」

「胃癌。」

真希望姐姐不要再哭了，她大聲地又哭又擤鼻涕，讓我的注意力無法集中。也許大姐這樣子哭，是因為她不想聽大哥說話。大哥、二哥和我，三個人中有人生意失敗、有人找不到工作還有人離婚。而這段期間，大姐的人生並沒有經歷什麼高低起伏。當我們遇到困難時，她也從來沒有給過幫助，但是她的反應卻相當誇張。因為她比我們感受到更多的焦慮和恐懼。從這方面來說，大姐有著夢想家的特質，只不過是整天做著焦慮和恐懼的夢。

「嗚嗚嗚，」大姐一直哭個不停。我叫阿姨過來把發酵過度並且發出怪味的蘿蔔泡菜給拿走。原本在打瞌睡的阿姨走過來呆滯地站著那，我叫她拿一些能吃的小菜過來。

「這個可以吃啊，別的客人都說很好吃耶！」
「這種變質的東西怎麼能吃呢？」
「唉唷！這種程度一般人都會吃的。」
「那妳拿去給那些人吃吧！我們可不想吃這種東西。」
大姐也過來幫我說話。
「恩淑啊！」
大哥叫了聲大姐的名字，聲音有些沙啞。
「妳那樣子哭，哥哥聽了心很痛，別哭了，醫生說動了手術就會好的。」
「哥！別說些不確定的事情。癌症手術必須要切開來才知道。我有個認識的人也動了手術，結果癌細胞都擴散了，沒過多久就去世了。」
大姐說這種話一點也沒有安慰的效果，反而像是要送人上黃泉路。二哥用低沉的聲音叫大姐別再說了，那是一種既不會太高也不會太低，非常恰當的聲調。大姐環顧了一下四周，拿出手帕擦了擦臉。不過生活困頓的大哥怎麼會有錢做手術呢？難道是為了湊醫療費才把大家找來的嗎？
「當我知道自己得了癌症之後，我仔細想了一想為什麼我的人生會變成這樣？於是我決定把大家都找來。我們一起去見金大春一面。」

鍋爐室

「哥，你在說什麼啊？」

姐姐嚇一大跳向大哥回問了一句。難道是聽錯了嗎？金大春在鍋爐室裡放火燒毀了我們父母經營的澡堂。聽說他是一個露宿街頭的流浪漢，就住在澡堂附近的車站裡。父母因為火災離開了這個世界後，剛滿十六歲的大哥一下就成為了一家之主。在一九八二年當時這是一個很大的新聞，但我並不了解事情的來龍去脈，因為那時我才剛學會走路。

我會記得金大春的名字是因為聖誕節的卡片。每年到了聖誕節，大哥就會叫我們一起寫聖誕卡片給金大春。雖然有點荒唐和幼稚，但大哥在卡片上寫著「我們會去殺了你。」這句話雖然古怪且嚇人，但既然大哥說要這樣子寫，我們也只能默默地照寫：「我們會去殺了你。」卡片的正面，一個胖胖的雪人戴著一頂圓錐形的帽子，魯道夫的紅鼻子閃閃發光，背面卻寫著我們會去殺了你。穿著亮彩緞面韓服的孩子們在外面放風箏跟滑雪橇，玩到沒發現太陽已經西下，而我卻得寫我們會去殺了你。過年之前的賀卡上應該是寫新年快樂萬壽無疆，而我卻得寫我們會去殺了你。這些卡片可能因為沒有通過檢查而被丟掉了，因為沒有人回信，而信也沒有退回。

「大哥，你是怎麼找到金大春的？」

「我調查了一下，發現他從監獄裡出來了。」

大姐拿出了藥吞下去。大姐為什麼也生病了呢？是不是因為她是個夢想家的關係？富有的人有很多空閒的時間，而空閒的時間一多，就會開始產生夢想。一旦擁有的越多，就有越多需要守護的東西，有很多東西需要守護的人心裡總是充滿著不安，而夢想則是吞噬著這些不安而壯大。父母親這樣突然的離開我們，大概也助長了大姐的夢想。大姐老是感嘆澡堂裡明明有四個大浴池，火勢竟然還會蔓延開來。在充滿水的澡堂裡，竟然也會有人因為火災而死亡，人生就是如此地荒謬。每次大姐這麼說，聽在我的耳裡就像是惡毒的玩笑話。

「我不去，我不想去！」

大姐邊說一邊將身體轉向了餐桌的外側。其實我也不想去。我連父母的長相都記不得了，不像他們曾經感受過父母的疼愛和照顧，對父母過世的事也沒有特別怨恨。金大春對我而言並不是仇人，不過就是個殺人犯罷了。寫聖誕賀卡時與哥哥姐姐一起表現出的憎惡、怨恨和復仇的心態，不過就是一種模仿的行為。如果被大哥知道的話，他肯定會氣得在地上打滾，就像當時流行的香港電影裡面那種誇張的演技。報仇這種事應該是張國榮和周潤發這些人去做的事，為什麼要我們去呢？現在該怎麼辦才好？如果想見金大春的話，自己一個人去不就好了，為什麼要找我們一起去呢？

「一起去吧！既然是大哥的願望，我們當然得去。」

二哥做出了結論，不過大姐並沒有被說服。而我則因為必須開車載大家，而不得不去。雖然大姐說不想去，但最後還是決定搭便車在半路先下車，而我則同意送大家到一山市。大姐聽說金大春住在一山市後很生氣地說道，他哪來的錢住在一山市這麼好的地方，又問了地址在哪裡。聽大哥說金大春住在公寓大樓後，大姐又激動地拿出手帕摀住臉哭了起來，哭著說要找爸爸媽媽，氣氛一下變得非常悲痛。

到了將近九點鐘我們才起身出發。尚俊彆扭地坐在後排，夾在大哥和二哥中間，我只跟尚俊說要去一山市，並沒有告訴他我們要去和誰見面。一路上只有大哥不停地在說話。大哥說當他躺在診察室做全身ＣＴ檢查時，腦海裡突然浮現起小時候某個寒冷的冬天，不知因為什麼緣故他要處罰我們，把我們幾個人趕到外面的巷子裡，當時所有人的手指都凍僵無法張開，而我卻在那裡「呵呵呵」地笑著。大哥說自己大概是因為診察室裡面很冷所以才會想起這件事，檢查時手指頭凍僵身體也不停顫抖，但是耳邊卻傳來小孩的笑聲，只穿著內衣的妹妹在零下的寒冬裡笑著，那笑聲一直縈繞在他耳邊。我心裡一直在想，只不過是從家裡被趕出去而已，實在沒什麼大不了的。我們不曉得被大哥毆打了多少次。

「在冬天裡這麼做，有點太過分了吧？」只有尚俊給出了回應。

「為什麼當時要那樣做呢？」

「我也是為了他們好。失去父母的孩子，要是再學壞就麻煩了，所以我才會那麼做。」

我察覺到大哥身體上的痛苦，因為他與平時不同，語氣相當的虛弱。拖著這麼痛苦的身體去找金大春，到底想要幹什麼呢？又不可能是去殺了他。如果真的把他給殺了，那事情就鬧得太大了。大哥可能覺得太過感傷，便轉移了話題討論起政治和經濟。尚俊對這些東西不太了解，只是坐在那裡聽著。

「你現在還是學生嗎？」

「我是重考生，今年已經要重考第二次了。」

「你想要考什麼科系呢？」

「建築系！」

「建築系？我可是一九八五年就讀建築系的。」大哥聽完之後似乎挺開心的樣子。然後開始聊起一堆我不認識的建築師，實在非常枯燥無聊。在去見殺人犯的路上，應該什麼事情都不會覺得有趣吧！

「不然我來說一個有趣的故事如何？大學時我讀的建築系所在的大樓，是棟粗製濫造的建築。鋼筋沒有按照規定來使用，建造時忽略了混凝土的強度，七、八十年代有許多這樣的建築物。所以才會有百貨商店倒塌，連橋梁也有倒塌的，未來還有許多建築物可能會倒塌，整個城市就像是幻覺一樣。我很清楚內幕，因為我曾經在一家建築公司上了二十年的班。總之，那時候教授們會把地震儀放在自己的研究室裡，因為不知道建築物何時會因搖晃而倒塌，只要一有風吹草動，他們就會趕緊跑出建築。不敢相信吧？在那時候是很常見的情況。有一年，新生的入學考試在這棟樓舉行，當一大群學生們爬上樓梯時，整個建築物都在搖晃，連學生都感覺到了。如果房子倒塌的話會有多少人死亡？一定會有數百名高中生死亡的。

系主任知道了以後冷汗直流，很怕考試的時候大樓會倒塌。等考試結束後我跑去跟系主任說：『教授別擔心，考試順利結束學生們都離開了。』結果系主任思考了一下回答說：『學生都沒事最好，助教你知道如果建築物倒塌的話我最擔心的是什麼嗎？』『應該是擔心會有人死掉吧！』系主任回答說：『雖然也擔心這個，但是助教你想想看，如果建築系的大樓倒塌了，系上的教授會成為什麼樣的笑話？系上的畢業生又該怎麼辦？還有可能去教書嗎？還有可能找到工作嗎？活著的人必須繼續生活下去，但是這個學校的名稱誰還敢放在名片上？』」

所有人都笑了。雖然我不知道在這種緊張的氣氛中大家怎麼還笑得出來，但「系上的教授成了什麼笑話？系上的畢業生又該怎麼辦？」這句話害我笑了出來。本來要在瑞草交流道讓大姐先下車，但因為大家笑成一片而錯過了交流道出口。反正我本來就不想放她先下車。為什麼每次都只有大姐能全身而退？就算她不想下車去看金大春，不是也該和我一起待在車裡，等待哥哥們回來嗎？連一點關係都沒有的尚俊都跟著去一山市了，姐姐憑什麼缺席？我原本以為會被念兩句，結果姐姐說竟然事已至此，她也就跟著去一山市看看，也可能是因為大家的笑聲吧！所有人一起大笑和流淚之後，長久以來一片空白的關係又恢復了親密感。

拜訪金大春

當我們進入一山市時，由於氣氛緊張，車裡再次陷入了沉默。經過了擁有人工游泳池的遊樂園後，我們似乎來到了目的地那棟公寓大樓所在的區域。那是一個氣氛安詳適合家庭居住的郊外住宅區，這裡應該只有一般住戶而不該有殺人犯在這裡。當我們接近金大春居住的公寓時，姐姐邊拉下車窗邊說這是一個小坪數的房子。

「看起來應該不到十五坪。」

「金大春住的二〇七號房間裡面燈火通明。」大哥準備下車前說道，金大春應該不會願意開門，不如騙他說我們是來送外賣的。但是，大哥身上穿著羊毛外套和西裝，而二哥穿著晚秋的大衣。這樣的服裝對方不可能會上當。二哥說：「反正就在二樓，乾脆從陽臺爬進去算了。但這個方法也不可行，因為要爬上去很困難，外面天氣又非常冷，實在不太可能爬得上去。」我們在那裡不停討論著如何讓仇人把前門打開，都忘記了尚俊還在旁邊。我一直說：「這個方法不行、那個方法不行。」於是大哥生氣地問我：「那該怎麼做？」

「不然讓我來試試吧？」尚俊似乎一直在思考我們所討論的方法，最後才開口說道。

「我穿的外套和帽子剛好跟送外賣的模樣差不多。」

「雖然如此，但是我不同意尚俊去幫忙。即使對方是因為年老生病才從監獄獲得釋放，但畢竟殺人犯還是殺人犯。」

「好啊！不然就這麼辦！」大哥興沖沖地回答。雖然我一直說不可以，別把尚俊牽扯進來，但卻一點用也沒有。

「等前門打開了之後，同學你就可以回來車上等著，你還年輕沒必要看到這麼凶險的場面。」

「會有什麼危險嗎？」

「……我只是隨便說說的啦！」

尚俊和哥哥們進到公寓裡面之後，大姐打電話找人接孩子們回家。我在一旁聽到手機裡傳來的聲音。最小的侄子似乎察覺到了異狀，一直問媽媽：「是不是身體哪裡不舒服？」「是因為媽媽很高興，見到了你的阿姨和舅舅們。『嗯！好的，明天我們再去坐機場地鐵吧！』」大姐通話時一副若無其事的樣子，但是等她掛斷手機後，臉上一副快要哭出來的樣子。

「為什麼要去坐機場地鐵？」

「最近我跟孩子們一起練習坐地鐵，是醫生叫我這麼做的，因為機場地鐵坐的人比較少一點。」

「不要太過在意，有時候稍微慢下腳步也有沒關係，有很多人比不上姐姐妳，還不是也活得好好的？」

「妳的意思是說我怕過得比其他人還不好嗎？」

「不是嗎？」

大姐沉默了一會，之後只說了聲：「車裡面好冷。」

「人活在世界上不是都差不多，有哪裡不同嗎？」

「那是因為妳只看到了世界的一面，其實並不全是那樣，我們也能夠選擇不要那樣生活，只是妳不了解而已，那只是不懂的人對自己自我安慰的方式，難道不是嗎？」

姐姐似乎在描述一種我無法品嘗的美味，用字特別地精雕細琢。此時尚俊連跑帶跳地從公寓裡出來。我們原本以為哥哥們大概已經進去房間裡了，沒想到過不久他們也跟著走出來。他們說對講機雖然接了起來，但是卻沒有人回應。

「那我們離開這裡吧！」

姐姐似乎忍受不了寒冷的天氣，聲音不停顫抖著。兩個哥哥保持著沉默，尚俊對著車子的後照鏡，調整了一下帽子。

「同學你家住在哪裡呢？」姐姐問道。

「在方背洞。」

「那你是哪間小學畢業的？」

「我是南仙小學畢業的。」

「跟我家兒子讀同所學校呢！」

「他也是南仙小學畢業的嗎？」

「是啊！學校不就在公園的後面嗎？」

「運動服的顏色跟青蛙一樣綠！」
「對的，青蛙綠的運動服，我兒子就是那裡畢業的，現在已經在讀大學了。」
「真好，上了大學又有母親照顧。」
「同學你的母親不在了嗎？」
「不在了，她已經過世了。」
「真抱歉！」
「您冷嗎？」尚俊把圍巾解開向大姐遞了過去。
「謝謝！」
大哥說：「金大春肯定在家裡，乾脆用正面攻堅的方式，在門口大喊前科犯！殺人兇手！快開門！如果不想讓全公寓的人都知道的話，就趕快把門打開，這樣門一定會打開的。」
雖然我很懷疑這個方法是否能奏效，但我這次卻沒有阻止他們。大哥是個說到做到的人，而不是個光說不做的人。
「那尚俊你留在這裡吧！」
我叫尚俊別跟著過去。
「學生你自己決定就好！」大哥說完之後便下了車，尚俊和二哥很快從後面跟上。
「你跟著去幹嘛？你要去做什麼？」我吃驚地想叫尚俊回來，尚俊卻搖搖手說沒事的。

「我剛才哭是因為我心軟了，但大哥的確是人間的敗類。我因為害怕大哥，生理期到了十八歲才來。因為他的關係，我連吃飯睡覺都沒安穩過，所以才會發育遲緩，導致生理期這麼晚來。」

大姐一直不停地擔心這擔心那，一邊擦著冷汗、一邊批評大哥是個不負責任又自私的人。大姐發洩了一番之後，我的心情反而放鬆了起來。不知為何每次看到別人懼怕時，即使自己沒有犯錯也會感到有罪惡感。因此，靠近生氣的人比靠近害怕的人心裡要更舒服一些。

「大哥不知道何時開始這麼懷念父母，竟然要在這麼冷的天氣大老遠跑來這裡。」

「姐姐妳說的對，大哥連祭祀都沒有好好做過。」

大哥總是一天到晚發脾氣，他對父母親也是如此，他因為父母生了三個弟弟妹妹而生氣，也為他們在澡堂裡死於非命而生氣。大哥認為如果父母是開裁縫店或銀樓之類的店，就不會那麼早過世了。澡堂裡面各種亂七八糟的人都來擦澡洗頭，進店沒有任何的門檻，所以才會發生這樣的悲劇。但是正確來說問題並不是出在澡堂，畢竟我們家是靠開澡堂賺的錢，才買得起兩間房子。

「對了，妳還記得妍珠阿姨嗎？」

「當然還記得。」

「阿姨她一天到晚被我們使喚，結果妳知道大哥怎麼對待她的嗎？」

「發生了什麼事？不是阿姨自己跑掉的嗎？」

「那麼聽話的人怎麼會逃走？妳也長大了，不再需要阿姨幫忙做飯，所以大哥把她送到奶奶認識的某個鄉下地方人家續絃。她都已經快五十歲了，被趕到鄉下幾個月後，又像乞丐一樣地跑回我們家來，妳知道大哥怎麼對待她嗎？他狠狠地在阿姨臉上打了好幾個巴掌，把她又趕了出去。阿姨的身材跟小孩一樣嬌小，臉差點給打歪了。大哥會得那樣的病實在是報應啊！」

我心裡同意姐姐的說法，奇怪的是緊張感也跟著消失了。原來事情是這樣啊！原本心裡面緊張的感覺被憤怒這類的情感給代替了。父母親還活著的時候，妍珠阿姨就在我們家當做飯阿姨，全家搬到首爾後也和我們一起生活了十多年。她的人雖然不錯，但似乎頭腦不是很好，也沒有可以依靠的家人。即便如此對我來說，她依然扮演了母親一般的角色，然而有天她卻一聲不響地就消失了。那時我還在讀國中，所以整個青春期的心情都非常不穩定。但是現在我才知道，當時導致我心情不好的人原來是大哥；而姐姐生理期晚來的原因也是因為大哥；二哥會成為單親爸爸，也是因為大哥一天到晚罵他白痴、笨蛋。那麼我們真正的仇人應該是大哥才對，但大哥卻說金大春是他的仇人，所以金大春就正式成為我們共同的仇人。

「我們是不是應該過去看看？為什麼都不接電話呢？會不會是發生什麼事了？」

大姐才剛罵完人，馬上又因為不安而顫抖起來。做夢就像唱歌一樣是有節奏感的。時而停止時而持續，不斷地進行循環。大哥雖然是我們的仇人，但又是我們家的一家之主；雖然他是個人間的敗類，如今在死亡和神明的面前，卻不過是一個可憐的單身漢，一個想向仇人報仇的上班族。這樣時不時地做夢，久而久之所有的事情就會變得沒那麼重要，不過都是些普通的事情罷了。上班族很普通，魔鬼也很普通。人間的敗類、仇人、可憐的單身漢都成為普通尋常、無關緊要、忘掉也不要緊的事情。

如果我早點跟大哥說這些話，大概就不必老遠跑來一山這裡了。我覺得自己好像領悟到了一件很重要的事情。不論願不願意寬恕別人，只要將不幸的事情一般化、平均化、普通化，內心深處就能獲得平靜。像我們這樣從小在澡堂長大的四個兄弟姐妹應該可以做到。就像出生在馬槽裡的耶穌一樣，即使他出生在那樣一個破舊的地方，但因為世界上一直不斷有不幸的事情發生，耶穌最終成為了神。從這個方面來看，今天是一個獲得新生，甚至可能成為神的一個絕佳機會，但是大哥卻像個傻瓜一樣跑到一山這裡，吵著要進到金大春居住的公寓裡，真是令人心寒。

我擔心大哥會對金大春動使用暴力，把事情鬧得更大。哥哥們也就算了，那尚俊不是很難堪嗎？畢竟他什麼事情都不知道。大姐再次給哥哥們打了電話，但沒有人接聽，我們實在等不下去了，便一起下了車。

聖誕賀卡

尚俊從裡面把門打開。走進房間時，發現一位老人以五體投地的姿勢平躺在地板上。老人的身體非常瘦弱，肉色的內衣像蛻下的殼一樣鬆鬆垮垮的。我問這個人是不是金大春，尚俊點了點頭。

「他為什麼會是這副模樣？」

「他在起爭執的時候跌倒了。」

我在想他是不是撞到頭暈了過去，但看起來又不像是那樣。金大春就像一條毛毛蟲試圖把殼蛻去一樣，在地板上扭來扭去，發出「嗯嗯啊啊」的呻吟聲。看來他認為與其浪費精力跟我們對抗，還不如選擇用這種奇怪的姿勢拖延下去。

我到了餐桌旁邊坐下，大哥拿起水壺倒了熱水到杯子裡。看起來金大春還來不及收拾餐桌上的晚飯就被哥哥們給揍了一頓。盤子裡有條用錫箔紙包起來的秋刀魚。碗裡面還有剛做好沒多久的泡菜。妍珠阿姨做的新鮮泡菜非常好吃，就因為太好吃了，通常還沒有全部發酵完之前就會被我們吃個精光。妍珠阿姨喜歡酸一點的泡菜，所以她會給自己留一份等發酵完再吃。等泡菜發酵夠了，她會加點鯷魚煮泡菜鍋來吃。我雖然不太喜歡酸的泡菜，卻很喜歡阿姨做的泡菜鍋。那種酸酸辣辣的泡菜鍋味道，只有我和妍珠阿姨才懂得品嘗。

「這是大麥茶，還燙著呢！」我們像是這個家的主人一樣，坐在餐桌旁喝著大麥茶。姐姐揮揮手表示不想喝，又說誰知道裡面加了什麼。屋子裡除了金大春之外似乎還有其他人在的樣子。我打開了小房間的門，看見一個似乎因為小兒麻痺的關係身體和臉扭曲著的女子，使盡全力想要爬進客廳。我發現女子的腳上沒有穿襪子，她雙腳使勁地踢著，試圖拖著身體出來。

「不要這樣，不可以！」尚俊拿了一個厚毛毯把女子的身體裹了起來。然後小心翼翼地像抱嬰孩似地把她抱進了房間。然後拿出更多的被子，把它們堆在路的中間，防止女子從房間裡出來。我想要快點離開這個房間，但是等我們進來了以後，大哥的聲音反而變得更大聲。口裡句句都是哀聲嘆氣的話。

「恩淑啊！還有老么！你們每個人也來說兩句吧！」大哥似乎說夠了，總算停止了發言，但姐姐沒有任何回應。從剛才開始她就身體靠著餐桌一隻手扶在額頭上，緊盯著地上的金大春。大姐的臉看起來非常的平靜，絲毫沒有一點變化。就像早期畢卡索的畫作一樣，臉上蒼白面無表情，憂鬱的溫度無法測量，憂鬱之中透露出一股冰冷的氣息。

「恩智，不然妳來說吧！一直忍耐的話，就會像我一樣憋出病來，既然都來到一山這裡了，快說點什麼吧！」

接過了接力棒後，我竟然想不到該說什麼。二哥利用短暫的空檔到走廊上抽了根菸，房間裡傳來了香菸的味道，害得我也想要抽一根香菸。金大春這樣子躺在地上，根本連臉都看不到，這個場面實在令我啞口無言。我不確定是否要用尊敬的語氣問話，還是像哥哥們一樣不客氣地說話。我不清楚自己是否有資格玩弄和侮辱這位老人家。金大春趴在地上，可能覺得自己理所當然遭受這樣的對待，他用了一種世界上最卑微最畏懼的姿勢，但這樣的姿勢有些誇張，反而讓看見的人感覺受到侮辱。但是在現在這種情況下，我又何必去計較呢？我必須要趕緊說點什麼，才能趕快離開這裡。

「有收到我們之前寄的聖誕賀卡嗎？」

我一開口就馬上後悔了。我到底是在跟誰問話呢？「嗯嗯嗯啊啊……」金大春在那裡喃喃自語著。「嗯嗯啊啊是什麼意思啊？是有還是沒有呢？我得知道點什麼才有辦法回應，才有辦法繼續接話啊！」金大春動也不動地賴在那邊，氣氛再度掉到了谷底。聖誕節到了，但我們之中似乎沒有人打算照著聖誕賀卡上寫的那樣對金大春動手。既然如此，那我們到底是來做什麼的呢？想要獲得內心的平靜，就必須要有修行的方法。幸運的是這個修行不用跑到中國或是印度，而只是在鄰近的一山市而已。二哥看了看手錶，提議大家就到此為止。

「好吧，就這樣吧！」當我們都準備起身離開時，大姐忽然開口說：「怎麼能就這樣離開？」

窗外

「我連這個傢伙的臉都沒看到，怎麼能離開呢？至少要知道他的臉長什麼樣子，誰知道會不會明天就在路上碰到呢？我可不想在路上被別人從後面偷襲。」

「說的也有道理，但是在路上碰到的可能性微乎其微，何必一定要看到對方的臉呢？」大姐對著金大春大喊：「起來！你快點起來！」大姐平常膽子很小連廣場都不敢去，但在殺人犯的家裡，她卻一點也不害怕。是因為哥哥們都在嗎？還是因為金大春趴在地上一副任人宰割的模樣呢？那麼姐姐的不安跟焦慮其實是有階級之分的嗎？「起來！快起來！」大姐站在餐桌後面，手指著金大春口裡大喊。

「你殺了我們的父母，竟然還能若無其事地住在這樣的公寓裡？我們應該要把房子搶走，法律上有規定可以沒收犯罪者的財產，確實是有這樣的法規。」

「不行，這是我女兒的公寓，跟我一點關係也沒有。」金大春著急地回答，聲音有點沙啞且高亢。

「怎麼會沒有關係呢？父女之間會沒有關係嗎？你殺死了我們的父母之後，老了還可以和女兒心安理得地度日嗎？」

「人不是我害死的。」金大春又開口說了話。聲音非常缺乏自信，聽起來像蚊子的叫聲，但是那微弱的聲音讓我們像遭到極刑一般地震驚。一定是聽錯了，如果不是聽錯的話，那肯定是這個人在說謊。金大春又一次清楚地說出，人不是他害死的。

「你不是在鍋爐室裡放火了嗎？」二哥走上前沮喪地說道。

「沒有啊！我只是在那裡睡覺而已。」

「那起火的時候你在做什麼？」

「我還沒洗澡，因為澡堂很髒……」

「所以你才放火的不是嗎？」

「才沒有，我只是想關掉鍋爐。當時很生氣，所以想關掉鍋爐，讓你們無法做生意。」

「那為什麼會起火呢？」

「我也不知道。」

「你不知道？」

「我睡著了，不知道發生了什麼。」

「為什麼你活了下來，卻什麼都不知道？」

「我是活下來了，但我也不清楚怎麼一回事。」

小房間裡面傳出女子哭喊的聲音：「不要這樣子！不要這樣子！」叫我們不要這樣子？我們做的就只是走進了這個房間，用大麥茶潤了潤嗓子，然後唉聲嘆氣地抱怨而已。現在到底是誰該對誰說什麼該做、什麼不該做？我們的父母到底是死在誰的手上？我們也不想製造不愉快的事情，因為今天是聖誕節，即使我們不能像耶穌那樣愛自己的仇敵，也還是希望能夠盡力找回內心的平靜，所以才大老遠跑到一山來。現在他竟然說自己沒有殺人，本來仇人非常明確就是金大春，雖然現在他說自己不是殺人犯，但我們還是像仇人一樣痛恨他。

「走吧，我們走！」

金大春好像忍受不住那個姿勢，把上半身直立了起來，好不容易終於露出了臉來，不過就是一張上了歲數的臉。這張臉很容易讓人聯想到乾癟、皺巴巴和老頭子這些詞，這種臉相當常見，甚至連小朋友都能隨便畫出來。

「放了我的女兒吧！如果鬧夠了，就趕快走吧！」

剛剛還在發抖的金大春，現在卻用不耐煩的語氣說道。尚俊進到房間裡把被子收了起來。金大春慢慢地整理著頭上的頭髮，然後轉頭將視線望向了窗外。

夢

在上高速公路之前大哥在咖啡廳前面把車停了下來，叫大家吃點東西再上路。在這短暫的時間裡天上降下了雪，把整座城市埋了起來。二十四小時營業的招牌上，霓虹燈鮮明地亮著。聖誕節才剛過沒幾個小時，聖誕樹上的燈泡就已經熄滅了。我本來想去打開樹上的燈泡，但看到電線被捲起來放在一旁就放棄了。點了吉拿棒和熱茶之後我們找了個位置坐下來，每個人都在看自己的手機。大姐的臉上充滿了焦慮，擔心讀大學的兒子在這樣的下雪天開車出門。下著雪的城市的確非常危險，因為它會阻止人們往前進，而且地上變滑之後，一個倒車都有可能滑落。

大哥的臉色看起來很不好，身體也蜷縮在一起。大哥緊張且凍僵的臉，使我想起了少數幾張全家福的照片。其中一張照片是在遊樂園裡拍的，大哥當時是個留著短髮的高中生，照片裡的他表情生硬且凶惡，跟背後鮮豔的花朵和手中的棉花糖形成強烈的對比。從直視鏡頭的眼睛裡，可以看出他的某種決心，絕對不要被任何事物愚弄，不要掉入人生中的陷阱。在我們四個兄弟姐妹的旁邊還有妍珠阿姨，她像孩子一樣頭上綁著兩個小辮子，一隻手輕輕地抓住了裙子。

「哥，你的手為什麼一直抖？」我不自覺地牽起大哥的手問道。

「因為天氣很冷啊！」

「看到金大春後，你覺得心情舒暢點了嗎？金大春說的話到底是什麼意思呢？」姐姐一臉哭喪的表情問道。

但是大哥和二哥都沒有回答。姐姐問完之後，又再次打電話給她的兒子。

「恩淑！恩智！明哲！死者已逝，活著的人難道不該繼續好好活下去嗎？妳的工作還不錯；妳的孩子還在讀高三；還有你在大學裡讀書也很辛苦吧！這件事就算了，都忘了吧！」

大哥冷靜地說完後，我也鬆了一口氣。反正會知道父母親發生的不幸和仇人的名字，以及跑來這裡見仇人，本來就是因為大哥的緣故。既然大哥叫我們算了，我當然很樂意。我本來就是一個讀書人，讀書人就像天真純潔的嬰孩一樣，就算去思考這些問題，也無法搞清楚答案。

「有這樣想法的人竟然還堅持把我們帶去一山？大哥你也是真是個怪胎。」

當大姐說怪胎的時候，她捏了一下大哥的胳膊，我們同時笑了起來。大哥笑著說，自己全身上下都痛，無論我們捏得多用力，他也感覺不到痛苦，反而像是有人在搔癢一樣。

「尚俊你把今天看到的一切都忘了，好嗎？」

尚俊正在手機上與別人發訊息，雙腳不停地抖著。應該沒事的，因為尚俊是一個單純的孩子。只要一起讀書、開開玩笑再看幾部電影，他就會忘記這一切的。畢竟什麼事情也沒有發生。我們只是進了房子裡說說話就出來了。

「我要怎麼忘記呢？我都已經看到聽到了，要怎麼樣忘掉？」

尚俊說完這句話後，我們四個人慢慢收起了笑容。

「老實說我沒辦法忘記。但是我不會去想為什麼事情會變成這樣、是誰做了什麼害死了誰、誰才是最壞的人。看來這似乎不是一件普通的事情，我的頭腦笨拙連普通人都比不上，我去想這些又能怎樣呢？」

「對的，對的。不要想那些與你無關的事，別去想就對了。」大哥回答道。

「我會的。」

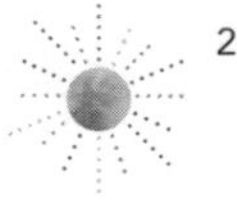

「真的對這位同學感到很抱歉，他跟我們家兒子還差不多大呢！」姐姐說道。

「有什麼好抱歉的？」

「就是覺得不太好意思。」

尚俊回說：「何必這麼認真呢？」然後他就去拿飲料了。暖氣的風吹得桌上的燭火左右搖擺，燭光產生的陰影喚起了想像。某人拿著蠟燭走下樓梯進到黑漆漆的鍋爐房裡。好溫暖啊！我從未感受過這種溫暖。這種溫暖的感覺，使我忘記了鋼鐵般的冰冷和侮辱感，使我昏昏欲睡。我伸直雙腳把手臂當作枕頭，想要忘記所有想像的事物，我做了一個回家的夢。小女兒在家裡等著我，身上披著一條蓬鬆的毛毯。人生如果運氣不好或缺乏警覺，隨時有可能厄運臨頭而陷入困境。

這是多麼微不足道，毫無特別之處的夢。我一邊吃著尚俊買來的咖啡和吉拿棒一邊幻想著，內心的焦慮和不安反而消除了。味道真的很甜，不管今天發生了什麼事，仍然是充滿甜味的一天。

貓是如何
被鍛鍊的

公司、工會主席和同事都不能信任，如果用貓的行為來說明的話，就像把四隻腳藏在身體下面，靠著忍耐而生存。

生存

哭泣的女人最令人厭煩了。常會有女人打電話來一邊抽泣著，一邊說：「我的貓不見了！」然而最後不是講到一半掛斷電話，就是在話筒裡大喊：「你很囉唆耶！還是算了吧！」當他不接這些電話的時候，他是一位擁有四十年歷史廚具公司的經理。他要計算女性做菜的動線，細心並準確地設計水槽的高度、掛鉤的類型、瓷磚的顏色、門的位置、抽屜的深度、人造大理石的圖案以及收納櫃的數量。

他偶爾會親自到施工的現場去安裝家具。他之所以具備這些技能，是因為最初他是以工人的身份進入公司的。現在，公司已經跟好幾家承包商簽訂了合約，因此總公司的員工就不必再去現場了，但他依舊喜歡這麼做。大家都認為去現場只會跟承包商折騰，實際上這樣的情況的確很常發生，但是他跑去施工現場只不過因為喜歡拿錘子敲敲打打。如果不偶爾拿錘子敲打，透過震動讓腦袋裡發出嗡嗡的共鳴，那麼他整天就會像鑄鐵的水一樣沸騰著，生活中常會有無力感，因此能量需要某種形式的轉換，這就是他生命中活力的來源和憤怒的發洩。但是公司的上級並不喜歡他去現場，因為他總會和別人吵架並把現場情況搞得一團亂。

他跟一九八〇年代時期的老闆一樣，會責罵跟要求現場的工人，但是這些年輕的工人無法忍受這樣子的態度。因為他們並不是每天清晨在人力市場找尋日薪工作的弱勢工人，而是擁有正式工作合約，聽從老闆和經理指揮，擁有專業性和組織性的勞工。公司四十年來的傳統，這種話早就過時了，沒有人願意待在一個整天挨罵的公司裡，也許公司發展的方向早就已經走偏了。

因為頻繁地發生問題，公司決定禁止他進入施工現場。但是他總會找各種藉口跟方法到施工現場，拿著錘子敲敲打打並和別人吵架，然後最後被轟出來。「毛經理！毛經理！求你別鬧事了，別再來搞亂了！」他享受著全身筋疲力竭的感覺，回到家之後還有一群貓咪在等著他。他一回到家就呈大字型躺在床上，然後貓咪爬到他身上，用四隻腳踩他並聞他的氣味。他對貓小聲地說自己是對的，他們都錯了，我才是對的！如果沒有我的話，結果肯定會是一團糟，「喵嗚！」

最近，包括他在內的四十三名員工被公司調到職能開發部門，接受生產方面的培訓。公司正在計畫與大企業合併，打算裁掉企劃、設計和銷售部門，只留下生產相關的部門，為了跟高層抗議，他甚至還闖進了會議廳，但馬上就被趕了出來。「毛經理！毛經理！這不是懲罰你，只不過是到職能開發部啊！開發部啊！」他並不相信公司說的，但職能和開發這兩個詞他卻不得不信。因為長久以來他都是相信著這些一路走來的。

當他在會議廳所做的事情被傳開後，跟他一起調到職能開發部門（位置在連張桌子也沒有的禮堂）的人，都擠到他的身邊想跟他談一談。但是，他沒有答應他們的要求在下班後一起去路邊攤、傳統酒吧、勞務辦公室或工會辦公室跟他們進行討論。他在這家公司工作的期間，每次裁員時都能倖免於難的原因，不是別的就是因為他總是獨自一個人。他不想要依賴團隊行動，而想要獨自解決問題。例如，他認為總有一天他一定會獨自面對老闆，因為他是公司裡資歷最久的人，絕對擁有充分的資格。

調職之後的第一周，他把磨砂紙和膠合板拿到公司來，作為職能開發的培訓材料。不曉得是因為價格問題還是為了達到教育效果，推車運來的只有四組材料，人們只好圍坐在一起使用。另外，他發放的磨砂紙的尺寸小得可笑，一名員工低頭看了看砂紙後走出了禮堂，向上面遞了辭呈後就沒再回來過。首先他根據人數用工業粉筆在膠合板上畫線（因為他是年紀最大的），然後他努力地切割著他負責的右邊部分。他一邊切割，一邊回想著二十一、二十二歲時候的回憶，在經濟繁榮的時期，人人都在蓋房子並移除家中的舊式爐灶。當時，工廠像暴風一般地瘋狂運轉，但是工人們的聲勢也相當浩大，所以不斷有勞資糾紛的情況發生。雙方又是拳腳相向，又是用胡椒噴霧，所以眼睛裡常常熱辣辣的，讓他禁不住流下眼淚。

到了晚上大家又發起了聚會。

當人們聚在一起時，不光只在那裡坐著，總會有人熱烈討論。要裝傻嗎？他心裡這樣想。聚在一起喝燒酒、吃火鍋和魚乾之類的食物，光瞎起鬨是沒有用的。所有那些大聲嚷嚷的人早就被公司開除，消失在城市裡的某個地方。公司、工會主席和同事都不能信任，如果用貓的行為來說明的話，就像把四隻腳藏在身體下面，靠著忍耐而生存。

「毛科長你會來吧？」

「我不去。」

「請你務必前來。」

「我說過了不去。」他磨著磨砂紙不再做任何的回應。磨砂紙在膠合板上摩擦時發出了「沙沙沙沙」的聲音，當他感覺到磨砂紙有點燙的時候，他就會稍微停下休息或者換另一張磨砂紙後再繼續磨膠合板。

接著他又把家裡的電鑽拿到公司，很多人的家中都會有一個這樣的小型電鑽，每個周末在新聞播報結束後的購物節目上，常常會看到有人拿著電鑽在無辜的板子上努力鑽著洞。估計一個晚上能賣出五千個以上的電鑽。女員工裡面，有個人每次只要聽到電鑽的聲音就會哭出來。但對他來說，使用電鑽就跟吃飯一樣是件輕而易舉的事。一切都進行得很順利，除了有人一直打電話到他那隻快要報廢的摩托羅拉手機之外。「嗡嗡嗡……我家的貓咪……咚咚咚！不見了，我想要找回來！」在如此混亂的生活當中，他仍舊持續做著這份工作，他在社群網站上也獲得了「貓偵探」這個浪漫的美名，接連不斷的電話讓他有些應接不暇。

這個工作一開始是在幫社區裡的流浪貓找主人的活動，如今已經成為他每晚都做的副業。但這絕對不是他願意的，他只想要每天工作八小時，一周的加班時間在十個小時左右，然後度過有貓咪們陪伴的夜晚。除此之外，他的人生裡沒有家庭，不常出門也沒有旅行的習慣。但是，在執行這項煩人的工作時，他被迫接聽那些陌生人的電話，要面對他們哭泣的聲音，還必須仔細聽事情發生的經過。不僅如此，他還得親自去這些人的家中幫忙他們尋找，他只要進到別人家就會感到頭暈目眩。當他在別人的房子裡四處找尋時，房子裡的獨特氣味常讓他頭痛欲裂，胃裡也翻騰得難受。人總是固執地堅持著自己的生活方式，從而產生了獨有的特殊氣味。這是有特定的領域範圍並具有排他性的氣味。因為他是來幫忙找貓的，所以委託人大都對他很有禮貌而且很親切，但是無論如何，這樣令人厭煩的個人氣味是蓋不掉的，導致他工作時總是精神緊張繃著一張臉。

當然，這樣的服務並不是免費的。雖然一開始的時候是免費的，不過後來就開始收取費用。無論是否有把貓找回來，一天的費用都是十二萬韓圓。即使他的收入增加了，他卻覺得自己變得更加不幸。每當他接到委託人（愚蠢的貓主人）打來的電話時，他的心情就會變得很不好，感覺全身都不對勁。儘管如此，他之所以不能不接這些來電，並不是因為每天十二萬元圓報酬或者是害怕委託人抱怨，而是因為怕離家出走的貓會遭受苦難。

秋刀魚

在去找貓之前，他總是會先去東方食堂這家餐廳吃晚餐。這間餐廳跟他上班的公司一樣歷史悠久。十年以前，這裡本來是某家公司的員工餐廳，現在則轉型為專做來往司機的餐廳來維持生意。同時，餐桌擺放的位置也發生了變化。為了獨自來吃飯的司機著想，所有的餐桌都是面向著電視機，他喜歡這樣的擺放方式，所以每天晚上他都到這裡用餐。背的後面還有一個後背，而那個背的後面又還有一個後背，因此不太可能會受到別人關注，這點令他非常滿意。

在套餐選項中，他最喜歡的是秋刀魚套餐。事實上，大部分的魚類他都喜歡吃，但是在五千韓圓的套餐中只有秋刀魚可以選。他回想經濟好的時候，餐廳裡都會提供鯖魚和馬鮫魚，但現在不知道為何魚的價錢漲到了這麼高，他想著想著嘴巴噘了起來哼了一聲。「魚啊！魚！竟然變得如此昂貴，真的是末日啊！世界末日！」當然，對長久以來光顧的熟客，老闆娘對秋刀魚的分量是毫不吝嗇。老闆娘總是叫他盡量吃，即使不開口要求，老闆娘也會把小菜的盤子裝滿。但是，即使老闆娘有這樣的好意，他也會假裝不願意多吃，做著其他事情，然後等老闆娘看電視，或照顧其他客人的時候，再迅速地把魚吃掉。

晚餐的最後他會吃電鍋最底下的鍋巴，晚餐吃完後他才會開始工作。

「喂你好？」

「如果過了兩天，找回貓的機率就只剩一半不到。」

「喂你好？」

「在散步的時候丟的？你是去溜貓嗎？是不是神經有問題？你神經病嗎？」

「喂你好？」

「連貓的護欄都沒有裝，你還有什麼臉打電話來？」

「喂你好？」

「瘋了嗎？真的是瘋了！」

「喂你好？」

「哪個該死的外送員竟然沒有關門？」

「喂你好？」

「這個案子我不想接。」

「喂你好？」

「你在吼什麼東西？是的，貓已經跑掉了，跑得遠遠的不會回來了。」

「喂你好？」

「抱歉我對狗並不了解。」

「喂你好？」

「喂你好？」

通話大多以這樣的方式結束，只有委託人在電話裡耐心地請求他過去時，他才會展開行動。他先回到了公司，從材料倉庫中拿出工作用的背包。背包裡面有螺絲起子、推刀、釘子和錘子，還有網球網跟工作手套等工具。

叫順太

委託人按照他的指示到了公寓門口等他，實際上所有委託人都得照他的吩咐做。因為只要他一不高興就可能直接轉身離開。一名穿著制服的學生拿出了一袋現金，他戴上工作手套，把信封裝進了背包。然後他先看了小區裡的地圖，了解一下附近公寓的型態。社區裡總共有三十棟公寓，呈現菱形狀的排列，社區右邊有一個公園，後面有一座小山丘。「山！」他發出了嗯嗯啊啊痛苦的聲音。如果貓跑進了山裡，那就幾乎不可能找回來了。

「名字叫什麼來的？」

「叫順太。」

他要求學生給他看貓的照片，結果學生搖了搖頭。因為貓不喜歡照相，所以一張照片也沒有拍過。他呆滯地看著學生覺得很難以置信。當然，肯定有貓會討厭拍照。但是會因此連一張照片也沒有嗎？貓拍起照來多好看啊！不過，幸運的是孟加拉貓並不常見。他來到學生住的一一三號公寓，從頂樓開始往下走。貓一旦離開屋子之後，大多會躲在半徑五十公尺的範圍內，因此很有可能躲在公寓裡的其他樓層中。

他邊下樓梯邊向學生詢問有關貓的情報。「它都吃哪個品牌的飼料？」「喜不喜歡喝水？喜不喜歡箱子？」「行動速度的快慢？」「如何處理糞便？會不會埋沙子？」「是否只養一隻貓還是也有養其他貓？」「喜歡什麼樣的聲音？」「會不會對特定的聲音，例如塑膠袋的摩擦聲或錘子聲敏感？」「通常是如何叫貓的名字，音調是高還是低？」「貓會不會依賴主人，還是比較獨立？」問問題的時候通常是委託人最為熱情的時刻，甚至有人會以書面的形式把全部都寫下來。但這位學生卻沒有，只是一直靜靜地聽著，然後回答說：「好像是這樣，是這樣嗎？」「又好像不是這樣。」當他們走到十八層樓的時候，他因為學生不合作的態度而發起了脾氣。

「我正在努力配合啊！」

「那你怎麼對於貓的事情一點也不清楚？」

學生試圖想找藉口，但最後還是閉上了嘴，只說了句：「對不起。」他低沉地對學生吼說：「如果不趕快找回貓的話，貓就有可能因為害怕而死亡。」學生聽了之後害怕地哭了起來，然後把眼鏡摘下擦乾眼淚。他最討厭有人哭哭啼啼的，在找尋貓的時候如果委託人沉浸在悲傷的情緒中，貓聽見了哭聲反而會害怕。不過這個時候他也不想罵這個學生，因為學生並沒有哭，只是做著擦乾眼淚的動作。擦了一會兒眼淚後，學生說有幾隻貓在停車場那裡。

他很討厭別人干預自己的工作，往地上吐了口口水，然後說道：「停車場就不用看了。」

「為什麼呢？」

「你知道貓離家出走後對它們來說最危險的是什麼嗎？就是其他的貓。因為貓會守護自己的領域。」

「難道不是人嗎？」

「人對貓來說沒什麼危險性。」

下到四樓的時候，學生腳踩空摔了一跤，一堆公仔玩具從手中的袋子裡掉出來灑落一地，大多是鋼鐵人一類的電影角色，還有一些認不出來的妖怪和動物。他正集中精神聆聽公寓裡的貓叫聲，被打擾時他皺起了眉頭。

「為什麼要提著這些東西出來呢？不是在尋找貓嗎，我們必須趕快找回這隻貓。」

「因為我媽老是把我的東西扔掉。」

「是錢太多嗎？」

「我們家很有錢，有三棟房子。」

「白痴啊！這種事情別隨便跟任何人講。」

「我可以問個問題嗎？」

「只能問跟貓有關的問題。」

「你是怎麼成為偵探的呢？成為偵探好像很不錯，應該可以認識很多女生吧？」

「我並不是偵探。只是網路上的人都這麼稱呼我，我是一名設計師。」

「設計師？」

「別再問這些事了，只准討論跟貓有關的事。」

「不管怎樣，你不是非常有名嗎？只要有人的貓不見了，都會想到先找大叔你幫忙。」

「這倒是真的。」

他的嘴角不自覺地稍微揚起了一下。走廊上並沒有貓的蹤影。再次爬上樓時，他仔細地觀察有哪些房間發出會刺激到貓的聲音。七樓的某個房間裡有一隻狗在叫著，聽起來似乎是一條大型犬。公寓的周圍有很多流浪貓，其中有幾隻常常出入地下室。當他去警衛室想要確認監視錄影器的時候，公寓警衛的態度相當不配合。這種情況常常會發生。他們一說在尋找貓，年老的警衛臉色就變了，連他們的話都不太願意聽。他和警衛爭吵著要觀看監視錄影器時，學生突然大喊：「讓我們看一下吧！」

「不然我要打電話給我媽，我要打電話囉！」

警衛「嗯」了一聲，把椅子轉過來坐下，並按下了對講機。「請問居民代表在辦公室嗎？啊！這裡是一一三棟樓，一三〇五號房的居民說他們家的貓不見了。」

通話結束後，警衛打開了監視器的螢幕。他坐下來檢查了入口和樓梯裡監視器的畫面，從早到晚使用樓梯的人男女老少都有，人的影子在黑白螢幕上顯得特別清晰。螢幕裡上下樓梯的人們看起來特別不真實。「啊！等一下。」他暫停影片，然後倒轉了一些回去。有個跟閃電一樣快，像灰塵或垃圾一樣的東西閃過。雖然看不清楚紋路，但絕對是隻全身有花紋的貓，從三樓走廊的窗戶跳了出去。

「真的找到貓了！」

旁邊的學生失魂落魄地說話時，旁邊的警衛問道：「在哪裡？貓在哪裡？」

「在這裡啊！這裡不是有隻貓嗎？」

學生炫耀似地和警衛說完後，就跑出了出去。他把手機號碼留給了警衛，告訴警衛如果看到豹紋貓經過的話記得打個電話給他。警衛不懂豹紋是什麼樣子，所以他只好在紙上畫出豹紋的紋路。只要跟找尋貓工作相關的事情，他總是非常細心而且認真，所以花了很長的時間才完成圖畫。

「畫畫技術非常好啊，跟個豹崽子一樣，這真的是貓嗎？」

接著他背起了背包準備離開，警衛看著圖畫說道：「哦！這一次真的是貓耶！」他打開門正準備離開，「這一次」這個詞像荊棘一樣絆住了他。如果警衛會說這一次，那麼上一次是什麼情況？他是一個敏感且凡事謹慎的人，所以他沒有放掉「這一次」這句話的含義。啊！這麼說來這個學生應該是個慣犯。即使他這樣努力找尋貓，但這個城市裡還是有許多找不到的貓，因為它們遇到了無可救藥的年輕主人。他撇了一眼旁邊心不在焉的學生，書包還撞到路旁銀杏樹樹幹。這個小胖子！殺人犯！他轉身離開了公寓大樓。他最受不了的是本來可以和家裡的貓一起度過的晚上，卻在這個地方毫無意義地浪費掉了。

占領行動

在禮堂工作的員工，雖然之前隸屬不同部門，但見了面大多也會互相打招呼，但是當大家被聚到同一個空間以後，反而連這種簡單的交流都變得有些困難。大家並不願意互相熟識或了解彼此，而是盡可能地保持漠不關心。他沒辦法接受這麼多人在彼此面前互相暴露，竟然連個隔板都沒有，這種環境令他難以忍受。世界上怎麼會有辦公室連個隔板都沒有？他立即跑到總務辦公室要求加裝隔板，但卻沒有得到同意，最後他只好把桌子（從前一個部門搬過來的）偷偷往後挪，躲到了一張折起來的乒乓球桌後面。

公司裡偶爾會發生「占領行動」。在禮堂工作的兩名營業部員工衝進了老闆的辦公室。他們占據了辦公室大半天，但是占領期間也沒能夠與老闆見上一面，其他員工也只是時不時查看一下情況，並沒有積極地阻止。公司裡的氣氛就是這樣鬆懈且平靜。可悲的是公司裡展現出活力的地方卻是禮堂、屋頂和煙囪這幾個地方。被解僱的工人會爬上屋頂和煙囪，把寫著標語的布條懸掛起來，然後就會有其他人上去把他們拉下來。禮堂裡面正準備進行家具製造技師的考試。員工們抗議職能開發部門的存在早已經過時，於是公司方面決定建立起新的教育考試制度。公司提供的學習手冊共有八百多頁，封面上的英語單詞「craftsman」還用鮮紅色來特別強調。考試分為書面和技能兩個部分，而離筆試考試的時間僅僅剩下兩星期。

他隨便地翻了一下學習手冊。裡面詳細介紹了成為工匠必備的切割、抛光、塗裝和組裝技能的訓練方法。其他人大多無法接受這種職能開發的考試，但是他很快就沉迷於其中。儘管他坐在辦公桌前面，但是腦海中他卻是手握釘子和錘子，正照著製圖用紙上打印的方格將釘子釘上！「咚咚咚咚，」當他釘上所有釘子後，在上面掛上了鉸鏈。他將設備的門反覆開開關關，感覺回到生產的崗位上好像也還不錯，就順著公司的命令吧。就像跳到一半摔在地上的貓一樣，即使不能坐在貓塔架的最頂端，也不代表就是一隻失敗的貓。

到了晚上他會在城市裡到處遊走，找尋那些跑出家門的貓，並責罵那些把貓搞丟的主人。他會對貓主人這麼兇，是因為他是從貓的角度思考一切。在城市裡流浪的家貓會被其他的貓追趕，可能逃到一半就被殺害或是餓死，事實上不光是這樣，有些貓的主人把貓搞丟以後，還一副事不關己的模樣，表現的像是發生失誤或是悲劇一樣，他看到這樣的人就覺得厭惡。但是，他責罵主人的舉動也產生不少問題，有些委託人會跟他抗議或是把他趕走。他無法理解怎麼會有人打電話拜託他來，然後又把他給轟走，但是無論如何，他覺得自己該做的都做了，該說的也說了。每次碰到這一類的情況，他就會先整理一下情緒，然後回到那個有貓咪在等待他的家。對貓來說也許他是個好人，但對人類來說他絕對不算是個好人。筆試結束後，只有他和營業部的另一名女員工通過，其他人開始來拜託他不要參加技能檢定，他立刻就拒絕了這個要求。

「如果出現了特殊的例子會有些麻煩，我們很快就要對公司發動集體抗爭行動了！」

「我只想要安安靜靜地獨自一個人。」

「身處在這個世界中怎麼可能安靜地過日子呢？」

「我想要做的事就只是拿著錘子敲敲打打而已，其他的東西我都不想管。」

「拿著錘子敲敲打打？」

其他人還跑去找另一位通過考試的女員工，叫她也不要去考試。

「毛經理不是要考嗎？我也想考看看。」

「韓小姐妳不是連工廠工作的經驗都沒有嗎？」

「雖然如此，但是既然通過了筆試，我還是想考看看，其他的事情等考完再說。」

「這種情況下，我們更應該要團結合作才對，單獨行動是不會有好結果的！」

「我知道不會有好結果，反正我的人生本來就經常這樣。就算我們團結合作又能怎樣？我還是想先照公司的安排做。」

他和女員工從工廠拿來切好的膠合板，準備進行考試。技能檢定要求在五個小時內製作出桌子、椅子、茶几和梯子等家具。考試過程中會產生許多噪音，錘子的敲打聲和鋸子的切割聲接連不斷。當其他人在跟公司抗爭的時候，他沒有參加集體抗議行動也沒有辭職，只靠著研讀craftsman學習手冊來度過。「求求你放棄考試！拜託你放棄吧！」會計部門的某個年輕男員工甚至到乒乓球桌旁一臉哭相地拜託他。如果是平常的話，他不會理會干擾他做事的人，但是他卻停下了一會兒。他認為這樣的氣氛是會傳染的……就像聞了貓薄荷以後，會有一種淡淡的憂鬱和無力感，陷入恐懼和焦慮中。即便如此，他仍然打起了精神繼續努力考試，就像貓會鎖定目標一樣。

下班之後的情況稍微好一些，因為只剩下他和女員工兩個人。女員工的社交能力跟他差不多差，因此兩個人幾乎沒有交談，當兩個人在禮堂裡相隔兩處拿著鐵鎚敲打時，空氣中散發出嗆鼻的氣味。胡椒！對了，就像聞到胡椒粉的時候一樣，鼻尖感到有些辛辣，好像被什麼刺激到一樣，神經變得非常敏感。他時不時地擔心女員工拿鑿子的方式不正確，或是支撐架沒安裝好。女員工不知道是被錘子敲到還是被木屑割到，不停地發出「靠」之類的髒話，甚至偶爾還會大聲尖叫，整個禮堂都響起了回聲。每次他都猜女員工會不會哭出來，豎起耳朵仔細地聆聽，但是女員工並沒有哭。相反地，女員工坐在製作好的桌子和箱子上面，一邊抖腳、一邊吃著巧克力棒。看來並不是所有的女人在他面前都會哭泣。

適應不良

公寓的警衛打電話來說：「看見了孟加拉貓。」他以厭煩的聲音回答說：「請直接通知一三〇五號房就好。」警衛說自己不能直接連絡他們，語尾聲音有些模糊不清。

「我不喜歡那戶人家的母親，因為類似的事情已經發生過好幾次，我曾經跟她對話過，但是她的態度非常的強勢。」

「好幾次嗎？都是跟貓有關嗎？」

「之前跟貓沒關係，只有這次而已，但是這個學生老是丟三落四的。每次丟掉東西都引起不小的騷動，所以這隻貓還是請你想辦法找吧！」

這段期間學生時常打電話給他，但他一接起來就掛斷電話。但是，當他聽到有一隻貓在管線室到處奔跑時，他實在無法置之不理。並不是因為他覺得找到貓會很有成就感，對他而言一丁點兒成就感也沒有。不管是找不回貓或是成功找回了貓，他的內心都會感到嚴重的空虛感。因為他不得不跟有一面之緣的貓告別，並從它們的世界中消失。

不管怎樣他還是來到了公寓的入口，學生正站在那裡等著。他很好奇學生怎麼知道他要來，因為他並沒有事先聯絡，學生回答說因為自己每天都在這裡等著。他覺得這個孩子愚蠢得無可救藥。孩子這麼愚蠢，那父母會有多愚蠢，而上面的祖先又有多愚蠢，如此愚蠢和愚蠢的重複，最終可以回溯到一個最愚蠢的人——最初的人類，因此這個學生的愚蠢可能在很久之前就已經註定好了。「但是你每天都在這裡等的話，難道是可以不用去學校到處亂晃的嗎？」他原本不是一個愛問問題，或是多管別人閒事的人，但是他還是問了。

「我沒有去上學。」

「為什麼不去呢？」

「因為我對學校適應不良。」

他很喜歡「適應不良」這個詞。學生和他一起走著，並一反常態地跟他詳細說明了跟貓有關的事情。談論貓的事總是讓他開心，所以當他聽到孟加拉貓因為追著搖晃的時鐘鐘擺，而每天拿著頭去撞牆時，他難得地大笑起來。孟加拉貓更相信眼睛看到的而不是鼻子聞到的，學生說之前改變髮型或是留鬍子的時候，貓就會躲在沙發下面不出來，他感嘆地說了句：「真的嗎？」眼神裡充滿著關心。內心想著這真的是一隻非常聰明的貓。

「但是，就算你每天在這裡尋找，貓也不會被你這樣的孩子找到的。」他打開了心胸對學生說。

「那當然，因為我還是個初學者，還不夠熟練。等過了一段時間之後，我就能像大叔你一樣，把這件事當成工作來做。」

「這並不是我的工作。」

「對，對，你是做設計的。」

「現在也不算是了。」

「那你現在是專門做找貓的工作嗎？」

「倒也不是。」

他的態度又回歸冷淡，跟學生說你該回家去了。雖然學生要求跟他一起行動，但他搖了搖頭。像管線室和供水間這樣狹窄的空間，需要徹底地搜尋，實在不需要學生的幫忙。搞不好還會把學生嚇哭了，裡面簡直就是蟑螂、蟋蟀跟跳蚤的天堂。貓特別喜歡藏在這樣的地方。他走進地下室，從背包裡掏出一個小型捕捉網握在手中，反覆思考著剛剛學生說的「像大叔一樣」這句話。他失去了父母後，讀到一半的夜校也只好休學，最後只能參加學歷檢定考試——他沒有上大學，而是到私立機構學習軟體應用，最後成為了一名白領上班族。擁有三間房子的學生未來一定也能考上大學，這些差別實在太大了。不管學生多麼愚蠢和不適應學校，想考進大學也絕對沒問題。只不過這樣的孩子就算上了大學，未來也很難成為一名白領，甚至連成為藍領都很困難，因為經濟實在太不景氣了。那麼學生的未來會如何呢？可能就像穿著沒有領子的T恤生活，沒有必要穿有領子的衣服，穿著簡單休閒的衣服自由自在地收藏公仔玩具就可以了。

他走下樓梯到了管線室後叫著貓的名字：「順太啊！」他發現有個黃色的眼眸藏在管子的後面，那肯定是隻貓！他把背包放在門邊，爬進管道中間的縫隙。受到驚嚇的蟑螂和蟋蟀像爆米花一樣彈了開來。他用耳朵仔細地聆聽，聽聽看廢水排水管的流動聲以及通風裝置運作的聲音中是否有貓的叫聲。如果貓回答他的呼喚，幾乎就可以算成功了，但是這樣的奇蹟非常罕見。

為了蓋過機器的聲音，於是他用了更響更宏亮的聲音，就像中產階級家庭的母親向著草地呼喊自己的孩子那般呼喊著：「順太啊！我在這裡！」學生的臉孔從管線室的門縫中探了出來。他迅速地把手伸向貓所在的方向，但那裡什麼也沒有，不知道是本來就不在那裡還是被嚇跑掉了。他狠狠地斥責了學生一頓，點出並責備學生的錯誤，罵得學生連頭都抬不起來。學生並沒有哭，只是解釋說順太不是貓的名字，而是自己的名字，所以自己只是回應了他的呼喚聲而已。

「現在要找到貓變得更困難，已經是山窮水盡了。就因為你犯下的愚蠢錯誤，現在你再也見不到你的貓了，永遠也見不到了。」

他控制不住自己的脾氣，下巴上下打著哆嗦，雙手握著空拳在空氣中揮舞著，在他發怒的期間，學生盡力地躲開飛舞的塵土和蟲子，又怕躲避的動作會看起來很沒禮貌，便把雙手合在一起放在肚子上，乖乖地聽著他訓話。

「聽說後面的山上有很多貓。」不久後，順太說了一句話。

「所以說啊，你的貓在那裡會被咬死的。」

「它也有可能活下去。我跟其他的貓偵探見過面了，聽說最近的情況並非你說的那樣，都市裡的家貓逃出家後反而會聚在一起生活。並非所有的家貓都會死，它們只是離開家開始了新的生活。」

在跟貓有關的事情上將他跟別人相比，是他從未遭受過的恥辱。他開始用腳踢停車場裡的橘色安全桿，他用腳不停地踢，最後安全桿承受不住而碎裂，他仍繼續用腳大力踩著滿地的塑膠碎片。「你說什麼？那些傢伙懂什麼東西？」感到疲倦的他離開了公寓大樓，順太向他告別，但他絲毫沒有回應。他的腳受傷了，只能夠一拐一拐地走。真是討人厭的白痴，我再也不會來了。大白痴！走了一會後，他發現背包比平時還要輕很多。當他打開背包後，發現他精心製作的工具，還有釘子和錘子之類的東西都不見了。取而代之的是炫耀著身上的大肌肉，半點功用也沒有的公仔玩具。

專注生活

進入冬天之後，禮堂裡的人數減少了不少。有的人消失了之後就再也沒有回來，每天早上都得確認是否有人不在了。他仍然對敲敲打打的事情充滿熱情，但是那個肥肥的順太時不時就浮現在他腦海裡，阻礙他投入其中。他想起那個傢伙張大嘴巴說出「像大叔一樣」時的模樣，就像T恤的圓領一般嘴巴張得開開的（像小丑可怕的嘴巴）。順太像是說出某種美味點心的名字，不假思索地就吐出這句話，但是卻縈繞在他耳邊久久無法消散。

他全身筋疲力盡地度過了一天，當他打開大門時，貓咪們在窗臺上迎接他回來。作為一名廚房家具設計師，他一直在思考何謂生活的標準，並根據此計算出動線和空間，但他的生活卻與此相隔甚遠。這間房子裡所有家具的空間都讓給了貓咪，房間裡只有一張床墊和一個小小的茶几。他在這間房子裡只是貓咪旁邊的配角，不過他對這樣的生活感到很滿意。

因為只有這樣把生活跟貓綁得更緊，他才能夠活下去。他一輩子都獨自一人居住，之前因為憂鬱而開始酗酒，也曾經嘗試過自殺好幾次，但每次都剛好因為城市裡某些頻繁的小事而失敗。譬如喝醉酒的醉漢敲打他家的大門、送報紙的員工要收送報費、老太太按門鈴要跟他傳道等等，所以他到現在都沒有死成功。十五年前的某一天是因為一隻流浪貓。當他決定自殺的那天，有一隻流浪貓不知為何跑到他家院子裡，在一個很久沒使用的橡膠盆裡生下了小貓。紫色的橡膠盆開口非常大，不僅骯髒，四周也已經磨損得破舊不堪，因此一直棄置在那裡。不知從何時開始小貓在裡面住了下來，因為得想辦法處理這些貓，所以他只好再多活了幾天。

之後每次當他試圖自殺，將繩子釘在牆上想要上吊自殺時，橡膠盆裡的小貓就會干擾他。他也不清楚它們到底是如何干涉他的死。在他思考小貓死活的期間，他又多活了幾天，後來他乾脆把全心思都寄託在貓身上。從某種意義上說他並不是真的活了下來，本來可能已經死亡的主體現在變成了受到干擾的客體。因為貓是這個怪異的房子裡唯一移動、進食、排泄、哭泣和抓撓的生命體，因此集中在貓的身上其實就是專注於生活。也是這個原因把他從死亡中拯救了出來。

他出神地看著貓咪們躺著的沙發，他將屁股塞進了將近十年沒坐過的沙發裡，什麼事情都沒發生。除了貓移動了一下身體，讓出了一些空間給他。

他將寄來的資格證書提交到公司的總務部。總務部的職員沒有向他解釋任何事，就把證書放進了抽屜。回到禮堂的路上他遭到許多人白眼，韓小姐走過來問他：「有沒有去補習班上過課？」他搖了搖頭。

「那你是如何一次就考上呢？這是不可能的吧！」

他以為韓小姐是來詢問自己的考試祕訣，卻被突如其來的抗議給嚇傻了。

「聽說你以前曾經在公司的工廠裡工作過，那麼經理你本來就擁有實作的技術，這也太不公平了吧！你所通過的考試，像我這樣的初學者根本就不可能考過。如果所有人都沒考過也就沒事了，但是像你這樣不正常的人考過了，我們其他人該怎麼辦才好呢？」

「韓小姐妳不是也參加了考試嗎？」

「考是考了，但我不是沒有考過嗎？就因為我沒有考過，所以不會對任何人造成傷害，但毛經理你考過了，那麼之後會發生什麼事呢？之後其他員工就有可能會因為通過不了考試而被公司懲處或者被開除。」

韓小姐轉身離開時用力地把門關上，只剩他獨自一個人留在禮堂裡。未來會怎樣呢？雖然連難以考過的證照都拿到了，但又怎樣呢？我什麼也沒做，只不過是掌握了工作的技能，你們被解僱跟我有什麼關係。他心情非常沮喪，雖然想盡力忘掉這些話，但卻很難做到，他坐在餐廳裡心思卻不在晚餐上。「不正常的人」這個詞重擊著他。在找尋貓的過程中，他遭到了城市中許多人各式各樣的侮辱，但他從未聽過「不正常」這個形容。

吃完晚餐後，他到外面走路散散心。走了一圈後，他來到公司大樓的前面。一切都沒有改變，這就是他三十年來一直待著的地方。他再走了一圈後奔跑回大樓前面，建築物依舊在那裡。辦公大樓的外牆是用紅磚砌成，建築物外面掛著這家公司的旗幟。他突然想起應該要去找回他的工具，那些工具莫名其妙地到了順太的手裡，少了這些東西以後感覺內心有些不安。他想去拿回這些工具，反正順太也不是很急著找回走丟的貓，還說什麼相信貓會群聚在一起這種話。拿回來之後他打算仍舊白天拿著錘子敲敲打打，晚上到東方食堂吃晚餐，吃完後去找尋貓，之後回家好好地睡覺。

他來到了公寓大樓後，直接去了一三〇五號房。等了很長一段時間後才有人來開門。順太並不在家，一位穿著開襟毛衣的女子來應門，似乎是順太的母親，她起初並不相信他說有東西在順太那裡。他沒有進入房間，而是隔著門口的防盜門栓拿回了他的物品。這些工具放在背包中時他並沒有這種感覺，但是當順太的母親手中拿著這些東西時，看上去就像是破舊到該扔掉的垃圾一樣。不過他仍然小心翼翼地接過了工具，正準備轉身離去時，從房裡散發出的那股異樣的沉默讓他有些在意，於是他說道。

「你們還是別養貓了，如果不能細心照顧的話就別養了，還不如不要找了。」

順太的母親用有些不耐煩的口氣說道：「哪裡有什麼貓？」然後彷彿像驅散臭味一般，揮舞著手叫他趕快離開。順太母親用腳上拖鞋的前端把門檔腳架踢了開來，玄關的大門立刻關上。黑暗而寂靜的走廊上只剩下他獨自一人。

經過警衛室時，警衛手上揮著他之前畫了貓身上豹紋的那張紙說道：「貓現在還在附近徘徊呢！你難道不去抓嗎？」

「學生的母親說他們家沒有養貓。」他一臉迷茫的表情回答道。

「沒有養貓嗎？那就是真的沒有吧！這次連貓都不是貓了，真搞不懂他們家是怎麼回事。我實在不太了解最近的中學生在想什麼，那戶人家一直都有很多問題，果然是家家有本難念的經啊！」

在警衛的話結束前，他就穿過了警衛室。「你不把圖帶走嗎？」警衛向他問道。

畫得跟真的一樣，如果根本沒有這隻貓的話，怎麼可能畫得這麼像呢？

煙囪

他沒有回去有貓咪等他回去的家，而是來到了工廠，一輛自行車在工廠前面荒涼空曠的土地上繞著圈，就像是在賽跑道上接力賽的跑者。老闆的汽車引擎沒有熄火，司機在車旁等著，雙臂環繞在胸前，他一直想見到的老闆現在人就在這裡。老闆穿著運動服，身體緊緊地貼在自行車上努力地踩著踏板，一次又一次地騎過他的面前。等老闆騎完下了車之後，他才走近老闆身邊。他進入公司時，當時只有二十多歲的老闆，因為父親去世而突然接管了公司，現在已經成了白髮的中年人。

「老闆！您在做什麼呢？」

「喔！毛經理！是你啊！我已經好幾天沒有運動了。」

「在這裡運動嗎？」

「是啊！如何？這裡又安全又明亮，還有比這更適合運動的地方嗎？」

「這裡安全嗎？」

「你去漢江邊走看看，什麼奇奇怪怪的人都有。」

不曉得是不是騎車騎得太累，老闆氣喘吁吁地做著深呼吸，然後就一直聽著他說自己的事情。他問了未來公司會如何使用這個資格證，接著時間又追溯到他成為白領的那年、他第一次在公司裡升職的那一年，以及一九八〇年代的某一天，也就是他加入公司的那天。老闆一隻腳踩在自行車的踏板上，答答答前後來回地踩著，以便隨時能再騎上車，老闆就這樣認真地聽著沒有打斷他說話，時不時發出嗯嗯嗯的回應聲。最開心的部分是關於公司生意興隆的那段日子。當他回想起以前在工廠經歷過的那段活躍期，和公司崛起的那段時期，他感覺心情好了許多。但當老闆也說反對他到工廠工作時，他吃了一驚。空氣中瀰漫著老闆的汗水味和鬍後水混在一起的味道，這是一個信號嗎？難道自己也會像禮堂裡的其他人一樣，筋疲力盡之後被公司趕走嗎？

為什麼公司要解僱一個職能已經獲得開發的員工？

老闆將自行車的頭燈不停地開開關關，如果他沒看錯的話，老闆似乎笑了一下。是的，沒錯。他不僅是公司裡面年資最老的員工，還將會成為最終的職能開發者。老闆說，像他這把年紀的人要從辦公室再回到生產現場工作是很累人的。而且這樣做也不利於提高公司員工的士氣。老闆叫他乾脆擔任職能發展部門的負責人。將來公司打算長期開發員工的職務能力，這個任務會交付給他，希望他能將所經歷的「職能」和「開發」傳授給其他人。

「職能和開發？」

老闆大力地點了點頭。

「不過我只是喜歡拿著錘子敲打而已。」

「欸嘿！毛科長，哪有人喜歡整天拿著錘子敲來敲去的。」

如果是平常的話，不論對方是誰，他都會說明到對方聽懂為止，但他還是閉上了嘴。他已經可以預見未來可能發生的不幸和悲劇。老闆離開之後，他反覆思索著自己的職能到底是什麼？還有所謂的開發又是什麼東西？他思考著最終會有多少人因為他的這個職能開發項目而離開公司。離開這裡的人將來會怎樣呢？家人會繼續陪著他們走下去嗎？他沒有任何的家人陪伴，但那些有家人陪伴的人是否能繼續過著不錯的生活呢？他們可能沒有貓的陪伴，但事實上並不是每個人都需要貓，就算養了貓，貓也可能會逃家，雖然這與他無關，但是這些貓可能會無法生存下去。這時他的摩托羅拉手機響了起來。

「喂？是偵探先生嗎？」

他曾經想過下次碰到這小子，要為偷竊工具這事好好教訓他一番，但是現在他卻一句話也沒說。

「哦！你似乎誤會了，我並不是在作弄你。不管跟我母親說什麼，她都會說沒這回事全是假的，我現在需要一些工具，我可以過去跟你借嗎？當然我會支付費用的。」

電話通話到一半，他注意到煙囪上面有一連串微弱的聲響，忽遠忽近地像是在作弄他一般。似乎是被公司解僱的員工沒掛好的抗議布條。

「喂？你還在嗎？」

他試圖解讀布條上面寫的字。布條來回飄動時，他的頭也跟著搖擺，他試圖讀出布條上紅色的字。「能……」他只看得到這個字。能力、職能、效能、低能，他把有能字的單字都想過了，但是似乎沒有符合的。

「喂喂喂？」

他想看看布條上的字，雖然上面寫什麼並不是很重要，但是此時此刻，其他的一切似乎都無所謂，他就只想知道布條上寫了什麼，於是他把電話掛了。他爬上了通往煙囪的鐵梯，他雙手雙腳並用爬上了鐵梯。外面下著雪，梯子的表面結了一層冰而又冷又滑。他心想如果自己爬上去之後沒辦法下來，沒有人會知道他爬上了這裡，要是沒有人來救他不就完蛋了？貓咪也不可能到這裡來找他，而唯一會對他的死活感到關心的人，就只有那個小胖子順太，但是那個傢伙會來救他嗎？不管怎樣，現在他已經爬到了一半，就快要能看到布條了，也只能繼續往上爬。他的心中有股渴望就像滾燙沸騰的水一樣。在他以緊張的心情緩慢往上爬的同時，背包裡的手機不停響起，又是某個養的貓不見的人想找他，但是他正沿著煙囪往上爬，實在沒有辦法接電話，他只能唉的一聲地吐了口氣，那些哭個不停的女人真的很煩，不管他如何鍛鍊都沒用。

作品評論 姜知希文學評論家

——— 殘存的感染力

1 大白天的神秘與不安

「是啊，今天也是！」

楊熙跟昨天一樣隨意地回答，聽完這句話的畢永全身顫抖了一下，連桌子都跟著晃動起來。

「妳說今天也是怎樣呢？」

「今天也愛學長啊！」

畢永外表故作鎮定，內心卻感到一股不知從何而來，難以理解的喜悅。

（〈大白天的戀愛〉第〇一八頁）

在一九九九年鐘路的街上，畢永面對這樣隨意的回答為何會全身顫抖呢？一直到昨天畢永都還認為兩人之間是「一種空洞沒有什麼特別的關係」，但在楊熙突如其來的一句「學長，我愛你！」（第〇一三頁）之後，兩人的感情關係發生了奇特的倒轉。畢永變得必須每天確認這份愛情的真實才能放心。楊熙的話中感受不到愛情，卻反而具有一種奇特的魅力，將周圍的空氣凝結並集中在一起。這樣難以理解的感情究竟是源自何處呢？

畫家基理科（Giorgio de Chirico）曾說過：「跟世界上的宗教相比，在大白天行走之人的影子裡藏有更多的秘密。」金錦姬的小說從單調的談話裡產生了奇特的感情漣漪，她的小說讓我聯想到基理科的〈街道的神秘與憂鬱〉（*The Mystery and Melancholy of a Street*），畫中運用了寫實的描繪技巧來創造出不和諧感。金錦姬所描寫的大白天，並不是一個燦爛明亮的時刻，而是在微妙的寂寞中隱藏著神秘與不安。文中的大白天並非完整的時間，無法隱藏每個人背後陰影不同的殘酷事實。在金錦姬的許多小說中，所關注的方向明顯是朝向過去，但卻沒有包含懷舊之情。然而，大白天這個詞成為了小說內容的中樞，文章找到自己的重心，那個大白天的背後有我們難以理解的故事，作家用一種毫不誇張的方式揭示出來。到了黃昏時刻陰影拖得更長，隨著黑夜的到來人的影子越來越長，最後與世界融為一體。

作家張開了雙臂迎接了黑夜，沒有被任何感情束縛，也沒有淪於無力與冷嘲熱諷，這樣超然且成熟的力量又源自何處？我們也許可以從金錦姬出道的第一本小說〈你的紀錄片〉中找到一些頭緒。這篇小說是從一名女兒的視角，追尋著像亞森羅蘋一樣逃亡在外的父親，她人生中的陰影不僅來自於父親的離家出走，也來自她沒有好好哀悼朋友「餘美」的早逝而引發的罪惡感。餘美因為像八〇年代學生運動中的女學生，而得到「八〇年代」這個綽號。餘美的死亡加上另一位朋友寄來了難以辨認的照片，氣氛變得難以理解的沉重。然而，在小說的最後一刻，當敘述者將上面留有父親和餘美痕跡的地圖扔到公車的車窗外時，聽見了某個聲音。「現在剩下的這個空白的紀錄片才是真正屬於你的。」（〈多愁善感也只是一兩日〉創批，二〇一四年，第五十七頁）我一直把「餘美」這個名字解讀為「殘餘的美麗」，可能是因為她象徵著對我們來說已經有些抽象的八〇年代的真誠和理念。在跟餘美離別之後，金錦姬小說的世界從喪失中悄悄地展開。在第一本小說選集中，仁川經常在墮落和貧困的空間登場，雖然有一部分是符合現實，另外則是因為當人失去了重要的東西之後，眼前所見的風景都像是一片倒塌。

看過了作者第一本小說集之後，能夠發現她很仔細地去感受日常生活，並且詳細描寫出故事的細節。作者在第二本小說集〈大白天的戀愛〉中，找到了自己的方向，用她的方式將「空白的紀錄片」給填滿。填滿「空白的紀錄片」的人物，看起來就像老舊的骨董，展現出其獨特的存在感。他們一方面陷入殘存下來的罪惡感之中，另一方面又覺得自己的存在不正當，因而從內心湧出羞辱感。人物在罪惡感與羞辱感激烈地交錯中經歷漫長的探索，當他們面對這段時間留下的痕跡，散發出「像顆球一樣完整」（〈大白天的戀愛〉第〇〇七頁）的情感。這種情感就像舊手帕上隱隱散發的體味，笑起來時感到淒涼，哭起來時令人溫暖，這樣的感情應該如何去說明？金錦姬的視線就是這樣緊緊跟隨著大白天裡那些陰影之中令人難以理解的事物。

2 愧疚感和羞辱感之間

在這本小說集中，讀者感到比較陌生的小說是〈肉〉、〈等待狗狗的日子〉和〈星星上的人們〉。這些作品是金錦姬的小說中，少數在詭異的氣氛中展開的作品，故事中充滿了神秘感和強烈的緊張感。這些小說不僅生動地描繪出懸疑的故事情節，找到了引起我們這個世代焦慮的原因，成為整個小說集的基調。

這些小說中的人物被愧疚感和失落感所綑綁。〈星星上的人們〉是在愧疚感和失落感兩者之間不斷奮鬥的故事。女主角在華川的孤兒院長大，成年之後搬到了首爾並從護理學校畢了業。孤兒院的過去，被她理解為「阻礙未來的暴力」和「公平的愛」，雖然她想擺脫過去，卻又固執地希望孤兒院繼續維持下去。經濟困難的孤兒院不斷地寄信來要求經濟援助；在醫院裡一名與孤兒院的修女面貌十分相像的女病患，也一直拜託她幫忙找回遺失的鞋子。由於對鞋子的執著而似乎失去理智的女病患，某些時候看起來就像女主角自己創造的幻影。然而，比起揭示人物的存在，更多的重點是放在女主角渴望脫離痛苦不堪的過去；另一方面她又無法擺脫愧疚感，而一直想要幫助孤兒院不要倒閉。女主角現在所想像的「明天就可能會消失的某個星星上面的世界」（第二〇六頁），不僅是一個即將死亡的世界，也是一個帶著致命的傷口且無法視而不見的世界。這個傷口不僅具有推力也具有吸力，在我們本能地遠離受傷者的同時，也身不由己地與之緊密地聯繫在一起，構成為自己的一部分。儘管這篇小說中引起恐懼的部分與〈你的紀錄片〉所產生的情感完全不同，但這兩部作品所寫的也許離得並不遠。小說的女主角之必須是一個「孤兒」，因為她必須不停地衡量對孤兒院的「愧疚感」和自己所承擔的「失落感」，這樣的心境似乎就是作家長久以來一直描寫的這個世代的內心世界。

「肉」是透過描寫現今世代獨有的失落感而創作的小說之一。女主角在看到超市購買的包裝盒上疊著兩個不同到期日期的標籤後，她作為一個憤慨的消費者，到超市總部的網頁上發表了抗議的貼文。超市職員本來一直表現出厭煩的態度並忽視客戶投訴，但在面臨被公司解僱的危機後，便開始每天跑來找女主角請求她幫忙。職員一開始用「夫人」這樣謙遜的稱呼來表達懇求的態度，但後面語氣又一下子變為尖銳，這樣的轉換中所產生的緊張感，是這篇小說最吸引人的地方。出人意料的對話吸引了讀者的注意，這樣的語言不僅是單純為了爭取消費者該有的權利，也使讀者能夠客觀地看見女性的補償心理。實際上，女主角並非只為了解決問題，而是希望保持「強烈的敵意」（第一三四頁），維持著接受別人道歉的情況，這樣的心理源自於中產階級對於家道中落所表現的不安。雖然不知道丈夫在做什麼工作，當丈夫用抓野豬來搪塞的時候，女主角是這樣提問的：「我們會變得很窮吧？」、「會變成多窮呢？」（第一四三頁），在丈夫上班的公司面臨倒閉，父親的工廠也關門的情況下，她想買的東西卻是女兒的芭蕾舞鞋。她對職員的強烈敵意，似乎能夠理解為長久以來她看到母親受到父親的暴力所累積下來的情感。女主角的生活失去了旋轉的軸心，她希望藉由強硬爭取的態度讓自己空轉的生活繼續往前。最後，丈夫帶回來的一千萬韓圓跟滲出血水的袋子，就像是她為了滿足欲望而留下的傷痕。關於丈夫鎮定的態度和雙眼，以及申訴沒被撤回的超市職員臉上放鬆的表情，作家並沒有繼續說明下去，只留下了一個問號。這些陷入麻煩的人物創造出了這個奇怪的肉食世界，其中的焦慮與不安穿過了書本感染到讀者。

「肉」的女主角在人生經歷下墜的曲線時，將不安的責任轉嫁到其他人身上，並藉此來獲得主導權，但在大多數情況下，人生之中常常會找不到造成焦慮的最後一塊拼圖。在〈普普通通的時節〉這篇小說中，金錦姬用獨特的幽默感，捕捉人物面對生命中突如其來的羞辱時不知所措的畫面。某一年的聖誕節全家人相隔四年終於全部聚在了一起。女主角年幼的時候覺得大哥是個怪物、魔鬼跟惡棍，長大以後才發現他不過就是個普通的上班族，最後終於領悟到了「活久了就會發現其實沒有差太多。」（第二一〇頁）另外，女主角用「我是一個讀書人，而讀書人是最純真無邪的。純真無邪的人即使年紀大了，也會一直像個孩子一樣。」來形容自己。（第二一〇頁）跟隨著女主角話中那種試圖將所有事物形容得微不足道的語調，就能理解她這樣對凡事漠不關心的語氣，是為了克服幼年時期所遭遇的那種令人心跳停止般的恐懼，這也是經歷挫折遠多於成功之人的一種自我防禦。

這一家人其實「並沒有很期待見面」，而約在了九里的一家蔘雞湯店。得知了大哥即將在下周進行胃癌手術的消息後，大姐浮誇地流下了眼淚，等她穩定情緒之後，全家人決定一起去見「金大春」一面。金大春是誰呢？他是造成這個家庭不幸的人，他在鍋爐房裡放火，燒掉了他們父母所經營的澡堂。全家人相隔四年特別在聖誕節的這一天見面，女主角不可能毫無期待，而當聽到生病的家人說要去找尋仇人的時候的反應也不可能這麼普通。然而，這篇小說的有趣之處，就是用毫不悲痛的方式來敘述原本應該相當悲憤的情景。例如，當大姐得知金大春的家在「一山市」的「公寓」時，突然哭得更淒慘，顯示出了她勢利的態度；以及在前往仇人家的路上，大哥在車上拿建築系的故事開玩笑時，大家仍舊笑成了一片。在大家敷衍地一起哭、一起笑的同時，大姐的勢利以及大哥之前給人的恐懼感竟變得有些可愛，最後故事隨著節奏發展成了一場鬧劇。經歷了這些像夢一般的情景，「久而久之所有的事情就會變得沒那麼重要」（第二二七頁），女主角從現實的狀況中抽離出來，用似乎一切都與自己無關的語氣，如同說唱的形式來描述這段故事。然而先前散漫且漸趨柔和的氣氛在金大春的家中卻突然反轉過來。金大春誇張且卑賤的姿態，使他們感到了「羞辱感」，最後金大春坦承自己並沒有殺害他們的父母。殘存的人原本靠著憤怒而活著，然而這個憤怒的源頭卻突然間消失了。「絕對不要被任何事物愚弄，不要掉入人生中的陷阱。」這樣的決心毫無用處，他們在聖誕節這天掉進了深淵之中。當女主角為了收拾殘局，迅速地以「我本來就是一個讀書人，讀書人就像天真純潔的嬰孩一樣。」這樣與己無關的語氣重述自己的不在場證明時，尚俊卻堅定地說道：「我要怎麼忘記呢？我都已經看到聽到了，要怎麼樣忘掉？」（第二三六頁）

如果認為作者是用「過去的事物過去之後也有其意義」的態度來看待，對無法忘懷的事物強行賦予意義的話，便是對金錦姬小說的一種誤解。整本書中這篇小說最富幽默感，結尾時透過尚俊說的這句話，反倒展露了人物內心悲傷的一面。人物的悲傷來自於長久以來以復仇為動力而堅持下來的人生忽然失去了其意義，以及面對現實之後襲來的空虛感。對於某些人來說，堅持活下去的動力可能是愧疚感或羞辱感，為了不要揭開真相之上的面紗，而必須痛苦地化解和跨越每次的困境。小說中將這樣淒涼的景況，用「拿著蠟燭走下樓梯進到黑漆漆的鍋爐房裡。」（第二三七頁）這一句話溫暖地覆蓋過去。面對張真相而不知所措的這一天，只不過是因為鬆懈了而有些運氣不佳，一個毫不特別的「普通日子」罷了。

3 殘存的人物，未消逝的世界

前面幾篇小說的人物都夾在愧疚感和羞辱感之中，當面對愧疚感時自我會縮減；而在侮辱感之前情感會迸發，這些情感夾雜在現實的生活當中。在韓國的社會中，許多中產階級每天生活在害怕家境沒落的恐懼和不安之中，每天不停地感到自我懷疑或是感到羞愧。然而金錦姬小說的特色，就是透過這樣的社會氣氛來塑造人物。在強大的團體趨勢和欲望之中，這些獨善其身逆流而上的人物，就像在颱風眼裡面一樣，維持著平靜的動能。他們的談話和行為有些被動，並且無法跟上這個世界的腳步。然後隨之而生的那種不和諧的節拍，卻吞併了世界的流動，令讀者目不轉睛。

〈塞西莉亞〉的故事是在喝酒狂歡的年終氛圍中展開。故事的敘述者是在九〇年代末度過大學生活再過不久就快四十歲的晶恩，在和大學的社團同學一起飲酒作樂的聚會中，感受到空虛與真實的幻滅。她過去常常埋頭在社會科學的書籍和紀錄片電影之中，但是當她邊看電影邊哭的時候，卻又「覺得真誠的自己非常討厭」（第〇八一頁）而馬上關上螢幕。過去所遭遇的困境，藉著聚會中有關結婚以及和有婦之夫談戀愛這些世俗的言語而被淡化。大約十年前，去光化門集會時晶恩偶然遇見了贊浩，並一起吃了「味道不夠深厚入味」的冷麵（第〇七七頁），反映了九〇年代學生們的處境，這群人如今無論是沉浸在「記憶的電影」（文化）中，或者認真地討論「政治」，所處的位置都很尷尬。在他們的聚會中，突然出現了「塞西莉亞」這個名字。她究竟是誰呢？塞西莉亞的形象是藉由許多人的回想而以分歧的方式出現。晶恩記得塞西莉亞的綽號是「纏人女王」，因為她就像家裡缺乏疼愛的老么，喜歡纏著別人；而亨圭卻記得塞西莉亞是因為屁股碩大飽滿，而得到這個綽號。晶恩的前夫用「蒙娜麗莎」來比喻塞西莉亞的形象，當晶恩和塞西莉亞見面時，她得知了與謠言相反的真相，塞西莉亞是喝醉後被致雲帶走，而單方面地遭受了暴行。

但是小說的重點並非放在揭開集體對個人的誤會，而是著眼於晶恩與塞西莉亞兩人的對話中所發生的不平衡和裂縫，這場相遇朝著兩人不合的方向發展。塞西莉亞在圖書館裡看到晶恩哭泣所以認為她至少會來找自己一次，這段對話塞西莉亞重複了兩次。塞西莉亞是用眼淚記住了晶恩。然而在塞西莉亞的面前，晶恩一直說出令人不快的話，批評塞西莉亞不懂得自我嘲諷的幽默，而當塞西莉亞認真地解釋自己的作品時，晶恩無意的笑聲破壞了整個見面的氣氛。塞西莉亞在晶恩身上之前所看到的眼淚已經完全蒸發殆盡。然而，晶恩不管是在與前夫的關係中，或是在年終聚會上，總是故作堅強，用嘲諷的方式作為堅持的力量。但在與塞西莉亞見面之後，「突然之間，我感覺一切都很可恥」（第〇九八頁）她為什麼會覺得可恥呢？

在那一刻，我們意識到這篇小說不是為了理解塞西莉亞而寫的，而是透過塞西莉亞這面鏡子來反映出晶恩自己。她與塞西莉亞見面時所發出的笑聲就像對自己吐的口水。她發現那些從前流下的眼淚，已經被歲月的流逝所背叛。晶恩和社團同學們生活的空虛，就像冰山融化之後流進大海一樣，沒有任何的目標和方向的情況下，被時間牽著往前走，在執著地追求目標的塞西莉亞面前顯得相當無助。塞西莉亞簡樸的房間、為了完成一件作品而收集零件將近十年的執著、只穿黑色高領衫的固執死板，與她記得別人眼淚的細膩之處，有點不符合現今這個時代。但是，塞西莉亞沒忘記過去，而是選擇背負過去的記憶往前，當她用冰錐挖了一個坑然後填滿的同時，晶恩與其他的同學並沒被「凍結」，而是用不同的方式生存了下來。

接下來再談談金錦姬的小說中描寫過去的方向。當金錦姬觀看從過去延續至今的存在時，並不是用「生存」的角度。維持肉體的健康並存活下來，只是動物所追求的膚淺且簡單的目標。然而，塞西莉亞在生活中不斷重複挖掘和填滿坑洞的動作，不像冰塊一樣融化後隨波逐流，而是用身體去銘記淚水的重量，這樣的生活不是「生存」，而應該可以說是「殘存」。殘存超越了歷史的隔斷與連續，這裡沒有崇高的死亡和復活。相反地，殘存是一種多餘的，從某種意義上來說，更像是幽靈一般的存在。然而，它雖然脆弱但並未死亡，而是永恆地存在於出現和消失的重複之中。在這樣的重複中，散發出微弱的光芒。活在群體之外的人物並沒有被孤立，而是獨自堅持著並守護著自己。

在〈貓是如何被鍛鍊的〉這篇小說中，能看見人物是如何在不合拍的節奏中殘存下來。故事裡男主角上班的公司計劃與大企業合併，因而將許多員工調到職能開發部門方便後續裁員。男主角也被降職，但是他認為自己可以像貓一樣獨自生存，而沒有參加團體的抗爭。他熱衷於在下班之後，幫遺失貓的主人尋找貓的「貓偵探」這份工作。他擁有能夠在公司中生存的技能，甚至在孤獨的情況下他也決心奮鬥到底，而在最後爬上了煙囪，表現出道德與正義的一面。然而，這篇小說最動人的是當男主角隔了十年才在沙發上找到自己的位置那一幕。每個呼吸且活著的人，並不是都擁有相同密度的人生。頻繁嘗試自殺，遍體鱗傷的男主角，勉強殘存了下來，他把自己看作是「受到貓干擾的客體」，忽然接受了放鬆地坐在沙發上的自己，他開始願意找回屬於自己的位置。這是在他知道「離開家的貓並非都會死亡，也會群聚在一起開始新生活」之後所發生的改變。貓究竟是如何被鍛鍊的？並不是因為有人找到貓並將其送回原本的位置。在家的外面重新找到自己位置的貓，才是它真正接受鍛鍊的開始。主角離開了充滿「職能」和「開發」的虛假世界，走向了一個雖然令人感到無力卻充滿尊嚴的團結世界。

〈趙眾均的世界〉這篇小說中，在公司裡生存這件事同樣也是一個難題。故事的敘述者英珠原本以為自己已經正式進入了公司，但卻發現她仍然必須與「海蘭」進行競爭。此外，公司裡面還有一個超過四十歲的問題人物。趙眾均這個人不僅名字特別，從各方面來看都是一個奇葩。他為了爭取「不吃午餐就能取回工資中包含的午餐費這項權利」，每天中午不吃飯並且找人在筆記本上為他作證簽名，這段插曲明顯地表現出他的固執。這個人物令人聯想到《錄事巴托比》（*Bartleby, the Scrivener*）中的「巴托比」，那種特有的固執與被動，體內蘊涵著能夠從根源扭轉整個世界的力量。他的固執導致了校正工作的拖延，同時也顯現出他對工作的認真；他堅持把壞掉的年糕吃完，是不讓海蘭尷尬的一種體貼；他也不肯忘記示威遊行後警察在他襯衫口袋裡放進五千韓圓的侮辱，人物的這些個性都緊密地相連在一起。

故事中對趙眾均仔細地觀察一番之後，接著又揭露了在他名字中隱藏的故事。在學生示威相當普遍的八〇年代，有一堂只要寫下名字就能得到分數的歷史課。在考試的現場，「因為他想要的形式，不是什麼也不做就白白地得到」（第〇六二頁），對這樣的考試趙眾均獨自一人感到羞恥，於是他在考卷上寫了一首詩來代替自己的名字。那首詩就是「消逝的世界」。但是，這首詩存在的方式非常奇怪。趙眾均說他寫了這首詩，但這首詩並不屬於他，任何人只要願意都可以加上自己的名字，像自己寫的詩一樣在講臺上、廣場上或大街上朗誦。那麼這首詩究竟是屬於誰的呢？

羅蘭・巴特（Roland Barthes）將「作家」與「寫手」區分開來，一直以來「作家」被賦予權威，及對語言擁有獨占的權利。如果作家不對世界負責，而只對文學負責；那麼「寫手」的寫作就是具有目的導向的行為，對他們而言寫作是為了干預現實情況，並非為了文字的美學，而是為了保存現場和守護真理。當趙眾均寫了「消逝的世界」的那一刻，他自願放棄了主體，而走上了寫手的道路。他沒有抹去寫詩的他所具有的現在性，而是選擇了另一條路，就是讓詩存在於每一次被朗誦的時刻裡。因此，作為作家他的名字被刪除了，但是在被刪除的名字之上，那個「不存在的存在」卻難以磨滅。就這樣「趙眾均的世界」誕生了。他以被遺忘的形式被記住，只有當他消失時，他才能保持殘存。這不隱約就是新式的美學和政治？人與人之間不再直接經歷彼此之間的關係，而是在宏觀的狀態中漸漸疏遠。「新的事物」不再具有單一的美學判斷標準，政治方面追求烏托邦的現代性目的主義也已瓦解崩塌。僅管如此，如果我們能夠想像一個具有短暫共同體的特權地區，那不是與路易・阿圖塞（Louis Pierre Althusser）在其晚年的遺稿中所說的「相遇的唯物主義」類似嗎？沒有起源，也沒有預先存在的意義。連具有唯一目的的理性，也是在偶然的相遇下從不存在之中被創造出來。金錦姬的小說相信精疲力竭的人會偶然地相遇並連結在一起，在被遺忘的行為之中形成奇特的理解和不朽的記憶。

這篇小說還有個難解的謎題，就是即使有一個與現實拉開距離的「我」這位觀察者，卻又同時呈現了海蘭眼中所看見的趙眾均。從小說的結構來看，溫柔、單純、可愛又充滿活力的海蘭，似乎是個多餘的人物，但在小說快要結尾的場面中兩人突然「相遇」。「從出租車上下來拄著拐杖回家的海蘭，走不到兩步突然停了下來，掏出手機拍了張照片。」英珠看著這個場面，心想連一朵花或一隻貓也沒有到底在是在照什麼東西，之後就離開了。然而，對於這個場景，英珠沒有刻意賦予其任何意義，而是熱切期望看見黑暗裡的事物，而當英珠再次留意地凝視時，產生了一種隱約微弱的理解。從來沒有好好留意或理解趙眾均的英珠，這一刻暫時與海蘭用相同的視角來凝視趙眾均。這並非透過語言的對話來進行交流，而是一瞬之間的相遇。最後英珠安靜地觀看，這樣帶有感情的漠不關心，正是金錦姬小說中的精髓之處。在這樣的視角中，「消逝的世界」是永恆長存的。

4 無意之中產生的充實感

繞了一大圈之後，我們再回到〈大白天的戀愛〉這篇小說上。要準確地解釋這篇有如白日夢一般渺茫且美麗的小說並不容易。這篇小說的解讀從一開始就沒有明確的結論，這篇小說在面對使人絕望、生命空轉的情況時，儘管知道會後悔，仍然選擇再次去面對和尋找錯過的時光，這種種的行為中蘊含著極度的悲傷、同情和理解。

當畢永被告知從營業部被調職到設施管理部，他發現自己不再對社會有用處，並想起了十六年前在鐘路麥當勞的回憶。當畢永在麥當勞看到布條上話劇的題目〈樹木不會「呵呵呵」的笑〉（第〇〇九頁）的那一刻，他發現這是十六年前楊熙寫的劇本標題時，畢永就把與楊熙的重逢看作是一種必然的結果，但是實際上，應該說是畢永心裡這樣懇切的期望著。畢永因為世俗的追求而變得富有後，找不到自己該走的道路。為了找尋自己的定位，他決定沿著自己渴望的方向而去。

就這樣故事中畢永再次遇見了楊熙這個令人印象深刻的人物，楊熙說話的場面相當少，因此在讀完小說後，對她的印象就像漂浮不定的殘影一樣。楊熙第一次表達自己的內心是在她告白的時候。楊熙一如往常在麥當勞聽畢永談論他自己的事時，突然丟出了一句「學長，我愛你！」（第〇一三頁）。楊熙天真爛漫的告白，沒有添加任何的修辭。然而面對不期待告白後有任何改變的楊熙，畢永反而不知道該如何是好。

「喂！明明就是你說愛我的啊？呵呵呵！我是被告白的人啊！所以我才問你現在要怎麼做才好，我們未來的關係會怎樣啊？」

「我不曉得，這個無法知道也沒必要知道。」

「沒必要知道？」

「因為我現在感覺到了愛情，才會這樣說，誰也不知道到了明天會變成怎樣。」

畢永感到很荒唐，內心想她是不是在耍人。

「妳不是說愛我嗎？」

「對啊，我愛你。」

「但又不曉得明天會如何？」

「是啊！」

「但愛我這件事是確定的，對吧？」

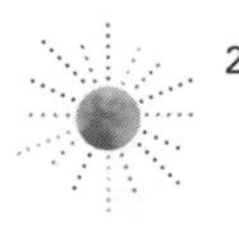

「是的！沒錯。」

「那明天呢？」

「我不知道。」

（〈大白天的戀愛〉第〇一五頁）

為什麼楊熙的無心之語會給人一股清新的感覺呢？楊熙的回答並非因為不確定自己的感情而感到不安，也不是放任感情隨口說出的話。這種簡單和直率，是面對內心的情感時保持著一種透明的態度，並沒有一個堅定穩固的立場。就像傳達窗外的天氣如何一樣，她遠遠觀望著內心裡無法自主的情感，並將這些情感真誠地傳達。正如歌曲歌詞和實際風景之間的距離很遠，她與她的情感之間的距離也是如此遙遠。她對所有的感情保持著開放的態度，但是卻沒有陷入其中。這種透明的無心之語並不存在於特定的結構，而是在兩個人之間造成了「縫隙」。愛人者與被愛者、施惠者和接受恩惠者的上下關係，在這個縫隙中失去了方向。我們會對此產生迷惑，可能是因為這樣面無表情的答案，創造出了不同於日常生活秩序的一種自由旋律。然而，脫離正常軌道而偶然產生的愛，就像樹枝某天突然發了芽，但最後又像花瓣一樣突然凋謝，跟大自然的規律一樣，無法歸罪於任何人。

無法理解這一點的畢永，對於楊熙突然說她的愛消失了而感到憤怒，為了想要扭轉局面，他來到了楊熙的故鄉文山。然而當畢永看到楊熙家的房子是村裡最老舊不堪的，以及楊熙的父親向楊熙要錢，她不加思索就將存款交給父親時，畢永的想法改變了。畢永平時對一切環境都充滿抱怨，但他卻沒有干涉而是將視線移開，當楊熙問他為什麼來文山時，他含糊地應付了過去。他開始用道歉來掩飾那個已經做出懦弱選擇的自己。這樣軟弱且勢利的態度究竟是怎麼一回事呢？

> 「學長不用跟我道歉，看看這些樹就好了。」
> 楊熙回過頭指著村口巨大的櫸樹，這種神奇的樹不論樹皮脫落了多少層，都仍然有樹皮能再脫落。
> 「不管什麼時候，只要到樹的面前就不會覺得丟臉了，因為樹不會嘲笑人，盯著樹木試試看吧！」
> 畢永站在楊熙的身後，張開了雙臂試著要抱住她，但卻沒能碰著。
> （〈大白天的戀愛〉〇三〇頁）

「看看這些樹就好了」，楊熙感受到畢永消沉的意志後，用這樣堅定而清晰的語氣冷淡地斷絕畢永的心意。但是，這種冷淡並非是指責畢永的弱點，在令人沮喪和孤獨的現實前，她依舊不抱怨任何人。這種凝視不是從上俯視而下的，而是從自己內在生活產生的凝視。這種凝視對外界並非毫不關心，不會輕易隨著笑容而改變，也不會奮力反抗，而是用心地度過人生每一個時刻。然而，小說中再次重複了這樣的視角。兩人十六年後在舞臺上重聚，「楊熙張開並抬起了雙臂高過肩膀，就像那天晚上的櫸樹一樣，隨著風輕微地搖擺著。」（第〇三四頁）那個中午，楊熙變成一棵樹，回應了之前那個晚上的凝視。

在他們最後見面的場面裡，充滿了難以理解且微妙的情感。但是，這種抒情的方式似乎與一般情況下感情的自然投射所獲得的安慰有著不同的性質。而是將自我提升到所有事物與世界之上，藉此抹去汙穢的世界，這樣的抒情是保護自己免於受到傷害的一種方式。成為一棵樹看著畢永的楊熙身上，有種將自己完全敞開無所畏懼地面向世界的態度。畢永一共哭了兩次，但到他第二次流淚的時候，他才意識到「有些東西隨著時間的過去，並不是完全的消失，而是以一種不存在的狀態隱藏在腦海中」（第〇三五頁）。此時線性的時間框架崩塌了。他意識到這個世界並非只是順從欲望並追求明確的目的和價值這樣的單一，也有每時每刻靠著生存的意志，打亂時間流動的生活方式。當楊熙將畢永的目光轉向樹的時候，並不是為了要轉移目光，而是像早已理解一切的樹一樣，努力地觀看著自己。世界上沒有任何東西會突然消失。被認為已經消失的世界在返回後，無意之中變得更加充實。金錦姬相信現今的世界，並相信愛永遠不會消失，為了改變這個世界的抗爭是永無止境的。在金錦姬的小說中具有殘存的感染力，凝視著黑暗中那個尚未發現且充滿潛力之處。這種殘存的感染力，被壓縮在透明冷漠的人物身上，將我們從蔓延在這個世界的無助與空虛裡拯救出來。就像畢永到文山的那一天，當他感覺到「好像有什麼東西在繁茂地生長著」（第〇〇七頁），那些不容易察覺到其存在的事物，在作家深刻的凝視中，逐漸顯現了出來。此時整個世界不是被大白天熾熱的光照耀，而是充滿著像螢火蟲一般穿透黑暗的微弱光芒。這種光芒不能保證我們得救或復活，但至少不必勉強地活著，並且使我們能遠離想要終結一切的想法。如此古老的未來，一個已經過去但卻尚未消失的世界，帶著未盡的意義臨到我們，伴隨著令人難以理解的光芒。

作者的話

不知道從何時我開始習慣性地使用「堅持」這個詞，可能是在第一本書發行之後。我並非用這個詞來描述任何行動，而是用來形容某一種「狀態」，就像現在正在等待夏天的我，因此我會擔心是否能夠準確地表達這些事物。有一位母親，在葬禮結束後仍舊無法接受失去孩子的事實，她回到了港口四處尋找自己的孩子。實在難以想像那位母親在港口徘徊時，她的手、腳、眼睛和內心所承受的煎熬。最終，為了堅持住某種堅持的態度，我只能不停地書寫，也因而累積了這些故事。

堅持的對象不是一個季節、一個月或一個星期，而不過就是一天。明天還尚未到來，甚至明天也有可能更糟。在這樣艱難的情況下盡最大的努力堅持今天，這樣子算軟弱嗎？那麼這一天的負擔是否合理？

我經常忍受著每天的日常生活，但時常在某一刻突然無法再忍受下去，我會跑去找周圍的人（即使是像你這樣的陌生人），見了面就問：「這件事情為什麼會變成現在這個樣子？」「你還好嗎？」「為什麼會變成現在這個樣子？」「你還好嗎？」

當我提出這樣的疑問時，我就像冰冷窗戶上的露水、像某人的九萬六千韓圓、像文山的櫸樹、像感情親密卻走丟的狗。

謝謝那些和我一起寫作並一同堅持的作家。因為有人一直書寫，所以我可以不用多寫；

也因為有人一直書寫，我才能堅定地一直寫下去。這兩種想法一直不停交錯著。感謝評論家姜知希和文學村的編輯部對作品的評論。我也要感謝我的父母、姐姐、丈夫還有遠在濟州島的公婆，同時也覺得很虧欠他們。最後，我想要告訴正在閱讀這本書並努力堅持著每一天的讀者，你絕對有資格發問。當你為了找到答案而來到某個人的身邊時，故事的發展可能就會完全不同。這段故事就有可能從堅持的狀態繼續邁向下一步。為了這樣的可能性，我也會竭盡全力。

希望夏天能過得慢一點。

金錦姬

收錄作品發表刊物

〈大白天的戀愛〉——《二十一世紀文學》（21세기문학）二〇一五年　秋季號

〈趙眾均的世界〉——《HANPAN網路雜誌》（웹진 한판）二〇一四年　十一月號

〈塞西莉亞〉——《韓國文學》（한국문학）二〇一五年　春季號

〈半月〉——《黃海文學》（황해문학）二〇一四年　秋季號

〈肉〉——《現代文學》（현대문학）二〇一四年　四月號

〈等待狗狗的日子〉——《作家們》（작가들）二〇一四年　春季號

〈在某個星球上的我們〉——《好小說》（좋은소설）二〇一四年　春季號

〈普普通通的時節〉——《作家世界》（작가세계）二〇一五年　夏季號

〈貓是如何被鍛鍊的〉——《文學村》（문학동네）二〇一五年　冬季號

MUSES

大白天的戀愛：

我的世界布滿你走過的足跡，縱使你已遠離

너무 한낮의 연애

作　　者：金錦姬（김금희）
譯　　者：杜彥文
發 行 人：王春申
選書顧問：林桶法、陳建守
總 編 輯：張曉蕊
責任編輯：廖雅秦
封面設計：蕭旭芳
內頁排版：菩薩蠻電腦科技有限公司
行銷組長：張家舜
影音組長：謝宜華
業務組長：何思頓
出版發行：臺灣商務印書館股份有限公司
23141 新北市新店區民權路 108-3 號 5 樓（同門市地址）
電話：(02)8667-3712　傳真：(02)8667-3709
讀者服務專線：0800056193
郵撥：0000165-1
E-mail：ecptw@cptw.com.tw
網路書店網址：www.cptw.com.tw
Facebook：facebook.com.tw/ecptw

國家圖書館出版品預行編目 (CIP) 資料

大白天的戀愛：我的世界布滿你走過的足跡,縱使你已遠離/金錦姬著；杜彥文譯. -- 初版. -- 新北市：臺灣商務印書館股份有限公司, 2021.08
面；　公分. -- (Muses)
譯自：너무 한낮의 연애
ISBN 978-957-05-3336-1(平裝)

862.57　　110009074

Love At Midday

Originally published in Korea in 2016 by Munhakdongne Publishing Corp.
Complex Chinese edition published in 2021 by The Commercial Press, Ltd.
under the license from Munhakdongne Publishing Corp. through Power of Content Ltd.
This book is published with the support of the Literature Translation Institute of Korea (LTI Korea).

局版北市業字第 993 號
初版一刷：2021 年 8 月
印 刷 廠：鴻霖印刷傳媒股份有限公司
定　　價：新臺幣 360 元
法律顧問：何一芃律師事務所